KB069160

정음자

적응자 3

초판 1쇄 인쇄일 2014년 11월 22일 | **초판 1쇄 발행일** 2014년 11월 25일

지은이 네모리노 | **펴낸이** 곽중열 | **담당편집 팀장** 이범수
편집부 신연제 이윤아 김호성 김은경

펴낸곳 (주)조은세상 | **출판등록** 제 2002-23호
주소 경기도 연천군 미산면 청정로 1355
TEL 편집부 02)587-2966 | FAX 02)587-2922
e-mail bukdu@comics21c.co.kr

ⓒ네모리노 2014
ISBN 979-11-5512-767-4 | ISBN 979-11-5512-764-3(set) | 값 8,000원

※잘못 만들어진 책은 바꿔 드립니다.
※저자와의 협의에 의해 인지는 생략합니다.

전음자

3

네모리노 현대판타지 장편소설
NEO MODERN FANTASY STORY

북두
(5)좋은세상

CONTENTS
NEO MODERN FANTASY STORY

#9. 롱기누스의 창(Spear of Longinus) 2

7

#10. Spear of Longinus Part II – (1)

59

#11. 아나지톤

135

#12. 각개격파

227

#13. 암흑의 마녀

297

#9. 롱기누스의 창(Spear of Longinus) 2

NEO MODERN FANTASY STORY

적응자

#9. 롱기누스의 창(Spear of Longinus) 2

쿠웅! 쿵!

성벽에서 제법 떨어져 있는 가드 전용 숙소에 짐을 푼 유건은 멀리서 아련하게 들려오는 폭음을 들으며 자신이 최전선에 와있다는 사실을 다시 한 번 되새길 수 있었다.

"어째 서울에 있는 요원들의 숫자가 적다했더니…."

얼핏 보기에도 그 끝이 보이지 않을 만큼 길게 이어져 있는 성벽 곳곳에 가드 요원으로 보이는 이들이 병사들을 도와 몬스터들을 막아내고 있었다. 그들이 발현하는 이능의 파장이 곳곳에서 느껴졌다.

대충 느껴지는 기운의 숫자만 파악해도 기백은 훨씬 넘어섰으니 대한민국 내에 존재하는 대부분의 이능력자들은 모두 이곳에 모여 있다고 해도 과언이 아니었다.

'대체 여기까지 와서 해야 할 일이 뭐지?'

이렇다 할 설명도 없이 도착하면 알거라도 말하던 철환의 모습을 떠올리던 유건이 최대한 가볍게 챙겨가지고 왔던 짐을 정리했다.

잠시 후 철환이 제임스와 함께 나타나 그를 불렀다. 뒤따라 나서는 유건을 돌아본 제임스가 그의 어깨에 팔을 걸치며 말했다.

"여~ 애송이. 어디 휴가 갔다 왔다더니 몰래 산골에 들어가서 비밀 수행이라도 하고 온 거 아냐? 이젠 애송이라고 부르지도 못하겠는 걸?"

제임스의 너스레에 유건이 어색한 얼굴로 그의 말을 적당히 받아 넘기자 그의 눈이 호선을 그렸다.

"다행이다. 난 또 그대로 무너져 내리는 줄 알았지 뭐야. 그렇게 털어버리고 앞으로 나가다보면 새로운 길이 보일 거다. 뭐~ 아니어도 할 수 없지만 말이야. 하하하하"

유건의 머리를 헝클어트리며 웃는 제임스의 손길에 담긴 온기가 왠지 모르게 따뜻하게 느껴졌다. 사심 없는 호의. 지금의 유건에게 있어서 이보다 더 편안하게 느껴지는 상대는 없었다.

"감사합니다."

감사를 표하는 유건과 눈이 마주친 제임스가 다시 한 번

쾌활하게 웃음을 터트렸다.

그들을 따라 회의실로 만들어진 공간에 도착하자 미리 와있던 하루나와 성희가 일어나서 일행을 반겼다.

머리가 채 마르지 않아 촉촉하게 젖어있는 모습을 보니 그 짧은 시간동안 샤워라도 한 모양이었다.

'여자들이란….'

이해할 수 없는 그들의 행동에 가볍게 고개를 흔든 유건이 자리에 앉자 잠시 후 반백의 머리를 보기 좋게 빗어 넘긴 군인이 부관을 대동한 채 방으로 들어섰다. 그리고 그 뒤를 이어 말끔한 수트 차림의 남자가 그의 경호요원으로 보이는 이와 함께 나타났다.

군인의 정체는 투 스타. 육군 소장이었다. 그의 어깨 위에 매달린 별이 형광등 불빛을 받아 번들거렸다.

"반갑습니다. 이곳의 부군단장을 맡고 있는 박창선이라고 합니다."

부관에게 들고 있던 모자를 건네며 고개를 숙인 남자는 일반인으로서는 매우 이례적으로 이곳 최전선 복무를 자원한 박창선이라는 인물이었다. 각종 마법들이 난무하고 이능력자들과 몬스터들이 상상을 초월하는 능력을 발휘하며 격돌하는 이곳에서 일반적인 상식은 통용되지 않았다. 그렇기에 일반적인 군인들은 이곳으로 오기를 무척이나 꺼려했다. 더욱이 소장정도 되는 계급이면 굳이 이곳에 오

지 않아도 대체할 이들이 수두룩했기에 그가 이곳에 있다
는 것 자체가 놀라운 일이었다.

밑바닥부터 시작해서 각종 작전에 참여해 혁혁한 성과
를 올린 그를 일컬어 군에서는 '전설(傳說)'이라 부르고 있
었다. 그런 그가 모두의 만류를 뿌리치고 이곳에 자원한
이유는 수많은 병사들이 이곳에서 목숨을 걸고 싸우고 있
다는 사실 그 한 가지 때문이었다. 그는 실로 현 시대에 보
기 드문 참 군인이었다. 부하를 아낄 줄 알고 사욕을 부리
지 않으며 모든 일에 솔선수범하는 그를 싫어하는 군인은
별로 없었다. 자신이 사욕을 부리지 않는다고 해서 다른
이들이 하는 짓까지 막지는 않았기 때문이었다. 그런 처세
술 덕분에 지금의 위치에 오를 수 있다고 해도 과언이 아
니었다. 적어도 군대에는 그와 같은 인물이 한 둘 정도 있
어줘야 한다는 사실을 그들로서도 충분히 인지하고 있었
기 때문이었다.

일부에서는 그가 권력다툼에서 밀려나 한직으로 발령받
은 것이라는 소문이 돌았지만 이는 사실과 전혀 달랐다.
오히려 그가 이곳에 있음으로 인해서 각종 보급과 전력 수
급이 전에 없이 원활하게 돌아갔고 병사들의 사기도 이전
과 달리 매우 높아졌다.

의례적으로 임명된 군단장은 부임 받은 첫날 잠깐 얼굴
을 비추고 나서는 이런 저런 핑계를 대며 서울에 머무르고

있었기에 현재로서는 실질적으로 그가 이곳의 최고사령관
이라고 할 수 있었다.

유건은 그런 그에게서 뭐라 설명할 수 없는 위압감을 느
꼈다. 실질적인 무력에 기반하지 않은 그가 지닌 굳건한
신념에서 우러나오는 기세였다.

꿀꺽.

실전과 다른 의미로 긴장한 유건이 침을 삼켰다. 그런
그의 뒤를 이어 등장한 사내가 대조되는 모습으로 경쾌하
게 말을 꺼냈다.

"반갑습니다 여러분. 이곳에 모여 있는 가드의 요원들
을 총괄하는 김지율이라고 합니다. 말이 총괄이지 사고치
지 않게 다독거리는 게 제 역할이죠. 하하하하. 그럼 모두
모인 것 같으니 자리에 앉을까요?"

그의 밝은 인사말에 무겁게 가라앉아있던 분위기가 일
순간 변해버렸다.

얼핏 보기에는 가벼워 보이지만 유건은 그에게서 마치
송곳과 같이 날카로운 기세를 느낄 수 있었다. 하나하나
만만한 상대가 아니라는 것을 깨달은 유건이 마음을 굳게
다지며 자리에 앉았다.

"아?! 이분이 그 유명한 당대 적응자시군요. 성함이…?"

말을 길게 늘이는 그에게 유건이 가볍게 고개를 숙이며
대답했다.

"백유건이라고 합니다. 처음 뵙겠습니다."

"아! 맞아요 백유건씨. 제가 요즘 정신이 없다보니 성함을 다 까먹고 있었네요. 용서하세요."

"괜찮습니다."

"후훗, 그래요. 철환씨야 뭐 워낙 유명하니 그렇다 치고 저기 저 숙녀분은 누구신지?"

그의 물음에 철환이 나서서 대답했다.

"김성희. 너도 알다시피 이번에 새롭게 각성한 S급 능력자다."

"오~! 그 놀라운 신인이 바로 저 숙녀분이었군요. 이거 생각했던 것보다 더 미인이십니다? 하하하하."

자연스럽게 유건과 성희의 정체를 밝히며 대화를 이끄는 그의 화술은 무척이나 뛰어났다. 그의 대화가 이어질 때마다 박창선 소장의 고개가 미미하게 움직였다.

"우리가 차나 한잔 하면서 담소를 나누려고 모인 게 아니니 바로 본론으로 들어가도록 하겠습니다. 일단 이걸 보면서 이야기를 이어가도록 하죠."

그가 테이블에 손을 올리고 무언가를 조작하자 이내 커다란 테이블의 중앙에서 입체 홀로그램이 모습을 드러냈다.

"이건?"

철환의 물음에 김지율이 미소지으며 말했다.

"네, 맞습니다. 이곳 주변의 지형이죠. 보시다시피 자연스럽게 병목현상이 일어나는 천혜의 요새입니다. 덕분에 저희가 이렇게 오랫동안 이곳을 지켜낼 수 있었죠. 하지만 여기를 보시죠."

그의 손짓을 따라 홀로그램이 성벽이 아닌 먼 뒤쪽 방향으로 이동했다.

"차원의 문이군."

제임스의 말에 그가 전과 달리 굳어진 얼굴로 대꾸했다.

"최근에 와서야 발견할 수 있었습니다. 아무래도 최근 한 달 이내에 생겨난 것 같습니다. 적어도 한 달 전에 있었던 무인 정찰에서는 아무것도 발견하지 못했거든요. 그리고 이 화면을 보시죠."

홀로그램 중앙에 나타난 화면을 통해 일행들 모두 차원의 문을 통해 모습을 드러내기 시작한 거대한 몬스터들을 볼 수 있었다.

"흐음… 우리를 부른 게 저것 때문이었나?"

"저 정도는 충분히 이곳에서 막아낼 수 있습니다. 아직까지는 말이죠. 그것보다 이번에 파견된 정찰팀에 의하면 저 차원의 문이 나타나면서 최초에 나타났던 그 차원의 문이 점차 작아지기 시작했다고 하더군요. 속도는 무척이나 느리지만 말입니다."

"우리가 해야 할 일은?"

핵심을 물어오는 철환을 향해 김지율이 쓰게 웃으며 대답했다.

"박창선 소장님께서 병사들을 이끌고 우리의 빈자리를 채워가며 이곳을 사수하는 동안 우리는 사천성(四川省)으로 갑니다."

"사천성? 서, 설마?!"

평소와 달리 부릅뜬 눈으로 김지율을 쳐다보는 철환의 모습에 모두의 얼굴에 의문이 떠올랐다.

"네, 맞습니다. 처음 나타난 그 문을 봉쇄하러 갑니다."

그의 폭탄 발언에 장내에 무거운 침묵이 내려앉았다. 방금 그가 언급한 정찰팀이 보내온 정보는 그들의 마지막 유언과도 같은 것이었다.

이처럼 그곳에 가서 살아 돌아온 이는 아직까지 아무도 없었다. 적진의 한복판에 자리 잡고 있는 최초의 문. 이 말이 뜻하는 바가 무언인지 모를 만큼 아둔한 사람은 적어도 이곳에 없었다.

한참동안 이어진 침묵을 깬 사람은 철환이었다.

"몇 명이나 이번 작전에 동원되지?"

"전 세계에 파견되어 있는 가드 요원들 중 도저히 자리를 떠날 수 없는 이들을 제외한 더블 에이(AA)급 요원들은 모두 투입될 예정입니다."

"그래봐야 숫자는 얼마 되지 않을 텐데?"

"아시잖습니까? 그곳에서는 숫자의 많고 적음이 별 의미가 없다는 것을."

"하긴 그렇군."

고개를 끄덕이던 철환이 고개를 돌려 일행들의 모습을 천천히 둘러보았다.

그제야 철환은 자신이 데리고 온 일행들의 실력도 어디가서 빠지지 않을 만큼 출중하다는 것을 인식했다.

'지금까지 마냥 어리게만 봐왔던 건가?'

쓰게 웃은 그가 김지율을 향해 물었다.

"우리가 해야 할 일은?"

그의 물음에 김지율이 예의 그 멋진 웃음을 날리며 말했다.

"쉽게 말하면 일종의 보험입니다."

· ⩗ ·

'보험이라…'

다섯 명을 일개조로 묶어 열 개 조 총50명의 인원이 동원되는 대규모 작전이었다.

게다가 이번 작전에 투입되는 이들은 어느 하나 유명하지 않은 이가 없을 만큼 탁월한 능력을 자랑하는 요원들이었다.

그들이 예비조로 편성된 이유는 하루나와 성희의 존재 때문이었다. 전 세계에서 유일하게 멀티태스킹 능력을 각성한 하루나는 각종 변수들이 난무하는 현장에서 최적의 길을 찾아낼 수 있다는 장점이 있었다. 그리고 성희는 그 어떤 공간에서도 조원들을 안전하게 보호할 수 있는 이능을 지니고 있었다.

게다가 전 세계에 퍼져있는 가드 요원들 중에서 최강의 공격력을 자랑하는 철환과 제임스까지 함께하고 있으니 작전을 세우는 이들 입장에서 이보다 더 좋을 수는 없었다. 유건의 존재야 아직까지 정확하게 파악되지 않은 면이 많아서 일종의 변수로서 작용할 것이라 예측하는 정도였지만 나머지 네 사람의 특징은 모르는 사람이 없을 만큼 유명했다.

김지율을 통해 자세히 듣게 된 작전의 개요를 떠올리던 철환이 한 방에 모여 앉아있는 일행들의 모습을 둘러보며 가만히 고개를 끄덕였다.

그가 말했던 것처럼 더할 나위 없이 좋은 조합이었다. 최근 들어 급속도로 성장한 유건의 존재까지 고려한다면 그 가능성은 더 높아질 터였다.

'이정도 규모의 작전이면 놈들이 따로 수작 부릴 것에 대한 걱정은 안 해도 되겠지.'

그의 시선이 유건에게 잠시 머물렀다. 그의 예상대로 이번 작전에 쏠리는 이목들이 워낙 많다보니 이곳에 도착하게 된 이후 적응자인 유건에 대한 감시도 많이 느슨해져 있었다.

게다가 요즘 들어 처음과 달리 많이 변한 녀석의 모습을 보면 예전 같이 마냥 휘둘리지는 않을 것 같았다.

생각을 정리한 철환이 가볍게 손뼉을 치며 주위를 환기시켰다.

"모두 주목! 들어서 알다시피 이번 작전은 유례가 없을 정도로 위험하고 또 그만큼 중요하다. 지금이라도 원치 않는 사람은 말해라. 빠진다고 해서 뭐라 하지 않을 테니."

조금 시간을 두고 기다리던 철환이 만족한 미소를 지으며 말했다.

"우리는 내일 아침 날이 밝기 전 다른 조들과 달리 미리 출발한다. 질문?"

"……."

"……."

"누가 한국사람 아니랄까봐 질문도 안하네. 그럼 이따가 보자고."

아무런 말없이 멀뚱멀뚱 철환만 바라보고 있는 유건과 성희를 가리키며 놀리듯 말을 건넨 제임스가 가볍게 손을 흔들며 자기 방으로 돌아갔다. 그런 그의 모습에 하루나가 입을 가린 채 웃음을 터트렸다.

딱히 준비할 것도 없는 유건 입장에서 얼마 남지 않은 시간 동안 잠을 잔다는 것도 별로 내키지 않았다.

적응자가 되고 난 이후부터는 며칠정도는 잠을 자지 않아도 별다른 피로를 느끼지 못했다.

침대 위에서 하릴없이 뒹굴 거리던 그가 튕기듯 일어나 아공간을 소환했다. 자신의 창고를 가득 채우고 있던 각종 물건들을 거의 쓸어 담듯이 넣어주던 센트룸의 익살스럽던 표정이 생각나 가볍게 웃은 그가 그곳에 손을 넣자 머릿속에 목차 비슷한 것이 떠올랐다.

나름 일목요연하게 정리되어 있는 그것을 천천히 살펴보던 유건의 눈이 휘둥그레졌다.

"그, 금?!"

. ⋎ .

아니나 다를까 아공간에서 빠져나온 유건의 손에 보기에도 묵직해 보이는 커다란 골드 바 하나가 들려있었다. 손에 들린 것 말고도 이런 게 그 안에 수백 개가 더 있었다.

센트룸 입장에서는 각종 마법의 시료로 많이 쓰이는 것이라 신경 써서 챙겨준 것이었지만 마법에 문외한인 유건으로서는 그저 몽롱한 눈빛을 한 채 그 황홀한 황금빛을

적응자3

바라보며 상상의 나래를 펼치고 있을 뿐이었다.

로또를 사면 일주일이 행복하다고 했던가? 헌데 유건에게 있어서는 그게 상상이 아닌 현실이라는 게 다를 뿐이었다.

'일단 강남에서도 경치 좋은 곳에 아파트를 하나 사고, 차도 고급차로, 이왕이면 외제차로다가 하나 뽑은 다음에 으흐흐흐.'

잠시 행복한 상상에 빠져있던 그가 피식 웃으며 고개를 내저었다. 몇 시간만 지나면 당장 죽을지도 모르는 위험한 적진 한 가운데로 가게 될 처지인 자신이 이런 상상을 하고 있다는 것 자체가 우습게 느껴졌다.

"돈보다 중한 게 사람 목숨이라더니… 옛말 틀린 게 하나도 없네."

허탈한 표정으로 웃던 그가 눈앞에 두 손을 들어 가볍게 힘을 주어보았다. 주먹에서 느껴지는 힘이 그의 우울하던 기분을 순식간에 날려버렸다. 의념을 불어넣자 그의 몸 내부에 잠들어 있던 미증유의 거력이 꿈틀거렸다. 순식간에 온 몸 구석구석으로 그 힘이 뻗어나갔다.

온 몸을 휘젓는 짜릿한 느낌에 가볍게 몸을 떨어댄 유건이 깊은 숨을 내쉬며 감았던 눈을 떴다.

철환을 비롯한 다른 이들과 대련할 때 유건이 사용한 힘은 자신이 지닌 전력의 삼할. 월향의 가르침을 잊지 않고 잘 따르고 있는 유건이었다.

동료들에게는 미안한 일이지만 그는 자신의 동료들을 전적으로 신뢰하지 않고 있었다. 이는 철환도 마찬가지. 이곳에 도착하고 나서부터 겪게 되는 모든 일을 한 번 더 생각해보고 끝까지 의구심을 놓지 말아야 한다고 배웠다.

적어도 자신의 적이 누구인지 어디까지 연류 되어 있는지 명확해질 때까지. 욕망에 사로잡힌 인간은 언제 어떻게 변해버릴지 모르는 법이었으니까.

적당한 기운만을 남긴 채 나머지를 서서히 가라앉힌 유건이 조금은 무겁게 느껴지는 어깨를 가볍게 휘돌리며 몸을 풀었다.

그런 그의 온 몸이 자연스럽게 따라가는 것은 심의육합권의 투로였다. 그리고 이는 자연스럽게 폭뢰신권으로 연결되었다. 애초에 심의육합권을 주공으로 익히고 있는 태환에게 선물하기 위해 창안한 권법이었으니 그 연결이 매끄럽게 이어지는 것은 어쩌면 당연한 결과였다.

그리고 이 폭뢰신권은 유건과 그 상성이 무척이나 잘 맞았다. 그의 내부에서 꿈틀대는 강력한 기운이 패도를 지향하는 폭뢰신권과 잘 어우러졌다. 이는 물고기가 물을 만난 격이었다. 유건이 지닌 힘을 가장 효율적으로 표출해 낼 수 있는 도구를 얻게 된 것과 마찬가지였다.

고수가 신검이라 불리는 부류의 무기들을 찾아 헤매는

이유도 그와 같았다. 진정한 고수는 나뭇가지 하나만 손에 들어도 신검과 같은 위력을 발휘한다지만 같은 수준의 두 무인이 싸운다면 자신의 실력을 십 할 발휘할 수 있게 도와주는 무기를 지닌 이가 훨씬 유리하다는 것은 굳이 따져 보지 않아도 알 수 있는 일이었다.

유건의 몸을 휘도는 광포한 기운이 그의 손짓에 따라 아무것도 없는 공중을 격타했다.

파앙!

가볍게 시작한 몸놀림이 어느새 진지한 수련으로 이어지고 말았다. 이렇게 보면 유건도 나름 괜찮은 무재를 타고난 케이스였다. 그런 그의 격렬한 몸짓은 모두가 모이기로 한 그 시각까지 쉴 새 없이 이어졌다.

· ▲ ·

길잡이 역할로 함께 길을 나선 덴 스미스의 뒤를 따라 빠른 속도로 달려가던 이들이 그의 손짓에 따라 그 자리에 멈춰 섰다.

"잠깐! 오크 워리어들입니다. 우회해서 피해가도록 하겠습니다."

그의 설명에 철환이 살짝 고개를 끄덕였다.

밤이라서 눈과 이빨만 보이는 덴 스미스는 아프리카계

미국인이었다. 그가 각성한 이능은 '은신(隱身)' 지금과 같은 길잡이 역할에 최적화 된 인물이었다.

그런 그 조차도 가장 멀리 정찰을 했던 것이 최초의 문이 자리하고 있는 곳에서 멀리 떨어진 외곽 지역이라고 했다.

그 안에서부터는 한 걸음 전진할 때 마다 죽음을 각오하게 만드는 무시무시한 몬스터들이 떼로 몰려다녔기에 아쉬움을 머금고 발걸음을 돌렸다고 설명했다.

아니나 다를까 한참 떨어진 지역을 지나고 있음에도 불구하고 쉽게 만나기 힘든 오크 워리어들을 심심치 않게 만날 수 있었다.

그들의 목적은 은밀한 침투. 그렇기에 부딪히는 것을 최대한 자제하고 피해가는 방법을 선택했다.

"저 언덕을 넘으면 주시자(Overseer)의 감시 범위가 시작됩니다. 그곳부터는 특별한 이능을 각성한 사람이 아닌 이상 은밀하게 이동하는 건 사실상 포기해야 하죠."

"아? 그건 제가 커버할 수 있어요."

그의 말이 끝나기 무섭게 성희가 손을 번쩍 들고 말했다.

덴 스미스의 의아한 시선을 마주한 성희가 쑥스러운 듯 콧잔등을 긁적였다. 설명을 요구하는 그의 눈빛에 철환이 가볍게 입을 열었다.

"그녀가 최근에 등장한 S급 능력자다."

"아!"

덴 스미스는 정찰에 특화된 능력을 가진 탓에 외부에 나가있는 일이 잦아 일반적인 정보를 접하는 속도가 조금 느린 편이었다. 그런 그도 얼마 전에 각성했다는 S급 능력자에 대한 소문은 접한 적이 있었다.

사실 성희의 보호막이 물리적인 방어능력 뿐만 아니라 각종 마법적인 요소까지 원천적으로 차단하는 능력을 갖추고 있다는 것이 밝혀진 것은 아주 우연한 기회를 통해서였다.

주기적으로 행하는 탐지마법의 범위에서 지부가 위치한 곳을 빼놓는 다는 걸 깜빡한 신입 요원의 실수로 가드 내에 있는 모든 요원들이 탐지마법에 감지된 적이 있었는데 실제 그곳에 있었던 사람들의 숫자와 탐지된 숫자가 다르다는 것을 눈치 챈 닥터 레나의 명에 따라 그 원인을 밝혀내는 와중에 그녀가 사라진 한 사람이라는 것을 알게 된 것이었다.

그 이후 이어진 각종 실험을 통해 다양한 계열의 모든 마법들을 원천적으로 차단해 내는 그녀의 이능에 모두들 경악을 금치 못했다. 이 순진해 보이기만 하는 소녀가 모든 마법사들을 두려움에 떨게 만드는 이능을 소유했다는 사실이 알려지게 된다면 그 파장이 무척이나 커질 것을 우려한 그녀가 이번 일을 조용히 마무리 짓고 관계자들에게 함구령을 내렸다.

그렇다고 해서 이 사실이 외부로 전혀 새어나가지 않을 것이라는 순진한 생각을 하고 있지는 않았지만 적어도 공공연히 회자되는 일은 막을 수 있을 거라는 생각에서였다.

그런 그녀의 우려처럼 무척이나 놀랍다는 얼굴로 자신을 바라보는 덴 스미스의 시선에 성희의 얼굴이 붉어졌다.

자신이 너무 노골적으로 쳐다보고 있다는 걸 깨닫고 헛기침을 한 그가 다시 입을 열었다.

"그렇다면 이야기가 달라지겠군요. 주시자의 탁월한 능력 때문인지 그것만 피할 수 있다면 이곳에서부터 한동안은 조금 여유롭게 이동할 수 있습니다. 실례가 안 된다면 어떻게 주시자의 이목을 속여 넘길 건지 알 수 있을 까요?"

그의 말처럼 상대 능력자의 장기를 물어보는 건 큰 실례였다. 그들이 지닌 기본적인 능력도 능력이지만 이를 어떻게 개발하느냐에 따라 그 효용성에서 엄청난 차이를 보이곤 했기 때문이었다.

덴 스미스의 조심스러운 물음에 성희가 별일 아니라는 듯이 가볍게 손뼉을 치며 이능을 발현시켰다.

"아! 별거 아니에요. 신의 가호(Divine Protection)!"

그녀의 의지를 품은 투명한 보호막이 생겨나 일행을 뒤

덮었다.

"호오~ 이게 당신의 이능이군요."

"그녀의 이 보호막은 그 어떤 탐지 마법도 무력화 시키는 장점이 있지."

"대, 대단합니다. 만약 제게 이 능력이 있었다면 최초의 문 바로 앞까지도 진출 할 수 있었을 겁니다. 과연 S등급은 다르군요."

'이 보호막이 그녀의 의지에 따라 그 끝을 알 수 있을 만큼 견고해 진다는 걸 알면 놀라 뒤집어 지겠군.'

자신을 향한 칭찬이 계속해서 이어지자 부끄러움을 참지 못한 그녀가 곁에 서있던 유건의 옷자락을 살짝 잡았다.

'응?'

그녀의 손길에 고개를 돌린 유건은 귀까지 붉어진 모습에 실소를 머금었다.

'지금 모습을 보니 영락없는 고등학생이구나.'

S급 능력자라는 타이틀에 가려져서 한동안 잊고 지냈었는데 그녀는 아직 고등학생에 불과했다. 평범한 이야기에도 숨넘어가게 웃음을 터트리고 방송에 나오는 연예인을 쫓아다니며 목청 터져라 그 이름을 불러대는 평범한 여고생. 만약 지하철에서의 그 사건이 아니었다면 그녀도 그런 평범한 생활을 이어나갈 수 있었을 텐데.

자신의 생각이 아무데도 쓸데없는 상념에 불과하다는 걸 깨달은 유건이 쓰게 웃으며 그런 그녀의 머리를 가볍게 쓰다듬어 주었다.

성희의 활약(?)덕분에 주시자의 감시망을 벗어난 일행들이 빠른 속도로 최초의 문을 향해 이동했다.

"그런데 주시자가 뭐죠?"

유건의 물음에 덴 스미스가 빙그레 웃으며 말했다.

"거대한 눈의 형태를 가진 몬스터입니다. 최초의 문이 있는 곳으로부터 수직으로 100m정도 떨어진 상공에 부유한 채로 쉴 새 없이 탐지마법을 뿌려대는 무지막지한 놈이죠."

"아? 그 주시자라는 몬스터가 여럿인가요?"

"아니요, 지금까지 확인된 바에 의하면 그 녀석 하나뿐입니다."

"흠, 그렇군요."

의미심장한 얼굴로 고개를 끄덕이는 유건의 모습을 지그시 바라보던 덴 스미스가 입을 열었다.

"당대 적응자시라고 들었습니다."

"네, 맞습니다."

"제가 어렸을 적에 미국에서 있었던 적응자의 폭주로 인해 저희 어머니께서 돌아가셨습니다."

"아?!"

그의 예상치 못한 말에 유건이 놀란 눈으로 그를 바라보았다. 곁에서 그들의 대화를 듣고 있던 일행들 또한 그의 말에 놀랐는지 불안한 눈으로 유건을 바라보았다.

"아이러니하게도 그 이후 제 여동생을 죽음의 위기에서 구해준 것도 적응자였습니다."

"……."

처음에는 원망하는 말이 나올 줄 알고 긴장했던 유건이 이어진 그의 말에 알 수 없는 표정을 지었다.

"그 이후에 깨달았죠. 무턱대고 원망만 하는 건 아무런 도움도 되지 않는다는 걸 말이죠. 그 이후 적응자라는 존재에 대해 닥치는 대로 자료를 모으고 조사했습니다. 그러다가 알게 됐죠. 그들도 살기 위해 발버둥 치던 여타 다른 사람들과 다를 바 없다는 사실을…."

"그러셨군요."

괴로운 얼굴로 대답하는 유건의 모습을 가만히 지켜보던 그가 말을 이었다.

"아시다시피 현재 저희 인류에게 주어진 시간은 그리 많지 않습니다. 전 세계에 퍼져있는 각성자들의 숫자는 점차 줄어가는 반면 몬스터의 숫자는 기하급수적으로 늘어나고 있거든요. 게다가 최근 들어 기존과 전혀 다른 강함을 자랑하는 변종들이 늘어나고 있는 추세입니다. 이건 아직까지 공개되지 않은 사실입니다만…."

익살스럽게 윙크를 날리며 말을 늘이는 그의 모습에 마음이 조금은 가벼워진 유건이 그의 이어서 나올 뒷말에 귀를 기울였다. 그 뿐만 아니라 일행들 모두 그의 입에서 눈을 떼지 못했다.

"유럽 쪽에 있는 가드 지부들의 대다수가 철수하기로 결정했습니다."

"그런?"

"그게 말이 되나?"

그의 발언에 놀란 사람은 비단 유건뿐만이 아니었다. 이는 좀처럼 흥분하지 않는 철환의 입에서 고성이 튀어나온 것만 봐도 알 수 있었다.

"씁쓸한 현실이지만 엄연한 사실이기도 합니다. 그대로 각개격파 당하는 걸 보고만 있을 수 없다는 게 상부의 의견입니다."

"그렇다면 유럽을 포기한다는 말인가?"

"사실상 그렇다고 볼 수 있습니다. 그나마 아시아쪽에 있는 나라들이 변종 몬스터에 효과적으로 대응하고 있으니 그쪽으로 힘을 합칠 생각인거죠."

"그, 그럼 일반 사람들은요?"

너무나도 큰 스케일에 압도된 성희가 더듬거리며 물었다.

"벌써 몇 년 전부터 알게 모르게 많은 수의 사람들이 이

민을 선택했습니다. 그 이후로도 꾸준하게 그 숫자는 늘어 가고 있는 실정이지요. 평범한 일반 시민들의 본격적인 철 수 날짜는 이번 작전의 결과를 보고 결정할 것 같긴 합니 다만⋯ 이미 돌이키기에는 너무 늦어버렸죠."

"그, 그렇군요."

그들이 거주하고 있던 신 대한민국의 수도 서울은 전 세 계에서 가장 안전한 도시였다. 그렇기에 성희를 비롯한 다 른 사람들은 이렇게까지 상황이 악화되어 있는지 전혀 실 감하지 못했다.

"저는 어쩌면 적응자라는 존재가 이 모든 상황을 풀 수 있는 열쇠가 되지 않을까 하는 생각을 하고 있습니다."

"열쇠요?"

"차원의 문이 열림과 동시에 여기저기서 나타나기 시작 한 각성자의 존재나, 서로 다른 두 존재가 합쳐진 새로운 종의 탄생이나 이 모든 게 몬스터라는 이계의 존재로부터 인간을 보호하기 위한 자연의 섭리가 아닐까 싶더군요. 물론 이건 저 뿐만 아니라 많은 학자들이 지지하는 이론 이기도 합니다. 하하하하, 이거 자꾸만 말이 길어지는 군 요."

그의 말을 듣고 있던 모두의 얼굴이 마치 어려운 강의를 듣고 있는 학생들처럼 묘하게 일그러지자 웃음을 터트린 그가 말을 이었다.

"결론만 말하자면 저는 적응자의 폭주한 모습을 직접 목격한 몇 안 되는 생존자 중에 하나이기도 합니다. 단언 컨대 그렇게 믿을 수 없을 만큼 강한 존재는 지금껏 단 한 번도 목격한 적이 없습니다. 굳이 비교할 상대를 찾자면 몬스터들의 수장격인 더 블랙(The Black) 정도쯤 돼야 맞 상대가 가능하겠죠."

"그래서 열쇠라고 생각하셨군요."

유건의 말에 덴 스미스가 철환을 바라보며 말했다.

"철환 요원님께서는 지난번 강남대전에서 경험해보셨 기에 잘 아시겠군요. 그 더 블랙이 지니고 있는 강함의 수 준을."

"크흠…."

그의 말에 철환의 얼굴이 일그러졌다. 그가 더 블랙을 상대한 경험이 있다? 유건으로서는 처음 듣는 말이었다. 하루나는 이미 알고 있는 것 같은 표정이었지만 그와 성희 는 덴 스미스의 말에 그저 어리둥절할 뿐이었다.

모두의 시선을 자신을 향하자 미간을 찌푸린 철환이 마 지못해 입을 열었다.

"그때 만난 건 녀석의 아바타(Avatar)였다. 그런 녀석 하나를 상대하면서 당시에 대한민국 가드 지부에 있었던 대부분의 요원들이 목숨을 잃었지."

"참고로 그때 당시 대한민국 가드 지부는 세계 최강의

전력을 자랑하고 있었습니다. 퍼스트 메이지(First Mage)
인 유현진씨를 비롯해서 말이죠. 아! 아직도 최고로 손꼽
히는 염동능력자인 김미려씨도 있었군요. 철환씨의 피앙
세였던….”

“거기까지!”

차갑게 가라앉은 철환의 목소리에서 냉기가 풀풀 풍겨
났다. 그런 철환의 모습에 찔끔한 표정의 덴 스미스가 어
색하게 웃으며 고개를 돌렸다.

역린(逆鱗)!

잘은 모르지만 유건은 덴 스미스가 언급했던 철환의 약
혼자 김미려의 존재가 그에게 있어서 언급하지 말아야할
역린이라는 사실을 깨달을 수 있었다.

순간 철환에게서 풍겨져 나온 기세에는 곁에 있던 그가
무심코 기운을 끌어올릴 만큼 차가운 살기가 섞여 있었다.

'더 블랙, 강남대전, 김미려….'

새롭게 알게 된 사실을 곱씹으며 앞서가는 덴 스미스의
뒤를 부지런히 따라가는 유건이었다. 말없이 달려가는 철
환에게서는 여전히 차가운 냉기가 풀풀 풍겨나고 있었다.

· ▼ ·

한참동안 말없이 달려가던 와중에 유건은 스즈키 츠요

시와 마주했을 때 경험했던 것과 비슷한 서늘한 기운이 목 덜미를 타고 내려가는 것을 느꼈다.

턱!

갑자기 멈춰서는 그로 인해 일행들 모두가 자리에 멈춰 섰다. 의아한 눈으로 유건을 바라보던 철환의 고개가 전면 으로 획 돌아갔다.

"오빠?"

의아한 얼굴로 유건을 부르던 성희도 자신의 방어막을 두드리는 기분 나쁜 감각에 미간을 찌푸렸다.

"모두 긴장해라. 강한 기운이 빠른 속도로 다가오고 있 다."

철환은 자신보다 더 빨리 이를 알아차린 유건을 의미심 장한 눈빛으로 한번 쳐다본 뒤 등에 매어놓았던 검을 뽑아 들었다. 그의 형 태환이 전해준 바로 그 검이었다.

"들킨 건가요?"

긴장한 흔적이 역력한 덴 스미스가 성희와 철환을 번갈 아 바라보며 물었다.

그의 눈빛에 담긴 뜻을 알아차린 철환이 어깨를 두드리 며 말했다.

"그렇게 의심 가득한 눈초리로 바라볼 필요는 없어. 그 녀의 이능이 지닌 효과는 확실하다. 우리가 모르는 무언가 를 통해 감지했을 확률이 더 높아."

"그, 그렇군요."

떨떠름한 표정으로 답한 덴 스미스의 눈이 순간 부릅떠졌다.

"저, 저건!"

"크흠…!"

바닥에서 30cm가량 떠있는 상태로 미끄러지듯 일행들을 향해 다가오고 있는 상대는 철환도 과거에 한 차례 마주한 적이 있었던 녀석이었다.

저릿저릿.

유건은 녀석이 다가올수록 점차 강해지는 기세에 미간을 찌푸렸다.

'이곳에서 마주쳤던 그 어떤 몬스터보다도 강하다. 대체 정체가 뭐지?'

마치 그런 유건의 생각을 읽기라도 한 것처럼 하루나가 입을 열었다.

"죽음의 사도 토트(Tod)! 저자가 어떻게 여기에!"

그의 주변을 둘러싸고 있는 어둠은 죽어서도 안식을 얻지 못한 이들의 혼령이었다. 그녀의 기억이 틀리지 않는다면 전면에서 모습을 드러낸 상대는 전대 지부장이었던 마진혁의 손에 의해 소멸당한 것으로 알려진 죽음의 마술사 토트가 분명했다.

"철환씨, 저게 대체…."

"아무래도 그가 맞는 것 같군. 어떻게 되살아났는지는 모르겠지만 뚫고 가기가 쉽지는 않겠어."

그의 말이 끝나기 무섭게 자신의 존재를 증명하기라도 하듯이 녀석이 양손을 하늘 위로 들어 올리자 땅이 들썩거리며 이내 수많은 언데드들이 그 모습을 드러냈다.

"ㅋㅎㅎㅎㅎㅎ, 쥐새끼 같은 녀석들. 어딜 그렇게 바쁘게 가고 계시나?"

그와 비슷한 부류의 네크로맨서들은 보통 구울이나 해골 병사들을 호위 병력으로 데리고 다녔는데 지금 그를 둘러싸고 있는 녀석들은 얼핏 보기에도 평범함과는 거리가 멀어 보이는 오크 워리어들이었다.

"토트! 네 놈이 어떻게 살아있는 거지?"

하루나의 외침에 그의 미간이 꿈틀거렸다. 그리고 날카로운 송곳니를 드러내며 말했다.

"소멸당하는 줄 알았던 나는 그분의 은총에 힘입어 진정한 네크로맨서의 왕으로 되살아났다. 크하하하하하, 너희 같은 하찮은 미물들은 이해할 수 없겠지만."

"헛, 설마? 리… 리치?"

그의 시체처럼 창백한 낯빛과 죽은 사람의 그것처럼 초점이 없는 눈동자를 지켜보던 하루나가 헛바람을 들이키며 말했다.

그녀의 말에 조금은 놀란 듯 초점 없던 그의 눈동자에

붉은 광채가 번뜩였다.

"생각보다 많은 것을 알고 있군. 이능에 몸을 판 창녀여. 네 이름이 무엇인가?"

"쳇, 누구보고 창녀래? 이 죽다만 시체새끼가! 무덤에나 들어가서 곱게 누워있을 것이지. 어디서 잘난 척이야. 어차피 움직이는 시체에 불과한 주제에."

그의 말에 발끈한 하루나가 조금 전 자신이 놀랐다는 사실이 못내 짜증난다는 듯 거칠게 말을 내뱉었다.

"크ㅎㅎㅎㅎㅎ, 네 년! 네 년 만큼은 절대 곱게 죽지는 못할 것이다. 죽은 다음에도 되살려서 영원토록 괴로움을 맛보게 해주지."

그의 섬뜩한 눈빛이 강렬하게 빛나자 호기롭게 외치던 하루나가 흠칫 거리며 뒤로 물러섰다.

유건이 자연스럽게 걸음을 옮겨 그런 그녀와 토트의 사이를 막아섰다.

"웅? 네놈은?"

다른 이들과 달리 유건에게서 자신들의 그것과 유사한 냄새를 맡은 토트가 고개를 갸웃거리며 말했다.

"자고로, 여자를 괴롭히는 놈들 치고 제대로 된 놈이 없는 법이지."

조소를 머금은 채 가볍게 두 주먹을 맞부딪힌 유건이 쏘아진 탄환처럼 상대를 향해 날아들었다.

"선수필승(先手必勝)!"

달려들던 기세를 그대로 실은 유건의 주먹이 공기를 가르며 쇄도했다.

터어엉!

주인을 향해 날아들던 그의 주먹을 막아선 오크 워리어 두 마리가 각기 다른 방향으로 튕겨져 날아갔다. 바닥에 처박힌 뒤 간헐적으로 몸을 떨어대던 녀석들이 이내 축 늘어졌다.

그러자 놈들의 몸에서 검은 기운이 빠져나와 토트의 몸 안으로 스며들었다.

"흥! 인간 치고는 제법이구나."

자신의 흑마법으로 강화된 오크 워리어를 단 일수에 무력화 시킨 유건의 모습에 그의 입매가 살짝 비틀렸다.

놀라기도 잠시 이내 평정을 회복한 토트가 일견 보기에도 평범해 보이지 않는 뼈들로 만들어진 완드를 치켜들고 외쳤다.

"한 놈도 남기지 말고 모두 먹어치우도록!"

"크오오오오!"

그의 말이 끝나기 무섭게 그를 에워 싼 채 호위하고 있던 오크 워리어 들이 일행들을 향해 빠른 속도로 쇄도했다.

"하루나는 성희를 보호하고, 나와 유건이 전면으로 향한다. 제임스 너는 뒤에서 엄호하며 기회를 보다가 직접 저 녀석을 노려라."

그의 말이 떨어지기 무섭게 그동안 말을 아끼며 힘을 비축하고 있던 제임스가 가볍게 손을 떨쳤다.

그의 손에서 만들어진 작은 불티들이 엄청난 기세로 달려드는 오크 워리어들을 향해 날아갔다.

푸화화확!

어지간한 파이어 볼 보다 더 위력적인 제임스의 불꽃이 놈들과 맞부딪히며 굉음을 토해냈다.

시야를 가득 채우는 거대한 불의 장막을 헤치고 오크 워리어 한 녀석이 제일 먼저 모습을 드러냈다.

"크오오오오!"

높이 뛰어오른 녀석이 떨어지는 기세를 담아 거대한 도끼를 내리쳤다.

카앙!

이를 검을 들어 막아낸 철환이 녀석의 품 안으로 파고들며 팔꿈치로 놈의 명치를 가격했다.

"쳇!"

팔꿈치가 뻐근할 만큼 강한 반발력에 미간을 찌푸린 철환이 몸을 회전시키며 수평으로 검을 휘둘렀다.

서걱.

그의 검날에 놈의 허벅지가 깊게 베어졌다. 그러나 곧바로 검은 연기가 피어오르며 언제 그랬냐는 듯 처음의 모습으로 되돌아갔다.

죽은 시체를 이용해 만들어낸 놈들답게 칼날에는 피 한 방울 묻어있지 않았다.

'이런 녀석들을 단 일격에 두 놈이나 무력화 시켰단 말인가?'

철환의 뇌리에 피어오른 의구심은 이어서 날아든 오크 워리어의 공격으로 인해 더 이상 이어지지 못했다.

기본적으로 강한 항마력을 지니고 있는 오크 워리어 녀석인데다가 토트의 흑마법으로 인해 한층 강화된 놈들은 제임스의 강한 불꽃에도 뒤로 주춤거리며 물러서기만 할 뿐, 그리 큰 타격을 입지 않았다.

그러나 그럼에도 불구하고 제임스는 연신 손을 뻗어가며 같은 공격만 반복할 뿐 여타 다른 공격을 시도하지 않았다. 그런 그의 눈은 저만치 뒤에서 완드를 치켜든 채 비릿하게 웃고 있는 토트에게 고정되어 있었다.

"차하압!"

유건이 내지른 주먹을 도끼날로 막아서던 녀석이 터져나간 무기 파편과 함께 저만치 날아가 달려들던 다른 녀석들과 뒤엉킨 채 나뒹굴었다.

일격필살의 권.

남궁태민에게 전수받은 폭뢰신권이 만들어낸 놀라운 광경이었다. 그 이름에서도 알 수 있듯이 폭뢰신권은 남궁태민이 폭풍우 속에서 작렬하는 번개를 보고 영감을 얻어 만들어낸 무공이었다.

뢰(雷)의 기운은 기본적으로 모든 사이한 기운을 물리치는 파사의 공능을 가지고 있었다. 그렇기 때문에 무의식중에 폭뢰신권의 투로를 따라 펼치는 유건의 공격에 흑마법으로 강화된 오크 워리어들이 맥을 못 추고 있는 것이었다.

오크 워리어 군단을 만나 나름 고전하고 있는 다른 이들과 달리 파죽지세로 그들을 격파하고 있는 유건의 모습은 전장에서 단연 돋보였다.

그런 그를 바라보고 있는 토트의 눈이 가늘어졌다.

자신들의 그것과 유사한 냄새를 풍기는 자. 가만히 생각해보니 과거 자신을 영원한 소멸의 위기까지 몰고 갔던 그자도 비슷한 기운을 지니고 있었다.

'저런 자들을 가리켜 적응자라고 부른다고 했던가?'

다른 일행들의 공격을 받아 입게 된 데미지는 그가 완드를 들어 어둠의 마나를 불어 넣어주는 것으로 쉽게 회복되었다.

그러나 유건에게 당한 녀석들은 그것으로 끝. 다시금 전장에 복귀하지 못했다.

비교적 쉽게 만들어낼 수 있는 구울등과 달리 오크 워리어는 그로서도 오랜 시간 심혈을 기울여야 하는 귀한 존재였다.

공중을 부유하고 있는 자신의 사령 스펙터(Specter)들을 통해 몰래 잠입하고 있는 침입자의 존재를 발견한 토트가 언뜻 보기에도 심상치 않아 보이는 녀석들을 상대하기 위해 고르고 골라서 데리고 온 녀석들이었다.

상처 입은 녀석들의 회복을 돕기 위해 간간히 손을 쓰던 토트가 완드를 들어 올리며 주문을 외웠다.

"다크 필드(Dark Filed)!"

그 순간 그들을 중심으로 반경 300m에 달하는 거대한 검은 색 원이 만들어졌다.

터어억!

'응?'

뒤로 한참을 미끄러지며 유건의 주먹을 막아낸 오크 워리어가 검은 기운을 줄기줄기 흩뿌려가며 그를 향해 으르렁거렸다.

"크르르르르."

그리고 그와 동시에 유건의 귓가로 원령들의 울부짖음이 들려오기 시작했다.

'끄어어어어, 사…살고 싶어.'

42

'괴…괴로워. 으어어어어.'

'왜 너…만 살아있는 거지? 우…리와 같이 가자.'

'끼아아아악! 죽어라, 죽어. 죽어. 죽어어!'

소름끼치는 원령들의 울부짖음이 유건의 정신을 공격해 댔다.

"큭! 대체 이게 뭐야?!"

그와 마찬가지로 일행들 대부분이 머리를 붙잡은 채 괴로워하고 있었다.

"디바인 쉴드(Divine Shield)!"

성희의 낭랑한 외침과 동시에 투명한 방어막이 일행들의 몸을 둘러쌌다. 그녀의 이능이 펼쳐지자 이내 머리를 지끈거리게 만들던 원령들의 속삭임이 사라졌다.

"성희야, 고마워!"

성희를 향해 가볍게 손은 흔든 유건이 어느새 자신을 둘러싼 채 이를 드러내고 있는 오크 워리어를 둘러보며 말했다.

"다시는 회복할 수 없도록 아예 박살을 내주마!"

전면으로 쇄도하던 유건이 손을 뿌렸다. 츠요시로부터 건네받은 수리검이 녀석의 눈을 뚫고 들어갔다.

"크아아아!"

얼굴을 부여잡은 채 괴로워하는 녀석을 향해 뛰어오른 유건이 놈의 목을 감싸 안은 채 빠르게 한 바퀴 휘돌았다.

두두둑!

소름끼치는 소리와 함께 놈의 목이 기묘한 각도로 돌아
갔다. 허물어져가는 놈을 향해 유건이 손을 뻗자 놈의 눈
에 틀어박혀 있던 수리검이 되돌아왔다.

"한 놈."

수리검을 회수한 유건이 강하게 땅을 구르자 바닥에 아
무렇게나 흩어져 있던 크고 작은 돌들이 튀어올랐다.

스팟!

눈에 보이지 않을 정도의 빠른 손놀림으로 이를 잡아 챈
유건이 몸을 휘돌리며 놈들을 향해 뿌렸다.

쇄애액!

각기 다른 궤도를 그리며 날아간 돌멩이들이 자신을 향
해 달려들던 놈들의 급소에 틀어박혔다.

"크륵!"

"점멸(Blink)!"

돌을 날리는 것과 동시에 땅을 박찬 유건이 순식간에 놈
들의 측면에서 모습을 드러냈다. 센트룸이 몸이 새겨준 각
인 마법이 보여주는 놀라운 광경에 유건이 혀를 내둘렀다.

'호오~ 이거 끝내주는 걸?'

감탄과 동시에 유건의 손은 폭뢰신권의 투로를 만들어
내고 있었다.

날아드는 돌멩이에 급소를 격타당한 놈들이 잠시 멈칫

거리는 순간 유건의 주먹이 날아들었다.

찌어엉!

유건의 주먹에 얼굴이 함몰된 녀석이 비명조차 내지르지 못한 채 바닥에 처박혔다. 다크 필드를 통해 전에 비해 배는 더 강력해진 오크 워리어들이었지만 유건의 주먹은 이 모든 것들을 단숨에 날려버렸다.

보는 이마저 속이 시원하게 만드는 유건의 호쾌한 일격에 덴 스미스가 자신도 모르는 사이에 탄성을 흘렸다.

그런 유건에게 질세라 철환이 단 숨에 두 개의 봉인을 해제하고는 놈들을 난도질하기 시작했다.

절묘한 순간에 날아드는 제임스의 불꽃 덕분에 유건과 철환은 적의 숫자를 차곡차곡 줄여나갈 수 있었다.

다크 필드 마법까지 펼쳤음에도 불구하고 오크 워리어들이 계속해서 수세에 몰리자 그가 품에 손을 넣었다 뺐다.

그런 그의 손에는 칠흑 같은 어둠이 넘실대는 수정이 들려있었다.

"이런데서 사용하기에는 조금 아깝긴 하지만, 그래도 어쩔 수 없지."

아쉬운 듯 입맛을 다신 토트가 봉인을 해제하기 위한 주문을 외우며 이를 전면에 집어 던지자 소름끼치는 귀곡성과 함께 검은 연기가 흩어지며 거대한 두 개의 뿔이 제일 먼저 모습을 드러냈다.

검붉은 빛을 내며 번들거리는 갑주를 차려입은 미노타우르스가 하늘을 향해 거칠게 포효했다.

* ▾ *

주변에 있는 모든 존재들에게 자신이 포식자임을 당당하게 선포하는 외침.

미노타우르스의 포효에 다크 필드의 지원을 받아 한층 강해진 오크 워리어들이 고개를 숙인 채 어쩔 줄 몰라 했다.

은신능력을 빼면 잘 훈련받은 군인 정도의 수준밖에 안되는 덴 스미스가 녀석의 포효에 짓눌려 얼굴이 퍼렇게 변해갔다.

파앙!

곁에 서있던 하루나가 가볍게 그의 등을 두드리자 숨통이 트인 그가 콜록 거리며 가쁜 숨을 내쉬었다.

"커헉, 콜록 콜록. 하아~ 하아~ 가, 감사합니다."

하루나는 그에게 답하는 대신 긴장한 얼굴로 전면을 바라보았다. 지금껏 경험해보지 못했던 거대한 기세가 그곳으로부터 뻗어 나오고 있었다.

"쳇, 그리 간단하게 보내주지는 않겠다 이건가?"

나직이 혀를 찬 철환이 세 번째 봉인을 풀기 위해 귀로 손을 가져갔다. 그런 그의 앞을 유건이 막아섰다.

"응? 애송이?"

"저 녀석은 제가 상대하겠습니다. 세 번째 봉인은 그렇게 자주 풀면 안 되는 거라면서요? 믿고 맡겨주세요."

"아? 그, 그래. 알았다."

가볍게 웃으며 고개를 숙이는 유건의 모습에서 무언가 설명할 수 없지만 왠지 모를 든든함이 느껴졌다.

철환의 허락을 받은 유건이 가볍게 양 주먹을 부딪치며 전면을 향해 천천히 걸어갔다.

"유유상종(類類相從)이라는 말도 못 들어봤냐? 자고로 괴물은 괴물끼리 놀아야 되지 않겠어?"

서서히 기운을 끌어 올리자 유건의 몸 주변으로 검은색 아지랑이가 나타나 넘실거리기 시작했다.

"갈 길이 바쁘니까 빨리 끝내자. 소대가리 새끼야!"

"쿠오오오오!"

자신의 몸길이만한 거대한 배틀 액스를 치켜들고 포효한 미노타우르스가 자신을 향해 달려드는 유건을 노려보았다.

멈칫.

놈의 눈에서 붉은 빛이 번뜩인다고 느낀 순간 빠르게 쇄도하던 유건의 몸이 브레이크라도 걸린 것처럼 갑작스럽게 멈춰 섰다.

"하압!"

가볍게 기합을 내지르며 양 손을 활짝 펴자 그를 옭아매고 있던 주박이 풀어졌다.

"이 정도로 무너질 내가 아니지!"

주박을 떨쳐낸 유건이 지척에 다다른 배틀 액스를 가볍게 피하며 녀석의 품으로 파고들었다.

터엉!

강하게 진각을 밟으며 내뻗은 주먹이 녀석의 복부에 닿으려는 찰나 유건이 저만치 뒤로 날아갔다.

밑에서부터 솟구쳐 오르는 녀석의 무릎을 막아낸 왼손 바닥이 욱신거렸다.

"쳇, 뭐 이렇게 빠르냐? 덩치는 산만한 녀석이."

손을 가볍게 흔들어 여력을 털어낸 유건의 모습이 순간 시야에서 사라졌다.

"무오?!"

순간 상대의 모습을 놓친 미노타우르스가 주변을 두리번거렸다. 점멸 마법을 이용해 순식간에 녀석의 측면으로 돌아간 유건이 비어있는 옆구리를 향해 주먹을 내질러다.

"차하압!"

"쿠오오오오오!"

주먹이 파묻힐 정도로 강하게 틀어박힌 유건의 일격에 거대한 체구를 자랑하는 녀석의 몸이 붕 떠서 날아갔다.

'좋았어!'

주먹에서 전해지는 느낌이 제법 묵직했다. 게다가 이번
일격에 훈련을 받으며 깨우치게 된 침투경의 원리를 접목
했기에 녀석의 내부에도 어느 정도 충격이 전해졌을 터였
다.

"어라?"

좋아하기도 잠시 언제 그랬냐는 듯 멀쩡한 모습으로 포
효하고 있는 녀석의 모습에 자신의 주먹과 그런 상대를 번
갈아 쳐다보던 유건이 입맛을 다셨다.

"쩝, 어째 너무 쉽다 했네."

쿠웅, 쿠웅.

거대한 체구답게 달려오는 모습도 무척이나 요란스러웠
다.

"쿠오오오!"

어지간한 성인 열댓 명은 달려들어야 겨우 들어 올릴 것
같은 무지막지한 배틀 액스가 공기를 가르며 날아들었다.

이를 가볍게 피해낸 유건이 반격을 가하려던 찰나 사방
에서 휘몰아치는 바람이 그의 몸을 옭아맸다.

"큭!"

배틀 액스 가운데 박혀있던 푸른 구슬이 빛을 발하고 있
었다.

"오빠! 도끼 한가운데 있는 구슬이요!"

아무런 설명도 없이 외친 성희의 말을 용케도 알아들은 유건이 자신을 향해 다시금 날아드는 배틀 액스를 노려보았다.

'저건가?'

아니나 다를까 거대한 배틀 액스 한가운데 박혀있는 구슬이 퍼런 광채를 내뿜고 있었다.

바람에 휘둘리지 않기 위해 오른 발을 땅에 발목까지 박아 넣은 유건이 구슬을 향해 수리검을 날렸다.

그리고 동시에 자신을 향해 날아드는 배틀 액스를 양팔을 교차해 막아냈다.

퍼거걱!

당연히 잘려나갔으리라 생각했던 유건의 두 팔이 멀쩡하게 남아 있다는 걸 발견한 토트의 눈매가 가늘어졌다.

어느새 변이된 유건의 팔이 이를 막아낸 것으로도 모자라 그의 손가락이 두터운 배틀 액스의 도끼날을 파고들었다.

빠드득.

기괴한 소음과 함께 도끼날이 깨져나갔다. 이를 오른 손으로 움켜쥔 유건이 힘을 끌어올리며 배틀 액스를 잡아 당겼다.

"하압!"

"무오?!"

자신에 비해 한참은 작아 보이는 인간이 배틀 액스를 움켜쥔 채 잡아 당기자 그 거대한 미노타우르스의 몸이 앞으로 휘청거렸다.

상대에게 잠시나마 휘둘렸다는 사실이 못내 마음에 안 들었는지 인상을 찌푸린 녀석이 배틀 액스를 빼내기 위해 양손에 힘을 주었다. 녀석의 짙은 갈색의 팔뚝에서 거대한 핏줄기가 꿈틀거렸다.

녀석이 잔뜩 힘을 주는 순간 유건이 잡고 있던 도끼날을 놓아버렸다.

팽팽하던 힘의 균형이 무너지자 미노타우르스의 거대한 몸이 순간 휘청거렸다.

때를 놓치지 않고 녀석의 품안으로 파고든 유건이 유건의 허리보다 더 굵은 녀석의 무릎을 강하게 내리쳤다.

"크오오오!"

무릎에서 느껴지는 강렬한 고통에 인상을 찌푸린 녀석이 유건을 구속하기 위해 마법을 발동시켰으나 이전과 같은 바람이 만들어지지 않았다.

배틀 액스 중앙에 박혀 있던 푸르게 빛나던 보석에 거무튀튀한 수리검 하나가 깊숙이 틀어박혀 있었다.

조금 전의 경험을 잊지 않은 유건이 첫 일격을 날리는 즉시 빠르게 녀석의 뒤로 돌아가 발뒤꿈치로 오금을 후려갈겼다.

순식간에 앞뒤에서 가해진 충격에 녀석의 거대한 몸이 한쪽으로 기울었다.

쿠웅.

결국 한쪽 무릎을 꿇은 녀석이 붉은 광채를 흩뿌리며 유건을 찾기 위해 두리번거렸다.

"위쪽이다!"

토트의 외침에 미노타우르스의 고개가 위로 들렸다. 그런 녀석의 눈에 빠르게 다가오는 유건의 모습이 들어왔다.

어느새 녀석의 머리 위로 도약한 유건이 빠른 속도로 하강했다.

푸욱!

변이를 일으켜 이전과 차원이 다른 경도를 자랑하는 유건의 손날이 놈의 두터운 목덜미를 뚫고 들어갔다.

'잡았다!'

팔꿈치까지 파고든 유건의 손이 놈의 두터운 목뼈를 움켜쥐었다. 회심의 미소를 띤 유건이 이를 잡아 뽑으려는 찰나 강한 힘이 그의 옆구리를 강타했다.

"크흑!"

한참을 날아가다가 공중에서 균형을 잡은 유건이 한 바퀴 몸을 휘돌려 바닥에 착지 했다.

"이런 건방진 애송이 같으니라고!"

흑마법을 날려 미노타우르스에게서 유건을 떼어낸 토트

가 완드를 치켜들고 주문을 외웠다.

그러자 바닥을 검게 물들였던 다크 필드가 서서히 줄어드는가 싶더니 이내 괴로워하고 있던 미노타우르스의 몸속으로 스며들었다.

검은 기운이 스며들자 미노타우르스의 상처가 순식간에 아물었다. 검은 기운을 모조리 흡수한 녀석이 괴로움과 환희가 뒤섞인 괴성을 토해냈다.

"크아아아아악!"

몸집이 순식간에 배는 불어났고 비정상적으로 발달한 근육들이 더욱 불거져서 그 표면을 타고 밧줄 같은 핏줄기가 꿈틀댔다. 잠시 뒤 그의 몸 주변을 휘돌고 있던 검은 안개가 유형화되며 육중한 갑주의 모습을 갖췄다.

토트가 최강의 몬스터라고 불리는 오우거가 아닌 미노타우르스를 자신의 사령으로 삼은 까닭은 여타 다른 몬스터들에 비해 녀석이 흑마법과 조화를 이루는 비율이 탁월하게 높았기 때문이었다.

이를 증명하기라도 하듯이 새롭게 모습을 드러낸 미노타우르스는 전에 비해 몇 배는 더 강력한 개체로 변모해 있었다.

'이거 맨 주먹으로는 힘들겠는 걸?'

녀석의 몸을 빼곡하게 둘러싼 육중한 갑주를 살펴보던 유건이 쓰게 웃으며 아공간을 소환했다.

오래 쓰기에는 그 강도가 지나치게 약하긴 하지만 유독 어둠의 종족인 몬스터들에게 강력한 효과를 발휘한다는 미스릴제 무구를 몇 개 얻어왔기 때문이었다. 마법의 재료로서 사용하기 위해 간단하게 만들어진 무구들이었기 때문에 오래 버티기는 힘들겠지만 맨손보다는 나을 것 같았다.

아공간에서 빠져나온 유건의 손에 미약한 서기를 발하는 적당한 크기의 브로드 소드가 들려있었다.

검에서 느껴지는 익숙한 기운에 토트가 눈을 치켜떴다.

"설마, 미, 미스릴?"

이쪽 세상에서는 아주 극소량밖에 존재하지 않기에 이를 가지고 무기를 만든다는 것은 상상도 할 수 없는 일이었다. 미스릴제 검에서 뿜어져 나오는 자신과 상극인 기운에 그의 아미가 찌푸려졌다.

검은 마나의 영향으로 전에 비해 배는 커져버린 배틀 액스가 유건을 향해 날아들었다.

휘두르는 힘이 얼마나 강력했는지 배틀 액스가 도착하기도 전부터 몸을 짓누르는 풍압이 느껴졌다.

"이 정도 압력쯤이야."

가볍게 몸을 놀려 상대의 품으로 파고든 유건이 배틀 액스를 회수하는 녀석의 팔꿈치를 그대로 베어냈다.

쿠웅!

매끄럽게 잘려나간 녀석의 팔과 함께 육중한 무게를 자랑하는 배틀 액스가 땅으로 떨어졌다.

　'호오~'

　자신의 생각보다 몇 배는 더 예리한 미스릴제 검의 절삭력에 감탄한 유건이 팔을 부여잡은 채 뒤로 물러서는 녀석을 향해 수리검을 날렸다.

　쇄애액!

　"끄어어어!"

　유건이 손을 뻗자 녀석의 눈에 틀어박힌 수리검이 빠져나오기 위해 몸부림쳤다.

　뇌리를 헤집는 격렬한 통증에 녀석이 자신의 얼굴을 박박 긁어가며 괴로워했다. 유건으로서는 모르고 있는 사실이지만 츠요시가 건넨 수리검은 일견 평범해 보여도 각종 마법적인 의식을 거쳐 만들어진 일급 마도기였다.

　게다가 검은 광택을 띠는 수리검의 몸체는 마계의 금속으로 불린다는 아다만티움. 각종 마법적인 요소들을 무시하는 꿈의 금속이었다. 제대로 정제하지 못한다면 사용자의 정혈까지도 남김없이 흡수하는 성질이 있었기에 센트룸의 도움을 얻어 오랜 시간동안 그 금속이 자체적으로 품고 있는 마기를 제거한 것이 바로 그 수리검이었다. 때문에 지금은 어지간한 장인이 아닌 이상 그것이 아다만티움제 무기인지 알아차릴 수 없었다.

만약 그것이 평범한 수리검이었다면 녀석의 눈꺼풀조차 뚫지 못한 채 떨어져 내렸을 터였다. 심지어 그가 유일하게 알고 있는 자동 귀환 마법조차도 어지간한 무기에는 새길 수조차 없는 고급 마법이었다.

아다만티움과 미스릴.

모든 마법적인 요소들, 그중에서도 특히나 사이한 기운들에게 탁월한 성능을 보여주는 두 가지 금속으로 만들어진 무구를 들고서 쇄도하는 유건은 토트에게 있어서 최악의 상성을 갖춘 상대였다.

이를 증명하기라도 하듯이 은빛 검광을 뿌려대며 공중을 가른 유건의 검에 의해 미노타우르스의 머리가 저만치 떨어져 나갔다.

"이, 이런!"

자신이 오랜 시간 동안 심혈을 기울여 만들어낸 사령체가 너무나 허무하게 죽임을 당하자 놀란 토트의 눈이 부릅떠졌다. 심지어 자신이 어둠의 마나를 주입해서 상처를 회복할 새도 없었다.

미스릴로 만든 검이라는 걸 대놓고 자랑하고 있는 저 검도 문제였지만 그 전에 사령체의 눈을 파고든 정체모를 저 무기가 더 치명적이었다.

'대체 무슨 재질로 만들어졌기에 나와 사령체 사이에 이어져있는 연결조차 끊어버릴 수 있는가?'

가만히 생각해보니 조금 전 오크 워리어를 상대할 때도 너무 쉽게 녀석들의 단단한 몸을 파고들긴 했었다. 그때는 무슨 마법적인 처리가 되어있는 무기라고만 생각하고 웃어넘겼지만 자신이 만들어낸 최고의 사령체마저 무기력하게 당하고 나자 이제는 더 이상 웃어넘길 수 있는 일이 아니게 되어버렸다.

저 투박해 보이는 무기가 자신에게 날아든다면?

순간 섬뜩해진 토트가 완드를 치켜들고 현재 자신이 구사할 수 있는 최고의 주문을 외웠다.

"죽음의 성역(Death Sanctuary)!"

네크로맨서가 모든 마법사들 중에서 가장 무서운 부류로 분류되는 데 혁혁한 공헌을 한 마법이 발현되자마자 죽음을 맞이했던 수많은 오크 워리어들과 미노타우르스가 천천히 몸을 일으켰다.

그리고 그들 사이로 각종 구울들과 스켈레톤들이 모습을 드러냈다.

순식간에 시야를 가득 채울만큼 많은 숫자의 언데드 군단이 나타났다. 죽음의 사도 토트 그의 진정한 힘이 유건의 일행 앞을 가로막았다.

"헬 파이어!"

그 순간 모두의 이목을 속이며 자취를 감췄던 제임스의 외침이 들려왔다.

#10. Spear of Longinus Part II – (1)

NEO MODERN FANTASY STORY

The Secret of Lasting Relationships

적
응
자

#10. Spear of Longinus Part Ⅱ - (1)

사실 이능력자들은 자신들이 각성한 고유의 이능력을 발휘할 때 이런 저런 말을 외칠 필요가 없었다.

이는 마치 숨 쉬는 것처럼 자연스러워서 굳이 그럴 필요가 없다는 것이 더 정확한 표현이었다.

그럼에도 불구하고 그들이 자신들의 이능 발현에 맞게 각기 다른 명칭을 붙여서 외치는 것은 그것이 보다 효과적으로 이능을 발현할 수 있도록 도와주는 역할을 하기 때문이었다.

구체적인 이미지를 그리는데 도와주는 역할. 그것이 그들이 발현하는 이능에 붙여진 명칭들이었다.

"헬 파이어(Hell-Fire)!"

지옥의 불길이라 명명된 제임스의 이능은 그것을 발현하기까지 적어도 한 시간 이상 힘을 비축해야하는 단점이 있었다.

물론 그 만큼 효과는 탁월했지만 그동안 그 자신은 전력에서 이탈하게 되는 셈이라. 어지간한 상황이 아니면 사용할 엄두도 내지 못하는 큰 기술이었다.

제임스가 숙소를 나오면서부터 말 한마디 하지 않은 채쉬지 않고 힘을 비축해 놓은 까닭은 왠지 모를 불안감 때문이었다.

그 불안감이 현실이 되어 나타나자 상대가 이를 눈치 채지 못하도록 간헐적인 견제에만 집중하던 그가 가장 중요한 상황에서 적절하게 자신의 이능을 발현했다.

붉게 타오르다 못해 퍼렇게 변해버린 거대한 불덩어리가 제임스의 손짓에 따라 토트가 소환해 낸 언데드 군단의 한 가운데로 떨어져 내렸다.

코드명 Phoenix

제임스 브로스넌이 그의 이능을 자각 하게 된 이후 얻게된 코드명이었다.

이는 그가 아직 유럽 쪽에 제대로 된 가드 지부가 성립 되기 전부터 최전선에서 활동하며 수많은 격전의 현장 속에서 수많은 치명상을 입고 나서도 불사조와 같은 끈질긴 생명력을 보여주며 살아남은 것에 대한 경의의 표현이었다.

그의 이능이 집약된 거대한 푸른 불덩어리가 날아드는 모습을 멍하니 지쳐보고 있던 언데드 무리들과 달리 토트의 표정은 그리 좋지 못했다.

상극에 해당하는 신성력이 아닌 이상 언데드는 기본적으로 모든 마력에 대해 강한 저항력을 가지고 있었다.

이는 어지간한 마법 가지고는 상처조차 내기 힘들다는 말이기도 했다.

그러나 그것도 마법 나름. 세상에 존재하는 모든 힘들 가운데에서도 파괴력에 있어서만큼은 단연 첫 번째로 손꼽히는 것이 바로 불이었다.

그것이 저 정도 크기로 집약되었다면 그 파괴력은 상상했던 것 이상일 터였다.

쿠콰콰콰콰쾅!

다급히 완드를 치켜들고 자신이 소환해 낸 언데드 군단에게 흑마나를 주입하던 토트가 자신에게 역류해오는 거대한 충격의 여파에 신음을 토해내며 뒤로 물러섰다.

제법 거리를 둔 상태에서 성희의 이능으로 보호까지 받고 있던 일행들에게까지 후끈한 열풍이 몰아닥쳤다.

수많은 언데드들이 빼곡하게 들어차 있던 그곳에는 거대한 크레이터만이 그 존재를 드러낸 채 열기를 뿜어내고 있었다.

열기를 동반한 흙먼지가 서서히 가라앉으며 드러난 광경에 덴 스미스가 탄성을 토해냈다.

"허! 과연 제임스 요원님이시군요. 괜히 유럽 최강자라고 불리는 게 아니었습니다."

'지난번에 만났을 때까지만 해도 이정도 위력은 아니었는데. 놀랍군.'

그가 보여준 놀라운 위력에 내심 감탄한 철환이 전면을 둘러보다가 유건의 모습이 보이지 않는 다는 사실을 깨달았다.

"저, 저기예요!"

성희의 외침에 일행들의 시선이 그녀의 손이 가리키는 방향으로 모아졌다.

모두가 제임스가 만들어낸 놀라운 광경에 시선을 뺏긴 사이 오직 유건만이 진정한 적인 죽음의 사도 토트를 향해 쇄도했다.

토트의 지척에 다다른 유건의 표정이 별로 좋아 보이지 않았다. 왜냐하면 그에게서 느껴지는 기운이 조금 전에 비해 별 차이가 없어보였기 때문이었다.

그 어마어마한 숫자의 언데드 군단을 만들어 냈음에도 불구하고 처음과 별 차이가 없다는 말은 그 정도 숫자쯤은 얼마든지 다시 만들어 낼 수 있다는 것을 뜻하는 것이기 때문이었다.

'그 전에 친다!'

두근 두근.

유건의 가슴이 점차 세게 고동치기 시작했다.

그는 본능적으로 토트라는 적이 기존에 자신이 상대하던 다른 이들과는 차원을 달리하는 강한 존재라는 것을 알아차렸다.

그렇기에 자신이 지닌 역량을 총 동원해서 녀석이 온전한 힘을 드러내기 전에 처리할 생각이었다.

마나가 역류하며 입은 타격으로 인해 잠시 주춤하던 토트가 숫자가 채 얼마 남지 않은 자신의 언데드 군단을 무심한 표정으로 쳐다보았다.

"뭐, 제법이긴 했다만. 이정도로 끝나리라 여겼다면 나를 너무 쉽게 본거지. 응?"

츠요시로부터 자연스럽게 배운 은신술 덕분에 상대의 지척에 다다랐음에도 불구하고 토트가 이를 알게 되기까지는 조금의 시간이 더 걸렸다.

푸확!

다급히 몸을 피한 덕분에 심장어림을 향해 날아들던 수리검이 그의 어깨에 틀어박혔다. 자루가 보이지 않을 정도로 깊이 틀어박힌 수리검이 마치 기다렸다는 듯이 그가 품고 있던 어둠의 마나를 게걸스럽게 먹어치우기 시작했다.

"큭, 대,대체 이건 뭐야!"

상처로 인한 고통보다 썰물처럼 빠져나가는 어둠의 마나로 인해 그렇지 않아도 창백한 그의 얼굴이 퍼렇게 질려 갔다.

서걱!

그의 신경이 어깨에 틀어박힌 수리검에 쏠린 사이 그의 등 뒤로 돌아간 유건이 오른손에 들려있던 미스릴 검을 강하게 휘둘렀다.

검술을 알지 못하기에 정교한 맛은 없지만 결코 우습게 여길 수 없는 강격이었다.

퍼걱!

유건이 휘두른 검은 토트가 다급히 소환해낸 본 쉴드를 반쯤 파고들다가 멈춰버렸다.

"본 익스플로전(Bone Explosion)!"

퍼엉! 퍼어엉!

그 순간 알 수 없는 위기감을 느낀 유건이 다급히 몸을 피했다. 거의 동시에 그의 검을 막아낸 본 쉴드가 폭발하며 날카로운 뼛조각들을 사방으로 날려댔다.

"쳇!"

유건이 옆구리와 허벅지에 틀어박힌 뼛조각들을 잡아빼며 투덜거렸다. 그의 손에 들려있던 미스릴 검은 어느새 반토막나 있었다.

후속 공격을 가하기 위해 완드를 치켜들던 토트도 검은

색 핏물을 토해내며 그 자리에 무릎을 꿇었다.

어깨에 틀어박혀 어둠의 마나를 먹어치우는 수리검으로 인해 마나의 운용에 차질이 생긴 상태에서 무리하게 마법을 사용한 까닭에 치명적인 내상을 입었기 때문이었다.

서로 상처를 주고받기는 했지만 전적으로 유리한 것은 바로 유건이었다.

자신에게 승기가 기울어져 있다는 것을 깨달은 유건이 그 즉시 땅을 박차며 손에 들려있던 뼛조각들을 상대를 향해 뿌렸다.

각기 다른 속도를 가진 뼛조각들이 각기 다른 방향에서 토트를 향해 날아들었다. 알고도 막을 수 없을 만큼 정교한 암기술이었다.

"큭, 젠장!"

다시금 본 쉴드를 소환하기위해 마법을 영창하려고 하던 토트가 다급한 표정으로 바닥을 굴렀다.

마나가 뒤엉켜 이제는 제대로 된 마법하나도 제대로 구사할 수 없었기 때문이었다.

그 순간 자신이 뿌린 뼛조각을 따라 몸을 날린 유건의 손이 토트의 어깨를 뚫고 들어갔다. 자연스럽게 미리 틀어박혀있던 수리검을 낚아챈 유건이 이를 손에 들고 토트의 몸을 사선으로 그어 내렸다.

푸가가가각!

마른 뼈가 부러지는 소리들이 연신 울려 퍼지며 토트의
가냘픈 몸이 모래성처럼 우수수 무너져 내렸다.

적어도 네크로맨서인 토트에게 있어서만큼은 유건이 들
고 있는 수리검이 어지간한 신병이기 못지않은 위력을 발
휘했다.

엄청난 양의 어둠의 마나를 흡수한 수리검이 더 먹고 싶
다는 듯 가늘게 몸을 떨어댔다.

"이, 이런 말도 안 되는…."

시커멓게 죽은피를 토해내며 겨우 몸을 일으킨 토트가
흔들리는 눈빛으로 유건을, 아니 정확히 말하자면 유건의
손에 들린 수리검을 바라보았다.

어둠의 마나를 끊임없이 빨아들이는 금속. 그가 아는 한
이러한 성질을 가진 금속은 마계의 금속이라고 알려진 아
다만티움밖에 없었다.

'저게 아다만티움으로 만들어졌단 말인가?'

자신조차 구하지 못한 그 금속이 어떻게 상대의 손에 그
것도 제대로 제련된 무기의 형태로 들려있는지 도무지 이
해할 수 없었던 그가 결국 무릎을 꿇고 말았다.

지금의 몸을 이루는 핵이 손상을 입어버려 더 이상은 버
틸 수가 없었기 때문이었다.

"큭, 크크크큭. 이 무슨 추한 꼴이란 말인가."

그의 말이 끝나기 무섭게 몸 전체가 재가 되어 서서히

허물어지기 시작했다.

허탈한 표정으로 자조 섞인 웃음을 짓던 토트가 거의 다 허물어져가는 고개를 들어 유건을 쳐다보았다.

"네놈, 나중에 보자. 반드시 다시 만나게 될 것이야."

퍼억!

그런 그의 미간에 유건의 손에 들려있던 그 수리검이 날아와 틀어박혔다.

"나중에 보자는 놈 치고 제대로 된 놈 하나 없더라."

가루가 되어 흩날리는 토트의 잔해를 가만히 바라보던 유건이 미련 없이 몸을 돌렸다.

"오빠아!"

저만치서 성희가 눈물이 그렁그렁 맺힌 얼굴로 달려오고 있었다. 토트가 사라지자 얼마 남지 않았던 언데드들이 허물어지며 사라져버렸다.

녀석들과 전투를 벌이고 있었던 하루나와 철환이 서로를 바라보며 어색하게 웃었다.

"교육 한 번 제대로 시키셨네요?"

"내가 보기엔 지가 알아서 큰 것 같은데?"

"훗, 그런가요?"

모두에게 방해가 되지 않기 위해 성희의 곁에 꼭 붙어있던 덴 스미스가 어둠의 마나로 오염 돼버린 주변을 바라보며 나직이 혀를 찼다.

"쯧쯧쯧, 똥을 여기 저기 많이도 싸질러 놨네. 이건 죽음의 사도가 아니라 똥자루 사도인거 아냐?"

그의 너스레에 일행들이 웃음을 터트렸다. 한참을 웃던 유건이 저만치서 다가오는 제임스를 향해 손을 흔들었다.

"어서 오세요. 고생 많으셨습니다."

유건이 직접 토트를 상대해 그를 패퇴시킬 수 있었던 것도 또한 나머지 일행들이 비교적 편안하게 전투에 임할 수 있었던 것도 모두 제임스가 보여준 놀라운 이능 덕분이었다.

"애송이, 제법이구나."

그를 향해 엄지를 치켜세우는 제임스의 모습은 어딘지 모르게 피곤해 보였다.

"아무래도 지금 상태로 계속 가는 건 좋지 못할 것 같으니 좀 쉬었다 가지."

철환의 말에 모두의 얼굴에 화색이 돌았다.

"성희야?"

"네, 맡겨만 주세요."

격전의 현장으로부터 한참을 벗어난 일행들은 근처에 있는 작은 산 중턱에 올라가 성희가 만들어낸 보호막 속에서 편안하게 휴식을 취할 수 있었다.

솜씨 좋은 장인이 심혈을 기울여 만들어낸 마법 쉘터에는 일행들 모두가 편히 누워서 쉴 수 있는 시설이 모두 구비되어 있었다.

연기조차 내지 않는 마법의 불길을 바라보며 육포를 뜯어먹던 제임스가 유건을 향해 말했다.

"애송이. 아까 그 무기는 뭐냐? 언데드들이 아주 맥을 못 추던데?"

"아? 이거요?"

아공간에서 반으로 부러진 미스릴 검을 꺼내든 유건이 그에게 이를 건네며 말했다.

"아는 지인으로부터 선물 받은 겁니다. 그게 사이한 기운들을 상대하기에는 그만이라고 하더라고요. 하지만 뭐 보시다시피 무기로 만들어진 게 아니라 실험용으로 만들어진 거라 강도가 좀 약합니다."

"그 아공간 마법도 포함해서 말이지?"

제임스도 오랜 시간 가드 요원으로 활동하며 마법사가 아닌 이들 중에서도 간혹 아공간을 사용하는 이들을 만날 수 있었다. 그들 대부분은 마법사들에게 큰돈을 건네고 얻는 편이었고 매우 드물긴 하지만 간혹 가다가 호의로 선물 받는 경우들도 있었다.

"네. 좋은 분이죠. 하하하하"

손에 들린 미스릴 검을 천천히 살펴보던 그가 이를 다시 건네주며 물었다.

"그 수리검도 볼 수 있을까?"

"아, 물론이죠."

"으음…."

이를 건네받은 제임스는 자신이 지니고 있는 이능의 근원을 두드리는 미약한 울림을 느꼈다.

"이건 뭐로 만들어진 거지?"

"글쎄요? 저도 그냥 선물로 받은 거라서 거기까지는 잘…."

머리를 긁적이며 대답하는 유건의 모습에 제임스가 피식 웃으며 수리검을 건넸다.

"나도 이번 일 끝나면 휴가라도 다녀올까 봐. 보아하니 아주 유익한 시간을 보낸 것 같은데 말이지."

"아하하하하."

머쓱한 얼굴로 웃어넘기는 유건의 목덜미에 한팔을 걸친 제임스가 조용히 속삭였다.

"이거 말고, 다른 뭐 좋은 거는 없나?"

"그게, 뭐가 좋은 건지는 저도 잘…."

"호오~ 그래? 일단 그 부분에 대해서는 돌아가는 대로 깊은 대화를 나눠보자고. 알았지?"

눈을 징끗 거리며 어깨를 두드리는 제임스를 향해 어색하게 웃어보인 유건이 한쪽에서 이능을 유지하기 위해 정신을 집중하고 있는 성희를 걱정스런 표정으로 쳐다보았다.

"저거, 계속 저러고 있어야 하는 겁니까?"

"조금 더 익숙해지면 차차 나아지겠지만 현재로서는 어쩔 수 없는 일이지."

철환의 대답에 유건이 천천히 고개를 끄덕였다.

'이능이라고 해서 마냥 편하기만 한 게 아니었구나.'

"저, 저기…."

조심스럽게 말을 건네는 덴 스미스를 향해 유건이 고개를 돌렸다.

"네?"

"이걸 드리려고."

덴 스미스가 내민 손에는 부러진 미스릴 검의 조각들이 들려있었다.

"아? 굳이 이렇게 안하셔도 되는데 말이죠."

"저, 괜찮으시다면 이 작은 조각은 제가 가져도 될까요?"

"네?"

물끄러미 쳐다보며 반문하는 유건의 모습에 그가 화들짝 놀라 한걸음 뒤로 물러섰다.

"아, 제가 괜한 소리를 한 것 같습니다. 못 들은 걸로 하시…."

"그 작은 걸로 괜찮겠어요? 이왕 가져가시는 거 이걸로 하세요."

"가, 감사합니다! 정말 감사합니다!"

워낙 극소량밖에 구할 수 없어서 부르는 게 값이라는 커다란 미스릴 조각을 받아든 덴 스미스가 감격한 얼굴로 연신 고개를 숙여댔다.

모르긴 몰라도 이 정도 양이면 어지간한 마법사들은 서로 자기에게 팔라며 입에 거품을 물고 달려들 터였다.

입이 귀에 걸린 채 좋아서 어쩔 줄 모르는 그의 모습을 바라보고 있던 유건이 피식 웃음을 터트렸다.

"남이 준걸로 생색내는 기분도 썩 나쁘지 않은걸?"

확실히 유건에게는 예전에 없던 여유가 생겨났다. 분명한 것은 그것은 눈에 보는 것들로 인해 생겨난 것이 아니라는 사실이었다.

자신에게 아낌없이 호의를 베풀어주었던 이들을 떠올린 유건이 시큰거리는 코끝을 훔치며 자리를 털고 일어섰다.

다시금 목적지를 향해 전진해야 할 시간이었다.

· ❦ ·

덴 스미스의 안내를 받아 출발한 일행은 비교적 조심스러운 걸음으로 목적지를 향해 나아갔다.

중간 중간 적은 숫자의 오크 워리어 정찰대와 조우하기도 했었지만 워낙 일행들이 지닌 무력이 월등하다보니 그리 어렵지 않게 퇴치할 수 있었다.

　방금 전에 마주친 오크 워리어 무리들 중 대장격인 녀석을 유건이 때려 눕히는 모습을 지켜본 뒤 무언가 골똘히 생각하던 철환이 유건을 향해 물었다.

　"근데 너 아까도 그렇고 지금도 그렇고 무리들 중에 가장 강한 녀석에게 먼저 달려가는구나? 어떻게 대면하자마자 녀석이 그중 우두머리라는 걸 알 수 있었지?"

　"아? 그거요?"

　뒷머리를 긁적이던 유건이 별일 아니라는 듯 대답했다.

　"그냥 딱 보면 기운의 크기가 다르던데요?"

　"기운의 크기가 달라?"

　"네."

　"흐음…."

　말없이 생각에 잠겨 있는 철환을 향해 유건이 물었다.

　"왜요? 무슨 문제라도?"

　"아무래도 이거. 관(觀) 맞지?"

　"네, 그게 맞는 것 같네요."

　철환의 물음에 곁에 있던 하루나가 빙긋 웃으며 대답했다.

　"허어~ 벌써 그 정도 경지까지 도달한 거냐?"

　"네? 그게 뭔데요?"

　유건의 물음에 철환이 대답했다.

"상대의 기세를 마치 사물처럼 유형화해서 볼 수 있는 경지를 가리켜 관(觀)이라고 한다. 이는 단순히 기세만 보는 데서 끝나는 게 아니라 세상 만물의 이치를 보는 심안 (心眼)의 경지로 가는 길목에 들어섰다는 걸 뜻하는 말이기도 하다."

"그런가요?"

왠지 모르게 거창한 철환의 말에 유건이 눈을 껌뻑이며 되묻자 가볍게 웃음을 머금은 그가 유건의 어깨를 토닥였다.

"쉽게 말해서 많이 성장했다는 뜻이다."

"다행이네요."

"다행?"

"더 이상 내 뜻과 상관없는 일에 휘둘리기는 싫거든요."

"이젠 예전처럼 쉽지만은 않을 거다. 웃차."

적응자로서 변이를 일으키지도 않은 상태에서 저만한 수준까지 도달하다니. 철환은 무덤덤하게 말을 건네던 것과 달리 내심 유건의 성장에 감탄하고 있었다.

'아마도 저런 의지가 강하게 작용한 탓이겠지.'

그가 돌아오고 난 뒤부터 가끔씩 내부에 봉인되어 있는 녀석이 유건의 기운에 반응해 거칠게 날 뛰는 일이 있었다.

어지간한 기운에는 관심조차 두지 않는 녀석이었는데

그런 것 치고는 지나치게 강렬한 반응이었다.

그 연유를 찾기 위해 그동안 유심히 유건을 관찰해 왔었는데 조금 전 싸우던 모습이나 토트를 물리칠 때의 몸놀림을 보면 그동안 자신이 지닌 실력을 꽤나 잘 감추고 있었다는 걸 느낄 수 있었다.

'어쩌면 이게 다가 아닐지도.'

적응자가 무서운 점은 당사자로 하여금 엄청난 폭주를 이끌어 내게 만드는 그 미지의 힘에 있었다.

만약 이를 제대로 제어할 수만 있다면? 계속 해서 밀리고 있는 현 상황을 타개할 만한 조커로서의 역할을 제대로 감당해 낼 수 있을 터였다.

'아직은 좀 더 지켜봐야 알겠지만.'

가볍게 웃는 철환의 눈빛이 순간 차갑게 번뜩였다.

　　　　　　•　⁂　•

쿠우우웅! 투콰콰콱! 퍼어엉!

"으아아악! 젠장. 그쪽이 뚫리면 안 돼!"

"3조는 우측을 지원해라. 빨리!"

"이런 시벌. 다 녹아 버려라. 이 빌어먹을 새끼들아! 포이즌 클라우드(Poison Cloud)!"

"미쳤어? 아군도 있잖아? 아이다타."

"어디에 아군이 있다는 거야?"

"저기… 아!"

에스키모들이나 입을 것 같은 두터운 털옷을 걸치고 있는 아이다타에게 아군들이 있던 곳을 가리키던 그레이엄이 안타까운 탄성을 내뱉었다.

그곳에 있었던 동료들은 이미 몬스터들에게 사지를 붙잡힌 채로 갈기갈기 찢겨나갔기 때문이었다.

"대체 이번 작전이 성공할 수 있기는 한거냐?"

아이다타가 포이즌 클라우드 마법에 의해 녹아내리고 있는 몬스터들을 흔들리지 않는 굳건한 눈으로 쳐다보며 말했다.

"듣기론 우리가 정면에서 놈들의 주의를 끄는 동안 각기 다른 방향에서 침투조들이 진입을 시도한다고 하던데?"

"그러다가 우리가 다 뒤지면? 그때는 어쩌려고?"

"그러니까 너랑 내가 여기에 와 있는 거 아니겠어?"

"쳇, 마음에 안 들어."

나직이 혀를 차며 투덜거린 아이다타 덕분에 잠시 숨을 돌릴 여유를 찾은 요원들이 급히 뒤로 물러났다. 그런 이들의 상처를 돌보기 위해 여러 요원들이 급히 달려갔다.

보기만 해도 마음이 평안해 지는 치유의 빛이 사방에서

번뜩였다. 가드 전체에서도 으뜸으로 꼽히는 가드 스웨덴 지부의 특무요원들이었다.

그들의 활약 덕분에 치명적인 상처를 입고 사경을 헤매 던 요원 하나가 가까스로 되살아 날 수 있었다.

"크윽, 고, 고맙습니다."

최전선에서 종횡무진 활약하며 몬스터들의 선봉을 막아 내던 검객 카네마키 지사이가 신음을 토해내며 감사인사 를 했다. 거의 떨어지기 직전이었던 그의 퍼렇게 변색되어 버린 오른팔에 서서히 혈색이 돌아왔다.

"이대로 가다가는 얼마 못 버틸 겁니다."

뒤쪽에서 전체적인 상황을 살피고 있던 김지율이 부관 의 말에 천천히 고개를 끄덕였다.

"애초에 뚫고 갈 수 있을 거라 생각한 적은 없었어."

"네?"

빠득.

소리 나게 어금니를 간 그가 이를 악다물고 말했다.

"그 빌어먹을 새끼의 시선을 단 몇 분만이라도 이곳에 붙들어 둘 수 있다면…."

"……"

말없이 자신을 쳐다보는 부관을 향해 고개를 돌린 그가 평소와 같은 여유로운 모습으로 말을 이었다.

"그들이 날카로운 비수가 되어 날아들 거다."

'물론 비수가 하나만은 아닐 테지만.'

뒷말은 속으로 삼킨 김지율의 시선이 선혈이 난무하는 전장과 달리 지나치게 맑은 하늘로 향했다.

     · ▲ ·

투콰콰콱!

"크오오오오!"

강화 슈트로 전신을 무장한 대원들의 집중 사격에 거대한 체구를 자랑하는 트롤 한 마리가 비명을 질러가며 연신 뒤로 물러섰다.

"1소대는 녀석의 우측으로 돌아가며 계속해서 사격을 가한다. 2소대는 나를 따라 정면으로, 3소대는 주변을 엄호하도록. 실시!"

대장격으로 보이는 인물의 명령에 뭉쳐있던 일단의 무리들이 일사분란하게 흩어졌다.

등에 매어있던 장검을 뽑아든 2소대원들이 다른 이들에 비해 배는 더 빠른 속도로 녀석을 향해 짓쳐들었다.

"크롸?"

자신에게 달려들던 이들을 향해 이를 드러내며 포효하던 녀석이 우측에서 쏟아지는 총탄에 얼굴을 가리며 괴로워했다.

대 몬스터 기구인 대 몬스터 위원회(CMC, Counter-Monster Committee) 연구팀에서 그들 산하에 있는 특수부대(SF, Special Force)원들을 위해 특별히 생산한 5.56×45m NATO탄이 분당 650발의 속도로 날아가 녀석의 몸을 가격했다.

특수 처리된 총탄이었음에도 불구하고 녀석의 두터운 가죽은 뚫어내지 못했다. 그러나 적어도 잠시 동안은 녀석의 운신에 제약을 가할 정도의 위력은 지니고 있었다.

오크 워리어의 가죽까지 뚫어냈던 무지막지한 탄환이었지만 이를 튕겨내는 트롤의 모습을 지켜보며 빠르게 녀석의 우측을 향해 걸음을 옮기던 1소대장은 과연 트롤은 트롤이라는 생각을 하며 쉴 새 없이 방아쇠를 당겼다.

"크아아아아!"

전면에서 살기를 내뿜으며 달려드는 대원들을 향해 포효하던 녀석의 오른쪽 눈에 우연히 총알 하나가 틀어박혔다.

"나이스!"

녀석이 주춤거리는 순간을 놓치지 않은 마틴 대위가 달리던 그대로 땅을 박차고 뛰어 올랐다.

그의 몸이 순간 3m가 넘어가는 트롤의 머리에 도달했다. 일반인이라고는 도저히 믿을 수 없는 몸놀림이었다.

"죽어라, 괴물 새끼야!"

그의 온 몸의 근육이 터질 듯이 부풀어 올랐다. 그리고 온 힘을 실은 일격을 녀석의 목덜미를 향해 내리쳤다.

까앙!

"쳇!"

쇠를 내리친 것 같은 강한 반발력으로 인해 손에 들려 있던 검은 저만치 날아가 버렸다.

찢어진 호구에서 핏물이 흘러내리다가 멈추는가 싶더니 마치 시간을 되돌리기라도 한 것처럼 상처가 순식간에 아물어 버렸다.

바닥에 주저앉은 채로 손이 아물어가는 모습을 지켜보던 마틴이 배를 잡고 웃어댔다.

"크크크큭, 이거 완전 괴물이잖아."

2소대원들이 그런 그를 뛰어 넘어 괴로워하고 있는 트롤을 향해 날아들었다. 그 모습이 방금 전에 마틴이 보여줬던 움직임과 무척이나 흡사했다.

"크크큭, 하긴 괴물 새끼들이랑 싸우는 데 같이 괴물이 돼야 싸워볼만 하겠지. 안 그렇냐?"

"저는 사람입니다."

주저앉아 있는 그의 뒤에 공손히 시립하고 있던 사내가 무심한 목소리로 대답했다.

"쳇, 재미없는 녀석 같으니라고. 검은?"

"여기 있습니다."

그가 내미는 새로운 검을 받아든 마틴 대위가 이를 몇 번 휘두르다 말고 한숨을 내쉬었다.

"내 생전에 총 말고 검을 휘두르게 될 줄은 꿈에도 몰랐다. 그건 그렇고 기계로 찍어낸 이 검은 영 못쓰겠어. 검에 대해서는 잘 모르는 나도 검이 적당이 휘어질 줄도 알아야 된다는 정도는 아는데 말이지. 그렇지 않냐? 캐빈?"

"저 일본에 있다는 사무라이들이나 휘두르는 검을 말씀하시는 거라면 몇 번 싸워보지도 못하고 못쓰게 될 겁니다. 그나마 티타늄 합금으로 만든 검이니까 버텨내는 거죠. 보세요."

그가 가리키는 방향에서는 트롤을 향해 벌떼처럼 달려들어 여기 저기 베어내고 있는 2소대원들의 모습이 보였다. 마치 코끼리에게 달려드는 사자들을 보는 것 같았다.

그의 말에 전면을 바라본 마틴이 쓰게 웃으며 몸을 일으켰다.

"안다 알아 임마. 나도 그냥 폼 좀 잡아 보려고 한 말이다. 됐냐?"

"폼은 잡는다고 생기는 게 아닌걸로 압니다만."

"쳇, 얄미운 녀석. 그나 저나 저거 완전 괴물들일세?"

"2소대원 말씀이십니까?"

"그래, 저 싸우는 모습을 좀 봐라. 무슨 좀비가 따로 없다 야."

그의 말처럼 방금 전에 일격으로 팔이 부러진 대원 하나가 이를 이리 저리 맞추더니 금세 멀쩡해진 모습으로 트롤을 향해 다시 달려들고 있었다.

"말은 그렇게 하시면서 제일 먼저 자원하지 않으셨습니까?"

"얌마, 자고로 지휘관은 모든 일에 솔선수범해야 하는 법이야."

"그렇습니까?"

눈을 가늘게 뜨며 되묻는 캐빈의 말에 뭔가 찔리는 게 있었는지 연신 헛기침을 하던 마틴이 걸쭉한 가래침을 내뱉으며 전면을 향해 달려갔다.

"캐빈! 너는 위험하니까 가까이 오지 말아라. 알았지?"

저만치 달려가 버린 마틴을 향해 캐빈이 조용히 대답했다.

"잊으셨나본데 저도 같은 2소대원입니다."

어릴 때부터 마틴과 함께 자라며 그의 경호원으로서 자라난 캐빈이 다른 이들이 지닌 것과 차원이 다른 예기를 뿜어내는 장검을 뽑아들고는 그의 뒤를 따라 몸을 날렸다. 막무가내로 달려가던 다른 이들과 구별되는 유려한 몸놀림이었다.

"하압!"

서걱.

바닥에 닿을 듯이 몸을 낮춘 채 트롤의 오른쪽으로 빠르게 돌아간 캐빈이 기합을 내지르며 녀석의 발목을 베어냈다.

여러 번 내리치고 나서야 겨우 상처를 내던 다른 대원들과 달리 캐빈은 단 일합에 트롤의 발목에서 깊은 상처를 냈다.

"크아아악!"

발목에서 느껴지는 극통에 소리를 내지른 트롤이 순간 휘청거렸다.

"오케이! 잘했다 캐빈. 역시 남다르다니까. 하하하하. 자! 드디어 사냥감이 힘이 빠져가나 보다. 모두들 힘을 내라!"

호탕하게 웃으며 몸을 날린 마틴의 검이 총알이 박혀 있던 오른쪽 눈을 찔렀다.

푸욱!

비록 상처는 얕았지만 워낙 예민한 부위인지라 트롤 녀석이 미친 듯이 몸을 휘두르며 날뛰기 시작했다.

"이크! 저런데 있다가 죽기라도 하면 그게 바로 개죽음 아니겠냐? 2소대 후퇴해! 후퇴!"

그의 말이 떨어지기 무섭게 트롤에게 개미떼처럼 달라붙어 있던 2소대원들이 썰물과 같이 빠져나갔다.

"터트려!"

마틴의 외침에 따라 트롤의 주변에 크레모아를 설치했던 대원들이 격발 스위치를 강하게 눌렀다.

쿠콰콰쾅!

엄청난 폭음과 함께 특수 제작된 베어링이 트롤을 향해 벌떼처럼 날아들었다.

．．▲．．

"크오오!"

엄청난 양의 흙먼지가 피어올랐다. 이를 손으로 밀어내던 마틴이 곁에 있던 캐빈을 향해 물었다.

"죽었을까?"

"설마요."

"에? 저 정도 폭발에서도 멀쩡하다고?"

"말씀드리지 않았습니까? 이곳 몬스터들은 다른데서 만나는 놈들하고 차원이 다르다니까요?"

"그, 그래? 쩝. 어째 너무 일이 술술 풀린다 했다. 모두들 긴장을 늦추지 마라!"

피어올랐던 흙먼지가 바람에 날려 서서히 걷히며 드러난 광경에 긴장하고 있던 한 대원의 목울대가 출렁거렸다.

"크아아아아아악!"

눈이 붉게 충혈되다 못해 핏물이 뚝뚝 떨어져 내리고 동시에 온 몸에 있던 근육들이 배이상 부풀어 오른 트롤이 괴성을 내지르고 있었다.

"저, 저건 또 뭐냐? 캐빈아?"

"광폭화! 젠장. 마틴 피해요!"

"에? 왜? 여기 까지 와서 어디로 피해?"

"광폭화한 트롤은 어지간한 오우거 보다 강하다고요. 지속시간이 짧은 편이니까 어디로든 빨리 피해요!"

"들었지? 3소대는 탄막 형성해서 놈을 저지하고 나머지 대원들은 무조건 앞만 보고 달려라. 뛰어!"

그의 명이 떨어지기 무섭게 대원들이 뒤로 물러나 뛰기 시작했다. 총을 들고 놈을 겨냥한 채 기다리고 있던 대원들 틈에 남은 마틴이 자신의 총을 건네 들고 놈을 겨냥했다.

"도망가라니까 여기서 뭐하시는 겁니까?"

"쯧쯧쯧, 캐빈 네가 이래서 승진을 못하고 있는 거야. 자고로 말이지 지휘관이란 가장 먼저 전장을 밟고 가장 나중에 전장을 떠나는 법이란다."

"그게 무슨! 어차피 죽으면 다 소용없는 거 아닙니까?"

"왜 소용이 없냐 이름 남잖아 이름. 훈장도 받을 테고. 그 정도면 남는 장사지 뭘 그래."

"아우! 어르신께서 이 사실을 아시면 참도 좋아 하시겠습니다."

"아버지? 당연히 좋아하시지. 암. 혹시라도 먼저 도망갔다는 소식을 들으시면 권총을 빼 드실 걸?"

그의 말에 고개를 내저은 캐빈이 피부를 따끔거리게 만드는 녀석의 포효에 이를 악다물었다.

"쳇, 죽어도 나는 모른다고요."

"그러는 너는 왜 남았냐?"

"지금 그걸 몰라서 묻습니까?"

"하하하하, 나는 이래서 네가 좋다니까?"

"쓰, 쓸데없는 소리 하지 마십쇼."

"전원 발사! 탄약을 아끼지 마라. 전우의 목숨이 우리의 손에 달렸다."

그의 명이 떨어지기 무섭게 엄청난 굉음이 울려 퍼지며 3소대원들의 총구가 일제히 불을 내뿜었다.

· ✦ ·

"응? 지금 무슨 소리 못 들었어요?"

한참 달리던 와중에 유건이 귀를 쫑긋 거리며 곁에 있던 철환에게 물었다.

"무슨 소리? 아무 소리도 못 들었다."

철환의 말에 고개를 돌려 다른 이들을 둘러보니 의아한 눈빛으로 눈을 마주쳐온다.

'내가 잘못 들었나? 무슨 폭탄 터지는 소리 같았는데.'

고개를 갸웃거리던 유건이 다시 입을 열려던 찰나 앞에서 거대한 기운이 느껴졌다.

구구구구궁.

발밑으로 미미하게 느껴지던 진동이 점점 크게 다가왔다.

"이런, 들킨 건가?"

안타깝다는 듯이 혀를 찬 철환이 짐을 내려놓고 전투 준비를 했다. 그의 지시에 따라 일행들 모두 일사 분란하게 자기 자리를 지켰다.

그로부터 얼마 지나지 않아 전면에 모습을 드러낸 것은 보기만 해도 질식할 것 같은 기운을 뿜어내고 있는 오크 군단이었다.

군데군데 덩치가 두 배는 더 커 보이는 오크 워리어들이 자리를 잡은 채 다른 오크들을 단속하고 있었다.

"헉, 대체 몇 마리나 몰려온 거죠?"

댄 스미스가 놀란 얼굴로 물었다. 그런 그의 물음에 답하는 사람은 아무도 없었다. 그도 그럴 것이 전면을 가득 채우며 계속해서 늘어나고 있는 오크 군단의 숫자는 셀 수 있는 범위를 훨씬 넘어섰기 때문이었다.

저릿저릿.

그 오크 대군의 중앙에 높이 솟은 이동식 망루에서부터 엄청난 기세가 일행들을 향해 밀려들었다.

"역시, 놈이 나타난 건가?"

적의 정체를 알고 있는 것 같은 철환의 말에 유건이 고개를 갸웃 거리며 물었다.

"구면인가 보죠?"

"그렇다고 할 수 있지. 녀석이 바로 모든 오크들을 이끄는 자 오크 영웅 카사크다."

"영웅이요?"

"그래. 적에게 영웅이라고 불러준다는 게 참 웃긴 일이지만 놈 스스로 그렇게 자처하고 있으니 뭐. 싸우는 걸 보면 잘 어울리는 칭호기도 하고."

"그렇군요. 헌데 저 많은 병력을 어떻게 뚫고 가죠?"

그의 물음에 제임스가 한 발 앞으로 나서며 대답했다.

"모두를 상대할 필요는 없어. 우두머리만 친다. 그러면 나머지는 알아서 흩어지게 돼있어."

'그러니까 저 많은 놈들 중심에 자리 잡고 있는 놈을 어찌 치냐고요.'

정작 하고 싶은 말을 속으로 삼킨 유건이 일행의 리더격인 철환의 눈치를 살폈다.

"제임스, 힘은 어느 정도나 회복됐냐?"

"글쎄? 한 70%정도?"

"그거 참 다행이군, 오랜만에 길 좀 만들어줘라."

철환의 말에 제임스의 얼굴이 구겨졌다.

90 절을자3

"그거 한 번 쓰고 나면 10년은 늙는다니까. 알만한 녀석이."

실소를 머금은 철환이 그런 친구의 어깨를 가볍게 두드리며 말했다.

"어차피 동안이잖아. 그리고 늙어봐야 얼마나 늙는다고 그래."

"쳇, 자기 일 아니라고 쉽게 말하기는. 너야 어차피 겉늙어 보이니까 별 상관없어 보이겠지만 나는 아니라고."

"부탁한다."

"아, 진짜. 주름살이 또 늘겠네."

"제가 좋은 제품 소개해 드릴까요?"

빙긋 웃으며 말을 건네는 하루나를 향해 손을 내저은 제임스가 연신 투덜거리며 전면으로 나섰다.

"애송이."

"네."

"조금 있으면 카사크에게 까지 단숨에 도달할 수 있는 길이 만들어질 거다. 무조건 앞만 보고 달리는 거다."

"넵."

저 많은 오크들을 뚫고 어떻게 길을 낼지 의아하긴 했지만 유건은 아무런 반문도 하지 않은 채 고개를 끄덕였다.

그런 유건의 모습이 마음에 드는 듯 어깨를 두드린 철환이 하루나를 향해 말했다.

"하루나, 나머지를 잘 부탁한다. 너무 무리하지 말고 가망이 없다 싶으면 바로 퇴각해라."

"후훗, 분부대로 할게요."

대답은 저렇게 해도 끝까지 자리를 지킬 사람이라는 걸잘 알고 있는 철환이 그런 그녀를 향해 가볍게 고개를 숙였다.

"저, 혹시 제가 도울 일이라도?"

주저하면서도 한발 앞으로 나서서 묻는 성희를 향해 철환이 말했다.

"아마도 제임스 저 녀석은 탈진해서 손가락 하나도 까딱하지 못할 테니 잘 지켜주도록 해. 물론 나머지 사람들도."

그녀의 곁에서 가뜩이나 큰 눈을 부릅뜨고 자신을 가리키는 댄 스미스의 모습을 흘낏 쳐다본 철환이 실소를 머금은 채 말을 이었다.

"아? 네. 무조건 지킬게요. 부디 무사히 돌아오세요."

"그래, 잘 부탁한다."

그녀의 머리를 한차례 쓰다듬은 철환이 앞으로 나섰다. 뒤를 돌아보고 있던 유건과 눈이 마주친 성희가 진지한 표정으로 양손을 들어 불끈 쥐어보였다.

손을 올려 주먹을 쥐어 보인 유건과 성희가 동시에 웃음지었다.

"그럼 가볼까? 제임스?"

"조금 뜨거울 거다. 하아압! 파이어 월(Fire Wall)! 듀얼 임팩트(Dual Impact)!"

그의 손짓을 따라 만들어진 거대한 불의 장벽이 전면을 향해 거침없이 뻗어나갔다. 그것도 하나가 아니라 둘!

거의 십여 미터에 달하는 거대한 불의 장벽이 도열해 있는 오크 대군을 향해 뻗어나가는 장면은 진정 장관이었다.

"우와!"

감탄한 유건의 입에서 탄성이 흘러나왔다.

"크르르?"

당황한 오크들이 두려움 가득한 눈빛으로 이리 저리 몸을 날렸다. 중간 중간에 자리 잡고 있던 오크 워리어들도 일순 당황해 어쩔 줄 몰라 하며 우왕좌왕했다.

어느새 지척에 다다른 거대한 불의 장벽에서 후끈한 열기가 느껴졌다.

투콰콰콱!

거침없는 달리는 불의 전차처럼 쇄도한 두 개의 불의 장벽이 오크 군단을 둘로 쪼갰다. 불의 장벽 사이로 자연스럽게 길이 만들어졌다.

만들어진 길 위에는 고립된 오크 군단들이 좌우를 둘러싼 불의 장벽을 멍한 얼굴로 바라보며 어쩔 줄 몰라 방황하고 있었다.

"간닷!"

"넵!"

제임스가 제 아무리 대단한 이능력자라고 할지라도 이렇듯 거대한 불의 장벽을 장시간 유지할 수는 없다는 것 정도는 유건도 짐작할 수 있었다.

지체할 시간은 없었다.

유건은 앞서 달려 나가는 철환의 뒤를 따라 땅을 박찼다.

그들의 눈앞에 아직 제대로 상황 파악을 못한 오크들의 모습이 펼쳐졌다.

"꼭 필요한 경우가 아니면 그대로 통과한다!"

"네!"

그가 말하고자 하는 바를 정확히 인지한 유건이 자신을 보고 당황하는 오크의 곁을 그냥 스쳐지나갔다.

"크륵?"

바람과 같이 곁을 지나가는 상대의 모습에 긴장했던 오크의 입에서 묘한 소성이 흘러나왔다.

자신을 향해 일직선으로 만들어진 불의 길을 빠른 속도로 쇄도하는 두 사람을 바라보고 있던 오크 워리어 카사크의 눈매가 가늘어졌다.

둘 모두에게서 무척이나 익숙한 기운이 느껴졌다.

"오는가? 나의 대적이여."

지난 번 맞닥뜨렸을 때 승부를 가리지 못한 채 죽음의

문턱까지 다다랐던 카사크의 몸에서 살기가 뭉클거리며 피어올랐다.

그 이후 마스터께서 베풀어 주신 자비로 인해 더 큰 힘을 얻을 수 있게 되었지만, 그때 느꼈던 지독한 패배감은 늘 가슴 언저리를 무겁게 짓누르고 있었다.

무승부라고는 했지만 마지막 순간 분명 녀석은 아직 몸을 움직일 수 있었고 자신은 손가락 하나 까딱 할 수 없었다.

도도한 오크 영웅의 자존심에 금이 가던 순간이었다.

"크오오오오오오!"

오크 워리어 카사크가 자리에서 일어나 포효하는 순간 그의 곁을 지키고 있던 친위대를 비롯해 모든 오크 군단들이 자연스럽게 무릎을 꿇고 경의를 표했다.

누가 뭐래도 그는 진정한 오크의 전사, 자신들의 왕. 오크 영웅이었다.

가슴속에 담겨있던 울분을 토해낸 카사크가 창을 들어 올렸다. 뒤로 팽팽하게 당겨진 그의 근육이 터질 듯이 부풀어 올랐다. 그의 몸에 걸쳐져 있던 갑옷들이 연신 비명을 질러댔다.

쇄애애애액!

그의 손에서 뻗어나간 창이 공기를 찢어발기며 전면을 향해 날아갔다.

"응?"

앞을 가로막고 있던 오크 워리어를 업어 친 유건은 송곳으로 찌르는 것 같은 따가운 기세가 느껴지자 고개를 치켜들었다.

그의 눈에 낭창거리며 날아드는 거대한 창대의 모습이 들어왔다. 아직 이를 눈치 채지 못했는지 사방에서 달려드는 오크 워리어들을 상대하고 있던 철환이 위험해 보였다.

'위험해!'

순간 그의 의지가 일자 잠잠하게 가라앉아 있던 거대한 기운이 꿈틀거렸다.

쿠웅!

땅을 밟은 그의 발에서 둔중한 울림이 생겨났다. 그리고 그 힘을 받은 유건의 육신이 빛살과 같은 속도로 전면을 향해 쏘아져 나갔다.

파카카카캉!

근처에 아무렇게나 나뒹구는 거대한 도를 집어든 유건이 날아드는 창의 옆으로 돌아가 마치 살아 숨쉬는 것처럼 꿈틀거리는 창대를 내리쳤다.

"큭!"

충돌하는 순간 도를 잡고 있던 손에서 엄청난 충격이 전해졌다. 그리고 이내 거대한 도가 유리처럼 깨져 공중에 흩날렸다.

덕분에 궤도가 틀어진 창이 철환을 상대하던 오크 워리

어 셋을 연달아 뚫고 지나가 그대로 땅에 틀어박혔다.

패애애앵!

땅에 반쯤 파묻힌 창대가 파르르 떨며 아쉽다는 듯이 울어댔다.

오싹!

유건이 창을 내려칠 때에야 비로소 자신을 노리고 날아든 창의 존재를 알아차린 철환의 등줄기를 타고 소름이 쫙 끼쳤다.

"유건?"

철환을 향해 엄지를 치켜세운 유건이 여세를 몰아 전면으로 쇄도했다. 그의 몸에서 검은 아지랑이 같은 기운이 피어올라 마치 망토처럼 흩날렸다.

"덤벼라! 이 오크 새끼들아!"

· ▾ ·

전면을 막아서는 오크 군단을 파죽지세로 격파하며 빠르게 달려가는 유건의 모습을 멍하니 쳐다보고 있던 철환이 뒤질 새라 빠르게 발을 놀렸다.

유건에게 당한 오크 들이 여기 저기 나동그라진 채 푸들대고 있었다. 하나같이 얼굴에 커다란 공포가 자리 잡고 있었다.

혼돈에서 태어난 존재인 몬스터들은 근원적인 혼돈에 대한 공포를 지니고 있었다.

그 본질에 한없이 가까운 어둠을 온 몸에 두르고 종횡무진 날뛰는 유건의 모습은 어쩌면 그들에게 있어서 악몽과도 같을 지도.

머리를 내저어 상념을 털어낸 철환이 귓가로 손을 가져가 두 번째 봉인마저 풀어냈다.

푸확!

그를 중심으로 퍼져나가는 묵직한 기파에 작은 돌들이 튕겨져 나갔다.

"이번에는 아주 제대로 날뛰어 주마!"

누군가 앞서 가며 길을 열어준다는 것. 그 사실 하나가 이토록 자유로운 기분을 느끼게 해줄 줄이야.

항상 전투의 최전선에서 모두를 인도하던 역할을 하던 그로서는 다른 이의 등을 바라보며 전투를 한다는 것 자체가 무척이나 낯설게 다가왔다.

'그리 나쁘진 않군.'

거대한 대검을 세차게 휘두르는 철환의 입가에 가는 미소가 걸렸다.

세차게 타오르는 불의 장벽으로 인해 오크 군단이 혼란 가운데 빠진 채 제대로 대열을 정돈하지 못하는 동안 어느새 유건과 철환이 오크 영웅 카사크가 있는 중앙 지휘소의 지척에 다다랐다.

거침없이 뻗어나가던 유건의 주먹이 처음으로 가로막혔다.

"크르륵!"

비록 뒤로 한참을 미끄러지긴 했지만 제법 단단해 보이는 몸짓을 한 거대한 오크 하나가 그의 주먹을 막아낸 것이었다.

'응? 이 녀석은 조금 다른 걸?'

가만히 주변을 살펴보니 녀석과 비슷하게 생긴 오크들이 중앙 지휘소 주변을 빼곡하게 에워싸고 있었다.

"여기가 최종 관문이라 이건가?"

몸속에서 꿈틀대는 거대한 힘을 만끽하며 처음으로 마음껏 힘을 떨쳐내기로 마음먹은 유건이 비릿하게 웃자 그를 가로막은 오크 친위대 녀석이 겁을 먹은 채 뒤로 한발 물러섰다.

유건의 등 뒤로 검은 기운이 뭉클거리며 한 층 더 거세게 피어올랐다. 그러더니 이내 검은 갑주의 모양으로 유건의 온몸을 감싸 안았다.

지난 번 폭주했을 때와 어딘가 비슷해 보이는 모습이었다.

"여기서 지체할 시간 따윈 없다고!"

투콰콰쾅!

몸 속 깊은 곳에서 끊임없이 솟구쳐 오르는 거대한 힘을 담아 진각을 밟았다.

지기(地氣)와 반발하여 솟구쳐 오르는 힘을 가득 머금은 유건의 팔이 대기를 갈랐다.

어마어마한 힘의 발현.

그의 앞을 가로막고 있던 엄청난 숫자의 오크 친위대가 순간 일소됐다.

순간 뻥 뚫린 시야의 한 가운데 오크 영웅 카사크 그가 서있었다.

"간닷!"

놀란 친위대 녀석들이 다시금 전열을 정비하기도 전에 유건의 신형이 쏘아진 화살처럼 그 사이를 빠져나갔다.

그와 동시에 거세게 타오르던 불의 장막이 서서히 누그러들었다.

"헉헉, 헉헉헉헉, 제대로 한방 먹여주라고! 애송이."

탈진해서 쓰러지기 일보직전인 제임스가 주먹을 들어 올리며 저 멀리 있는 유건을 향해 말했다.

"쳇, 철환이 자식. 애송이한테 뒤지다니. 두고두고 놀려 먹어야지… 크큭"

그 말을 끝으로 제임스는 의식의 끈을 놓아버렸다.

그가 바닥에 쓰러지기 직전 이능을 발현해 그를 받아든 성희가 걱정이 가득한 눈빛으로 엄청난 격전이 벌어지고 있는 중앙을 바라보았다.

어깨에서 느껴지는 온기에 고개를 돌리자 하루나가 예의 그 편안한 웃음을 보이며 그녀를 다독거렸다.

"너무 걱정하지 마라. 애송이라고 부르기엔 민망할 만큼 큰 사람이 되어서 돌아왔으니까."

"네."

'부디 오빠를 지켜주세요.'

양손을 모으고 간절히 염원하는 그녀의 몸에서 자세히 보지 않으면 알아차리기 힘들만큼 은은한 빛이 뿜어져 나왔다.

"차아압!"

달려가던 오크 친위대 하나가 한참을 날아가 바닥에 그대로 처박혔다.

"크륵?"

홀로 카사크를 향해 날아들던 유건의 뒤를 쫓아 달려가는 오크 친위대의 앞을 철환이 거대한 검을 휘두르며 막아섰다.

"거기까지. 더 이상은 못 간다. 네놈들은 나랑 놀아보자고."

"크오오오!"

지켜야할 자신들의 주군을 향해 날아들던 칼날을 제대로 막아내지 못한 그의 친위대들에게서 엄청난 기세가 피어올랐다.

그대로 짓밟아 버리고 지나가겠다는 듯이 달려드는 오크 친위대를 바라보는 철환의 눈이 차갑게 빛났다.

"청염(靑炎!)"

그의 주문이 끝나기 무섭게 시리도록 푸르게 빛나는 마법의 불꽃이 모습을 드러냈다. 그의 손짓에 따라 검으로 옮겨 붙은 푸른 불꽃이 마치 살아 숨 쉬는 것처럼 꿈틀거렸다.

"뼛속까지 태워주마! 덤벼!"

자신을 향해 달려들고 있던 오크 친위대의 전면을 향해 거대한 푸른 불꽃이 혀를 날름거리며 날아들었다.

과연 오크 친위대는 일반적인 오크 전사들과 달랐다. 그들 중에서도 고르고 고른 정예답게 선두에 있던 이들이 몸으로 불꽃을 막아내는 동안 동료의 등을 밟고 푸른 불의 장벽을 넘어선 이들이 철환을 향해 쇄도하기 시작했다.

몇몇은 활을 꺼내들고 거대한 철시를 활줄에 걸었다. 오크가 활을 다룬다? 직접 보고도 믿기 힘든 광경이었다.

그저 일반 적인 중갑은 아닌 듯 가장 먼저 달려든 녀석을 베어내던 철환의 거검이 중간에 멈춰 섰다.

히죽~

입가로 핏물을 줄줄 흘려대면서도 검을 붙잡은 녀석이 이를 드러내며 웃었다.

흠칫!

그 사이 몸을 날린 두 녀석이 상체와 하체를 동시에 베어왔다.

터엉!

빠지지 않는 검의 손잡이를 놓고 눈에 보이지 않을 정도의 속도로 몸을 날린 철환이 놈들의 뒤를 공격하려던 순간 따끔거리는 기세가 빠르게 다가오는 것을 느꼈다.

"쳇!"

다급히 고개를 숙이며 바닥을 구르자 그가 서있던 자리로 거대한 철시들이 날아와 꽂혔다.

얼마나 강한 힘으로 화살을 쏘아냈는지 바닥에 반쯤 박힌 활대가 파르르 떨리고 있었다.

"무슨 오크 새끼들이 활까지 쏘고 지랄이야?!"

바닥에 나뒹구는 아무 검이나 주워든 철환이 덤으로 몇 개 더 주워든 창을 궁수들을 향해 집어 던졌다.

쇄애액!

아무렇게나 던진 것 같았지만 그 안에 담긴 힘은 엄청났다. 맹렬하게 회전하며 포물선을 그린 채 날아든 창대가 다음 일격을 준비하던 궁수들의 몸을 그대로 꿰뚫었다.

그 즉시 몸을 낮춘 철환이 팽이처럼 몸을 회전시키며 들고 있던 검으로 오크 친위대의 발목을 베어넘겼다.

"크악!"

"크아악!"

바닥에 누워 바동거리는 오크 친위대의 숫자가 순식간에 불어났다.

그의 목적은 유건이 카사크를 이길 때 까지 시간을 끄는 것. 굳이 놈들의 목을 일일이 베어 넘길 필요는 없었다.

차라리 부상을 입어 거치적거리는 게 그에게는 더 나았다. 동료들을 부축해 전선에서 이탈하는 동안 발생하는 빈 공간을 친위대가 아닌 다른 오크 전사들이 메웠다.

그 사이 검을 하나 더 주워든 철환이 걸죽한 침을 내뱉으며 호기롭게 외쳤다.

"오늘 아주 종합 병동 하나 차려주마 이 새끼들아."

그의 서슬 퍼런 기세에 뒤에서 떠밀리듯이 나와 자리를 채운 오크 전사들이 흠칫거렸다.

자연스럽게 이를 알아차린 철환이 비릿하게 웃었다.

'다음은 너다!'

"간다앗!"

목숨을 뺏는 것이 아니었기에 그의 검에 실린 힘은 평소의 절반 정도 밖에 되지 않았다. 그러나 그만큼 검을 휘두르는 속도는 평소보다 배는 더 빨랐다.

전장에 누워 신음을 흘려대는 오크들의 숫자가 점차 불

어나기 시작했다.

· ▾ ·

성희의 간절한 바람이 닿기라도 한 것인지 유건이 전력을 다해 날린 일격을 막아낸 카사크가 몸을 휘돌리며 뻗어낸 참격이 유건의 머리를 아슬아슬하게 스쳐지나갔다.

그의 예상을 훨씬 뛰어넘는 상대의 일격에 그의 중심이 흐트러졌기 때문이었다.

"큭! 이정도로는 안 통한다 이거냐!"

"인간! 제법이로구나."

예전에 비해 월등히 뛰어난 신체를 새로 부여받은 카사크는 자신의 몸을 뒤흔드는 상대의 일격에 감탄했다.

분명 익숙한 냄새를 풍기는 상대의 모습은 마치 검은 갑주를 입은 흑기사와도 같았다.

그 옛날 자신의 왕국을 향해 제일 앞장서서 달려들던 젊은 기사를 보는 것만 같았다.

잠시 아련한 눈으로 과거를 돌아보던 카사크가 크게 검을 휘둘러 유건을 떨쳐 낸 뒤 자세를 낮췄다.

쿠웅!

갑자기 무거운 기세가 사위를 짓눌렀다.

"조심해라! 그대로 휘둘리다가는 단숨에 목이 달아난다!"

그 순간 저 밑에서 친위대가 두 사람의 싸움에 나서지 못하도록 막고 있던 철환의 외침이 들려왔다.

그의 외침에 유건은 아득해지려 하던 정신을 다잡았다. 그만한 실력자들의 싸움에 있어서 기세라는 것은 무척이나 중요했다. 하마터면 제대로 싸워보지도 못한 채 당할 뻔 했다.

혼몽(混夢)에서 빠져나온 유건을 바라보며 아깝다는 듯이 나직이 혀를 찬 카사크가 곧바로 검을 휘둘렀다.

거대한 톱니모양의 칼날이 달려있는 거검. 카사크의 애병이었다.

투쾅!

거의 둔기 수준인 거대한 칼날을 양팔을 교차해서 막아낸 유건이 한참을 뒤로 밀려나다가 끝내 버려냈다.

당연히 저 만치 날아갈 거라 생각했던 상대가 자신의 검을 막아내자 카사크의 눈이 가늘어졌다.

크게 호흡을 들이키며 검을 회수한 카사크의 팔뚝을 타고 거대한 밧줄 같은 핏줄들이 꿈틀거렸다.

쐐애액!

조금 전에 비해 배는 더 강력한 일격이 유건을 향해 날아들었다. 일격을 막아낸 여파로 인해 몸을 피할 수 없었던 유건이 이를 악물었다. 그리고 힘을 더욱 불러 일으켰다.

후웅~!

검은 갑주를 입고 있는 모습의 유건의 등 뒤로 검은 기운이 뭉클거리며 뻗어 나와 마치 망토와 같이 바람을 타고 흩날렸다.

"하아압!"

땅에 반쯤 틀어박힌 발목을 중심으로 강하게 몸을 휘돌린 유건이 자신을 향해 날아드는 검날을 주목했다.

'받아 친다!'

그의 의식이 검날에 새겨진 상처들이 보일 정도로 한 점을 향해 모여들었다.

그 순간! 엄청난 굉음과 함께 거대한 카사크의 도가 튕겨져 나갔다.

"큭!"

자연스럽게 열린 가슴을 향해 몸을 날린 유건이 기세를 그대로 실어 팔꿈치를 내질렀다.

쩌엉!

힘의 여력을 따라 자연스럽게 몸을 비튼 카사크가 다른 쪽 팔에 매달려 있던 작은 방패로 유건의 공격을 막아냈다.

마치 그럴 줄 알았다는 듯 곧바로 몸을 휘돌려 카사크의 거대한 몸체를 넘어서서 공중을 한 바퀴 크게 돈 유건이 바닥에 착지하기 무섭게 몸을 낮춰 상대의 오금을 후려갈겼다.

빠각!

힘은 열세, 속도는 우위!

그 짧은 격돌의 순간 유건이 파악해낸 정보였다. 그의 예상처럼 유건의 날렵한 몸놀림을 순간 놓친 카사크가 자연스럽게 한쪽 무릎을 꿇었다.

"딱 좋은 높이야!"

그 순간 유건의 몸을 이루고 있는 모든 근육들이 수축되며 모든 힘을 한 곳으로 몰아갔다.

거대한 미증유의 힘이 가득 담긴 그의 주먹이 거대한 어둠으로 물들어 있었다.

"아수라(阿修羅)?!"

주변의 공기를 모조리 빨아들이기라도 하듯이 한순간에 무지막지한 인력을 발생시킨 유건의 일격을 바라보던 철환의 입에서 탄성이 터져나왔다.

이론상으로는 가능했지만 그 어느 누구도 실제로 보인 적 없었던, 비전 오의 아수라가 펼쳐질 때 나타난다는 현상이었다.

문헌으로만 접했던 그 기술이 이 땅에 초현(初現)하며 그 진정한 위력을 보여주는 순간이었다.

고대 무술이 만들어낸 엄청난 힘이 거대한 체구를 자랑

하는 카사크를 향해 뻗어나갔다.

"쿠오오오오!"

자칫 방심했다가는 이대로 당할 수 있다는 위기감을 느낀 카사크가 포효하며 진신전력을 드러냈다.

지척에 다다른 유건의 주먹과 카사크의 거대한 주먹이 중간에서 맞부딪혔다.

쩌어어엉!

엄청난 충돌음과 함께 고막이 터질 것 같은 강한 압력이 사방으로 뻗어나갔다.

"크읏!"

철환조차 다급히 기를 운용해 귀를 보호해야만 했다. 여기저기서 달려들던 오크 친위대들은 머리를 감싸 쥔 채 바닥을 뒹굴었다.

엄청난 속도로 튕겨져 나온 유건이 한참을 더 날아가 바닥에 처박혔다. 그의 한쪽 팔은 쳐다보기 힘들 정도로 엉망이 되어있었다.

"헤헤헤헤."

입가에 흐르는 핏줄기를 닦아낸 유건이 비틀거리며 자리에서 일어섰다.

'웃는다?'

웃고있는 유건의 모습을 발견한 철환이 다급히 고개를 돌려 카사크를 쳐다보았다.

그 자리에서 한참을 뒤로 밀려난 그는 파랗게 질린 얼굴을 한 채 덜렁 거리는 한쪽 팔을 부여잡고 있었다. 그의 한쪽 손목이 기이한 각도로 꺾인 채 덜렁거리고 있었다.

천천히 앞을 향해 걸음을 옮기는 유건의 상처는 마치 시간을 거꾸로 되돌리는 것처럼 순식간에 아물어갔다. 그러나 상대인 카사크의 손목은 부러진 그대로였다.

'그 웃음의 의미가 이거였나?

더욱 큰 충격을 입은 것은 분명 유건이었지만 그에게는 눈으로 직접 보면서도 믿을 수 없는 엄청난 치유력이 있었다.

"어디 다시 한 번 붙어볼까? 오크 영웅씨?"

어느새 원래 모습으로 되돌아온 팔을 한 바퀴 휘돌리며 주먹을 맞부딪힌 유건이 비릿하게 웃으며 말했다.

"날 만난 걸 죽고 나서도 후회하게 해주마!"

＊

두 괴물이 맞부딪히는 격전의 현장으로부터 반경 수십 미터가 자연스럽게 공동화 됐다.

새어나오는 힘의 여파만으로도 수많은 오크들이 목숨을 잃었기 때문이었다.

덜렁거리는 한쪽 손목을 단칼에 베어낸 카사크는 한 팔

로 휘두르는 거라고는 믿을 수 없을 만큼 정교하고도 힘있
는 검술을 자랑했다.

'오크가 검술을?'

그저 난폭하게 타고난 힘만 가지고 무기를 휘두르는
줄로만 알고 있었는데 이를 상대하는 유건은 무척이나
정교하게 잘 짜인 검술을 펼치는 무인을 마주한 기분이
었다.

전장에 어지럽게 놓여있는 각종 무기들을 들고 카사크
의 거검과 맞부딪혔지만 채 몇 합을 견디지 못하고 깨져
나갔다.

그렇다고 혼돈의 기운으로 강화된 그의 육체로만 받아
내기엔 그 여파가 꽤나 부담스러웠다.

작은 충격이라고 할지라도 조금씩 몸에 축적되는 것은
피할 수 없었고 그 작은 차이가 승패에 치명적인 역할을
한다는 것쯤은 유건으로서도 충분히 인식하고 있었다.

무기! 그의 무력을 충분히 펼쳐낼 수 있을 만큼 강력한
수단이 절실히 요구되는 순간이었다.

뒤쪽으로 빠르게 이동하며 바닥에 아무렇게나 뒹굴고
있던 창대 몇 개를 발로 걷어차 카사크를 향해 날려 보냈
다.

피슈웅.

카앙! 캉! 캉!

한쪽 팔을 잃은 이후부터 더 없이 차분해진 카사크가 거대한 몸짓에 어울리지 않는 유려한 몸짓으로 이를 쳐냈다.

그럴 줄 알았다는 듯 손에 잡히는 대로 검이며 창이며 할 것 없이 손에 잡히는 대로 무조건 날려대는 유건의 현란한 손놀림에 차분하던 카사크의 얼굴이 일그러졌다.

암기술에 있어서만큼은 천하제일을 논한다는 당문의 비기가 은연중에 배어있는 투척술이었으니 한 두 개가 아닌 이상 제 아무리 카사크라고 할지라도 이를 태연하게 받아넘길 수만은 없었다.

어차피 사방에 널린 게 무기였다. 쉴 새 없이 손발을 놀리며 돌파구를 찾기 위해 머리를 굴리던 유건의 눈에 마음을 확 잡아끄는 창 하나가 들어왔다.

'찾았다!'

그 창이 있는 곳은 다른 어떤 곳도 아닌 바로 카사크의 등이었다.

검을 휘두르며 다가오는 카사크의 몸짓에 따라 언뜻언뜻 내비치는 창의 모습은 그리 특별할 것도 없이 무척이나 투박해보였다.

그러나 유건의 눈에는 마치 세상에 무기가 오직 그것 밖에는 없는 것처럼 매력적으로 다가왔다.

두근두근.

카사크의 등에 매달려 있는 그 창이 한번 눈에 들어오고 나자 두근거림이 멈추지 않았다.

빠득.

각오를 굳힌 유건이 방향을 급선회 하여 카사크를 향해 짓쳐들었다. 동시에 다섯 개의 무기를 더 쏘아 보낸 유건이 은밀하게 수리검을 함께 집어 던졌다.

지금까지 그랬던 것처럼 차분하게 무기들을 쳐낸 카사크가 유건의 몸을 양단해버릴 기세로 검을 들어 올린 순간 유건이 수리검을 불러들었다.

흠칫!

등 뒤에서 느껴지는 기척에 당황한 카사크가 다급히 몸을 돌려 회수되기 위해 날아가던 수리검을 쳐낸 순간 유건이 주문을 외웠다.

"점멸(Blink)!"

순식간에 상대와의 거리를 좁힌 유건이 손을 뻗어 카사크의 등에 매여있던 창대를 잡아 챘다.

찌르르르.

그 순간 마치 전기에 감전된 것처럼 정수리부터 발끝까지 관통하는 전율이 느껴졌다.

'이거다!'

마치 처음 만들어질 때부터 자신을 위해 만들어진 것처럼 손에 착 감기는 느낌이 무척이나 친숙했다. 아련함마저 느껴지는 것이 전생에 써왔던 무기인가 싶을 정도였다.

우우우웅!

유건의 몸을 감싸고돌던 검은 기운이 자연스럽게 창 대로 흡수되며 평범한 창처럼 보이던 창이 순식간에 묵 철을 가공해 만든 철창처럼 윤기 나는 검은 빛을 내뿜었 다.

그 순간 주변을 진감시키는 어마어마한 충격파가 그를 중심으로 해서 사방으로 뻗어나갔다.

벌떡!

마법을 통해 카사크와 이름 모를 사내와의 격전을 감상 하고 있던 검은 머리의 사내가 들고 있던 와인잔을 떨어뜨 리며 자리에서 벌떡 일어섰다.

그의 몸에서 일어나는 어마어마한 기세에 그의 전면에 서서 자리를 지키고 있던 사도들이 두려움에 떨며 무릎을 꿇고 머리를 조아렸다.

"드디어 찾았구나!"

늘 심드렁한 표정으로 매사에 의욕이 없어 보이던 그의 칠흑같이 검은 눈동자에서 불길이 피어올랐다.

그가 손을 내젓자 대기가 저절로 갈라지며 차원의 틈이 모습을 드러냈다.

그가 그 안으로 발을 내딛자 주변을 짓누르던 무거운 기세가 씻은 듯이 사라졌다.

· ☀ ·

엄청난 충격파 속에서 유건만은 홀로 깊은 자신의 내면으로 침잠해 들어갔다.

'나는 신창 롱기누스다. 나를 깨운 자가 그대인가?'

'깨워? 내가 널?'

'그렇다. 그대가 오랜 잠에서 나를 깨운 자가 아닌가?'

'아?! 그럼 방금 전에 내가 취했던 게?'

'모든 일들은 언뜻 보면 우연인 것 같지만 사실 알고 보면 무한한 세계의 인과율이 누적된 결과지.'

'그게 무슨?'

'그대와 나는 언젠가는 만났을 운명이라는 말이다.'

'운명?'

'내 전 주인은 나를 만나 신을 죽이는데 앞장섰다. 그대는 나와 함께 무엇을 이루려는가?'

'나? 나는….'

'아직 삶의 미몽(迷夢) 가운데에서 헤매고 있는 자였던가?'

'나는… 지키고 싶어. 나와! 내가 사랑하는 모두를!'

'그것이 그대가 이루고자 하는 소망인가?'

'그래!'

'나 신창 롱기누스는 그대가 영면(永眠)에 들 때까지 그대와 함께 그 소망을 이루는 길에 함께할 것이다.'

그 말과 함께 눈부신 빛이 뿜어져 나왔다.

'크윽!'

도저히 눈을 뜨고 볼 수 없을 만큼 강렬한 빛에 괴로워하던 내 귓가에 철환의 외침이 들려왔다.

"피해랏! 애송이!"

슈화아아악!

깊은 내면의 세계 속에서 신창 롱기누스를 대면하고 있었던 유건의 자의식은 철환의 외침에 순식간에 의식의 세계로 급부상했다.

"헛!"

눈을 뜨자마자 대면한 것은 거대한 카사크의 대검이었다. 지척에 다다른 검에서 뿜어져 나오는 막대한 기세가 풍압과 함께 어우러져 몸의 자유를 구속하려했다.

우우웅!

마치 자신의 존재를 기억하라는 듯 낮게 진동하는 신창 롱기누스의 떨림에 피하려던 유건이 이를 들어 그의 거대한 검날을 막아섰다.

카아앙!

거대한 카사크의 애병과 마주친 신창 롱기누스에서 순간 거대한 에너지가 뿜어져 나왔다.

"큭!"

무기를 부딪치기 시작한 이후 처음으로 카사크가 한발 뒤로 물러섰다.

진즉에 흡수했었던 혼돈의 기운을 일시에 방출한 신창 롱기누스가 유건의 몸속에서 꿈틀대는 또 다른 기운을 빨아들이기 시작했다.

사용자가 지닌 힘의 근원을 끊임없이 갈구하며 그 힘을 증폭시켜 상대를 향해 뿜어내는 궁극의 마도기 신창 롱기누스의 진면목이 드러나는 순간이었다.

유건의 내부에 자리 잡고 있는 것은 한없이 본질에 가까운 혼돈. 그 자체라고도 할 수 있었다.

그렇기에 유건과 신창 롱기누스와의 조합은 이보다 더 좋을 수 없을 정도였다.

처음 잡아 보지만 마치 오래전부터 사용해왔던 것 같은 익숙함에 유건이 고개를 갸웃거렸다.

그의 힘을 빨아들인 신창 롱기누스가 다시 검게 물들며 예의 그 모습을 회복했다.

"크오오오오오!"

자신이 밀렸다는 사실이 마음에 들지 않는다는 듯 거센 포효를 질러대던 카사크가 전보다 한층 더 강해진 일격들을 날려 왔다.

그 일격에 휩쓸린 수많은 오크들이 억울한 죽음을 맞이할 정도였다.

그렇게 간절히 소망하던 무기를 손에 넣은 유건은 침착한 눈빛으로 뒤로 물러나며 녀석의 칼날을 받아 넘겼다.

흥분한 적을 상대로 함께 맞상대 하는 건 하책(下冊)이었다. 자연스럽게 몸을 띄우며 충격의 여파를 털어내는 유건의 몸놀림이 점차 여유를 되찾기 시작했다.

'지금!'

위에서 아래로 내리치는 녀석의 칼날을 간발의 차이로 아슬아슬하게 피해낸 유건이 상대의 품 안쪽으로 파고들며 강하게 창을 찔렀다.

푸욱!

어지간한 검보다도 더 큰 카사크의 애병 만큼이나 긴 신창 롱기누스가 녀석의 겨드랑이를 파고들었다. 그리고 그와 동시에 안에 품고 있던 혼돈의 기운을 상대의 몸 안으로 밀어 넣었다.

"크어어어!"

상처가 그리 깊지 않은 비교적 얕은 일격이었을 뿐이건만 카사크는 비명을 지르며 무척이나 괴로워했다.

창으로 인한 상처보다 몸 안으로 유입된 혼돈의 기운이

그의 내부를 엉망으로 헤집어 놓았기 때문이었다.

그러나 그는 기타 다른 오크들과는 그 태생부터 다른 오크들의 왕이었다. 그의 몸속에 흐르고 있는 피 속에는 역대 위대했던 수많은 오크 영웅들의 경험이 녹아들어 있었다.

그중에는 혼돈의 기운을 다루는 자와 겨루었던 오크 영웅의 경험도 있었다.

마치 숨을 쉬듯이 자연스럽게 혼돈의 기운이 남겨놓은 내상을 치유하는 방법을 떠올린 카사크가 입으로 검은 연기를 가늘게 토해내며 자리에서 천천히 일어섰다.

"크르르르."

그의 몸이 조금씩 꿈틀거리며 조금 전과 다른 기세를 뿜어내기 시작했다.

여타 다른 강한 몬스터들이 많이 있음에도 불구하고 오크가 몬스터들 중에서 가장 중요하고도 넓은 지역을 다스리는 이유는 그들이야 말로 끊임없이 진화하는 전투의 종족이었기 때문이었다.

상대에 맞춰서 가장 효율적인 전투태세를 취하는 것. 그것이야말로 오크 영웅 카사크의 피에 새겨져 있는 가장 큰 자산이었다.

이를 후대에 물려줄 의무가 있는 카사크로서는 이대로 쉽게 당할 고 물러설 수는 없었다.

자신이 이길 수 없다면 그 후대가, 그 후대가 이길 수 없다면 비록 수없이 많은 세월이 흐른다고 할지라도 계속해서 맞서나가 기필코 상대를 넘어서고야 마는 종족.

그것이 바로 오크라는 이름을 가진 전투 종족이었다.

하나의 거대한 유기체처럼 공존하는 오크들은 지금 이 순간에도 그 본질에 카사크가 얻은 경험들을 새겨나가고 있었다.

몸을 일으킨 카사크의 덩치가 조금 줄어들어 있는 반면에 전체적으로 좀 더 날렵해 보였다.

상대는 강하다.

게다가 그 강함을 유감없이 발휘 할 수 있는 무기까지 손에 넣었다. 자신이 지니고 있을 때 까지만 해도 그저 조금 신비한 기운을 발하는 창에 지나지 않았지만 상대의 손에 들린 순간 비로소 제 짝을 만난 것처럼 엄청난 변화를 보여주었다.

카사크의 본능이 이번 싸움에 전력을 다해야 한다는 것을 알려왔다. 이전에 자신에게 치욕적인 패배를 안겨주었던 상대에게 복수할 마음으로 가볍게 나왔던 이번 출정에서 다시 한 번 죽음의 위기를 맞이하게 될 줄은 몰랐다.

카사크는 그래서 전투가 즐겁다는 생각을 했다. 이러한 예측할 수 없는 순간들이 언제나 그의 피를 들끓게 만들었다.

뒤를 돌아보지 않는다. 오직 상대를 죽일 생각만 한다.

강하게 의식을 다잡은 카사크가 신중하게 한발을 내디뎠다. 묵직한 울림과 함께 그의 굳은 의지가 상대방을 향해 전해졌다.

두우웅!

무언가 알 수 없는 둔중한 울림이 가슴을 때렸다.

유건은 자세를 낮추고 신중한 모습으로 자신을 유심히 지켜보는 상대의 모습에서 필사(必死)의 의지를 느낄 수 있었다.

꿀꺽.

긴장으로 인해 바짝 말라버린 목이 신경에 거슬렸다. 시원한 물을 들이 키고 싶었다. 그러려면 저 앞을 막아선 오크 영웅을 베어 넘겨야 했다.

어서 나를 휘두르라는 듯 가볍게 진동하는 신창 롱기누스를 거머쥔 유건이 진각을 밟았다.

빛살과 같이 쏘아져 가는 유건을 단숨에 갈라버리겠다는 듯이 검을 들어 올린 카사크가 지금껏 보여주었던 그 어떤 참격보다 강렬한 일격을 선보였다.

카사크의 거대한 검이 유건의 한쪽 어깨를 그대로 부수며 스쳐지나갔고 유건의 창이 카사크의 가슴에 송곳처럼 틀어박혔다.

치열하게 피어오르던 기세가 한풀 꺾이고, 주변에 정적

이 내려앉았다.

털썩.

창에 매달리다 시피 하며 겨우 버티고 서있던 유건의 무릎이 땅바닥에 닿았다.

"유건!"

상대의 피로 목욕을 하다시피 한 철환이 충혈 된 눈으로 유건의 이름을 불렀다.

그리고 그와 동시에 카사크의 육중한 몸이 천천히 쓰러졌다.

쿠웅!

자욱하게 먼지를 피워 올리며 쓰러진 카사크에게서 죽음의 냄새가 진하게 풍겼다.

단숨에 유건이 쓰러져 있는 곳을 향해 달려온 철환이 힘없이 웃는 유건을 안아들고는 그를 마주보며 허탈하게 웃었다.

"죽은 줄 알았다. 이 녀석아."

"하~아. 이런데서 죽으면 너무 억울하지 않겠습니까?"

"그렇지?"

"당연하죠. 헌데 저희 어떻게 이곳에서 빠져나가죠?"

우두머리를 치면 뿔뿔이 흩어질 거라 예상했던 것과 달리 자신들의 왕을 잃은 오크 전사들이 살기를 피워 올리며 두 사람을 향해 다가오고 있었다.

"어? 어라? 저건?"

. ▼ .

공중이 이지러지기 시작하는가 싶더니 이내 누군가 거
대한 손으로 구겨버린 것처럼 찌그러졌다.

"마, 말도 안 돼."

유건이 멍한 얼굴로 가리키는 곳을 쳐다본 철환의 눈이
부릅떠졌다.

대기가 수직으로 갈라지며 그 안에서 검은 머리카락을
휘날리며 한 사내가 모습을 드러냈기 때문이었다.

"더 블래액!"

그 사내의 모습을 본 철환이 오랜 시간동안 억눌러왔던
격정을 토해냈다.

그의 반려였던 김미려를 죽게 만든 원수. 그리고 그의
내부에 세례라는 명목 하에 엄청난 괴물을 집어넣은 자.

이 땅 가운데 존재하는 모든 몬스터들의 정점.

더 블랙의 등장에 살기등등하게 다가서던 모든 몬스터
들이 그 자리에 바짝 엎드리고는 머리를 조아리며 벌벌 떨
었다.

아무런 긴장감 없이 마치 평지를 걷듯이 공중을 천천히
걸어 내려온 그가 흑요석처럼 빛나는 눈으로 유건과 철환

을 바라보았다.

그의 눈 안에는 마치 신기한 장난감을 발견한 아이와 같이 호기심으로 가득했다.

"오랜만에 대면하게 되는 구나 인간이여. 그쪽은 적응자라고 불러줘야 하려나?"

"네, 네놈!"

소리를 지르며 지금 당장이라도 달려들 것처럼 살기를 피어 올리는 철환이었지만 실제로는 몸을 떨어대기만 할 뿐 아무런 행동도 취하지 못했다.

그의 내부에 자리 잡은 정체 모를 괴물이 자신의 주인에게 달려드는 것을 절대로 허락하지 않았기 때문이었다.

"흐음~ 비록 복종마법까지 각인 되지는 않아서 완전하지 않았지만 그래도 대부분의 기운들이 내부에 자리 잡았을 텐데도 나에게 이정도의 적대감을 보일 수 있다니. 흥미롭군 그래."

그런 철환을 바라보며 눈을 동그랗게 뜨는 그의 모습은 유건이 평소에 상상해왔던 적의 모습과 달랐다. 마치 순진무구한 어린아이의 그것을 보는 것만 같았다.

'저 녀석이 바로 그 더 블랙?'

그가 모습을 드러내자마자 더디게 회복되고 있던 유건의 상처가 지금까지와 달리 급속도로 아물어갔다.

필생의 대적을 만나기라도 한 듯 그의 내부에 잠들어있

던 혼돈의 기운이 격하게 들끓기 시작했다.

'컥!'

마치 미쳐 날뛰는 야생마처럼 요동하는 내부의 기운에 유건이 인상을 찌푸리며 고개를 숙였다.

'젠장! 가만히 있지 못해! 네 주인은 나야!'

"후우, 후우~"

그의 말을 알아듣기라도 한 것처럼 조금은 누그러든 내부의 기운을 다스리며 천천히 호흡을 조절하던 유건이 눈을 들어 그 사내를 바라보았다.

"호오~ 나를 대면하고도 전혀 기세가 누그러지지 않다니, 그대 몸속에서 꿈틀대고 있는 그 기운이 나를 대적이라 생각하고 있는 건가?"

"누구냐 넌."

"아직까지도 나를 모르는 자가 있었던가? 아! 직접 대면하는 경우는 많지 않으니 모를 수도 있겠군. 나는 더 블랙. 모든 몬스터들의 주인이자 타 차원에서 넘어온 절대자다."

그의 광오한 선포에 주변의 대기가 두려움에 떨었고 그 힘의 반경아래 있는 모든 만물들이 그 위엄 앞에서 자연스럽게 무릎을 꿇었다.

"크윽!"

"컥!"

영혼 그 자체를 짓누르는 어마어마한 압력에 유건과 철환이 동시에 바닥에 엎드린 채 괴로워했다.

"이제야 조금 대화를 나눌 수 있는 분위기가 만들어졌군 그래."

천천히 그들에게 다가가 쓰러져 있는 카사크의 팔뚝 위에 걸터앉은 사내가 품속에 손을 넣고 두툼한 시가를 꺼내 입에 물고는 불을 붙였다.

"후우~ 이 맛은 정말이지 매번 맛보면서도 놀라지 않을 수가 없단 말이지. 이곳으로 넘어오길 잘 했다고 생각하는 이유 중에 하나지. 하나 필 텐가?"

이를 악다물고 푸들거리면서도 기어코 몸을 일으킨 유건을 향해 사내가 시가 하나를 더 꺼내들고는 권했다.

"담배는 안, 큭, 핀다. 몸에 해롭거든."

"그래? 뭐 그렇다면 할 수 없지."

큰 기쁨을 함께 나누지 못해서 정말 아쉽다는 표정으로 시가를 품에 넣은 사내 더 블랙이 비틀거리면서도 꼿꼿이 서서 자신을 내려다보는 유건을 향해 말했다.

"계속 그렇게 서있을 텐가?"

털썩.

그의 말이 끝나기 무섭게 유건이 바닥에 소리 나게 주저앉았다.

"아니, 더 이상 서 있기도 힘들어서 앉으려던 참이었어."

126

유건의 너스레에 더 블랙이 피식 웃음을 터트렸다.

"재미있는 인간이군. 아니 이젠 더 이상 인간이 아니려나?"

"인.간! 맞다."

한자 한자 끊어서 강조하는 유건의 모습에 눈을 동그랗게 치켜뜬 사내가 빙그레 웃으며 말했다.

"소위 말하는 자부심이라는 건가? 그것도 나름 보기 좋더군."

"그래? 그럼 너는 인간이 아니라는 말이네?"

유건의 물음에 시가를 한 모금 깊숙이 빨아들이던 사내가 의아한 눈빛으로 그를 바라보았다.

"응? 나에 대해서 아무런 말도 듣지 못했나?"

"응, 코드명이 더 블랙(The Black)이라는 것 밖에."

"그쪽 수뇌부에서 어지간히 수를 쓰는가 보군. 어차피 내 정체에 대해서 일부러 감추거나 한 적도 없는데 말이지."

"두려웠나보지."

"흐음, 그런가? 두려움이라. 내가 모르는 감정들 중에 하나로군. 너희 인간들은 그 두려움이라는 감정을 통해 한층 더 강해진다지?"

"대부분은 그렇지 않아. 극히 일부에만 해당하는 얘기지."

"그런가?"

"그건 그렇고, 아직 내 물음에 대답하지 않았는데?"

"아? 그거? 나는 바하무트. 세계를 조율하는 절대자들 중 하나지. 아! 물론 이쪽 세계는 아니고. 저 차원 넘어 중간계라고 하는 곳에서 건너왔다."

"최초의 문을 통해서 말인가?"

"그 차원의 문 말이지? 하하하하, 너희들의 미개한 능력으로 어찌 그런 일을 할 수 있었는지 지금까지도 의문이야. 이런 걸로 장님이 뒷걸음질 치다가 쥐 잡은 격이라고 하던가?"

"황소다."

"아? 그래? 내가 잘못 전해들은 것 같군. 수정하도록 하지. 아무튼 그 차원의 문이 너무 작아서 그저 지켜만 보고 있었는데 어느 순간 갑자기 급속도로 크기를 불려가더군. 그대로 내버려 뒀다가는 양쪽 차원이 한꺼번에 통합되는 불상사가 생길 뻔 했지."

적의 수장이라는 자의 입을 통해 듣게 되는 운명의 날에 관한 비사에 유건의 눈이 호기심으로 물들었다.

"그래서?"

"호오~ 내 말을 믿는 건가? 대부분 닥치라고 소리부터 지르던데 말이야."

"거짓말인가?"

"아니."

"그럼, 믿지 않을 이유가 뭔데?"

"하하하하, 너 참 마음에 드는군. 그 태초에 만들어진 본질적인 힘, 혼돈의 영향을 받아서 그런 건가? 일반적인 인간들과 많은 것들이 달라. 많.은.것.들이 말이지."

"그런가? 그것보다 이야기나 계속 해봐."

자신에 관한 이야기였건만 유건이 별 대수롭지 않게 받아 넘기자 더 블랙의 눈매가 살짝 가늘어졌다. 도발을 통해 흔들어보려는 시도였는데 상대가 철옹성같이 꿈쩍도 하지 않는 모습을 보고는 내심 감탄했다.

"그래서 내가 친히 가진 바 많은 힘들을 희생하면서 넓어져 가던 그 차원의 문을 고정시켰지. 덕분에 본체는 그쪽에 놔두고 분신(Avatar)만 넘어오게 됐지만 말이야."

"지금 그 모습이 진짜가 아니란 말인가?"

"설마? 내 본 모습은 이것 보다 훨씬 우아하다고."

"근데 왜 넘어온 건가?"

"궁금해서."

"에?"

뭔가 엄청난 이유가 있을 거라고 생각했던 유건은 들려오는 상대의 대답에 순간 맥이 빠져버렸다.

"그게 무슨?"

"궁금했거든. 과연 다른 차원은 어떤 모습일지. 그곳에는 어떠한 위대한 자들이 존재하고 있는지 말이야. 헌데…"

"그런데?"

"없어. 아무것도. 다들 증발이라도 해버린 것처럼 각종 흔적들은 도처에 깔려 있는데 정작 있어야 할 것들이 하나도 남아있지 않더군. 대체 이곳 차원에서는 과거에 무슨 일이 벌어졌던 거야?"

그런 그에게서 정말 아쉬워하는 기색이 역력하게 느껴졌다.

'단순히 호기심을 충족시키기 위해 넘어온 녀석으로 인해 우리는 멸종의 위협을 느껴왔던 건가?'

"그런데 왜 돌아가지 않지?"

"돌아가? 왜 그래야 하지?"

"네 말대로 호기심을 충족시킬만한 아무런 존재도 남아있지 않았다며? 그럼 다시 돌아가면 되지 않나?"

"굳이 그럴 필요성을 못 느꼈거든."

"필요성?"

"그래, 전 차원계를 모두 뒤져봐도 이처럼 아무런 조율자도, 초월자도 존재하지 않는 차원계는 드물 거야. 그 말은 곧 내가 이 차원계의 유일무이한 존재로 군림할 수 있다는 걸 뜻하는 거지. 본체까지 넘어왔다면 더 좋았겠지만 그건 어쩔 수 없는 일이고. 지금 수준 정도로도 딱히 불편하지 않거든."

"군림? 신이 되겠다는 말인가?"

"굳이 신이 될 필요는 없지. 다만, 그 비슷한 존재로서 오랫동안 유희를 즐기다가 갈 수는 있겠지."

"유희? 네겐 이곳에서의 모든 일들이 단순한 즐길 거리에 불과하다는 말인가?"

말을 하는 유건의 몸에서 사나운 기세가 뿜어져 나오기 시작했다. 그러나 그 사내는 아랑곳하지 않은 채 말을 이어나갔다.

"후후후후. 나와 같은 종류의 유희를 즐기는 건 동족들 중에서도 내가 유일할 걸?"

그의 말에 기세를 피어 올리던 유건이 당황한 얼굴로 물었다.

"동족? 너와 같은 이들이 더 있다는 건가?"

"그래, 비록 숫자가 많지는 않지만."

분노를 매개로 하여 억지로 기세를 북돋아 보기는 했지만 상대의 강함은 직접 대면하고 있는 이 순간에도 무릎을 꿇고 싶게 만들 만큼 어마어마했다.

헌데 이렇게 대단한 녀석들이 더 있다? 그것도 본체가 아닌데도? 이건 스케일이 달라도 너무 달랐다. 자기 혼자 발버둥 친다고 해서 뭔가 바꿀 수 있는 수준의 것이 아니었다.

절망감.

그 순간 그의 온 몸을 잠식하기 시작한 것은 바로 절망감이었다.

사실을 알게 되고 난 뒤 찾아오는 끝없는 절망감이 유건을 송두리째 삼켜 버리려고 할 때 그의 귓가에 익숙한 목소리가 들려왔다.

"오빠!"

매번 그가 가장 도움이 필요한 순간마다 기적처럼 나타나서 자신을 구원해주던 그 목소리.

성희의 영혼의 울림이 담긴 그 따스한 한마디에 유건이 깊이 침잠해 가던 절망의 늪에서 비로소 정신을 차릴 수 있었다.

"이런이런, 조금만 더 시간이 지났으면 가볍게 끝낼 수 있었을 것을."

아쉬워하는 상대의 목소리에 화들짝 놀란 유건이 저만치 뒤로 물러섰다. 물론 한손에는 몸을 부르르 떨고 있는 철환을 들고서.

그런 그의 곁으로 성희를 비롯한 일행들이 내려섰다.

'위에서 내려와?'

유건이 의아해 하고 있을 즈음 처음 보는 인물이 유건에게 압도적인 존재의 크기를 보여주며 절망을 맛보게 해주었던 사내, 더 블랙을 향해 다가갔다.

"중간계의 조율자를 뵙습니다."

황금을 녹여 부은 것 같이 반짝이는 아름다운 금발을 흩날리며 우아하게 인사를 건네는 사내를 향해 더 블랙이 미간을 살짝 찌푸리며 대답했다.

"또 너인가? 탐구자 아나지톤이여!"

"설마, 망각조차 허락되지 않으신 분께서 저와 나눈 언약을 잊으신 건 아니시겠지요?"

그의 부드러운 말에 눈을 가늘게 뜬 그가 대답했다.

"물론이다. 관심을 끄는 이가 있기에 잠시 대화나 나눠보려고 왔을 뿐이니 너무 염려하지 말도록."

"여부가 있겠습니까. 중간계의 조율자시여."

"곧, 때가 다가온다. 그때 너 아나지톤은 이곳을 떠날 수 있도록. 너까지 휘말려드는 것은 내가 원치 않으니."

"조율자의 뜻대로."

공손히 고개를 숙이는 금발머리의 사내를 가만히 쳐다보던 더 블랙이 유건을 향해 가볍게 인사를 건넸다.

"다음에는 좀 더 편안한 자리에서 만났으면 좋겠군. 대화 즐거웠다. 인.간. 이여."

자신과 대화를 나눌 때와 달리 금발의 사내와 말을 주고받을 때 그에게서 느껴지던 압도적인 위엄에 눌려있던 유건이 어색하게 손을 들어 답했다.

"훗, 그럼 남은 시간동안 열심히 발버둥 쳐보도록."

나타날 때와 마찬가지로 공간을 가르며 그 차원의 틈을 향해 발을 내디딘 더 블랙의 모습이 순식간에 모두의 시야에서 사라졌다.

그와 동시에 주변을 가득 메우고 있던 오크 군단이 썰물처럼 빠져나갔다.

예상치 못한 상황에 당황한 유건이 설명을 바라며 일행들을 바라보았다.

그런 그의 귓가에 듣기만 해도 기분이 좋아지는 것 같은 낭랑한 목소리가 들려왔다.

"반갑습니다. 가드의 총책임을 맡고 있는 아나지톤이라 합니다."

#11. 아나지톤

NEO MODERN FANTASY STORY

적응자

#11. 아나지톤

나긋나긋한 목소리로 인사를 하는 아나지톤의 모습은 한 단체의 수장치고는 지나치게 겸손해 보였다.

얼핏 보기에는 여자로 착각할 것 같은 뽀얀 피부와 어깨 너머로 찰랑거리는 황금을 녹여 부은 것 같은 아름다운 금발이 무척이나 잘 어울렸다. 게다가 지나치게 뾰족한 귀까지.

'응? 귀, 귀가?'

일반적인 사람의 귀와 달리 유독 가늘고 뾰족한 상대의 귀를 보며 놀란 유건을 아나지톤이 부드러운 표정으로 바라보았다.

"제 귀가 조금 특이하죠? 미스터 유건?"

그제야 자신이 너무 노골적으로 그의 귀를 보고 있었다
는 것을 깨닫게 된 유건이 붉어진 얼굴로 대답했다.

"아! 죄, 죄송합니다. 저도 모르게 그만."

"하하하하, 괜찮습니다. 저를 처음 보는 사람들은 대부
분 그런 표정을 짓거든요."

"아, 네."

"당대 적응자를 이런 곳에서 이렇게 만나게 될 줄은 몰
랐네요. 아마도⋯."

말을 늘이며 유건을 살펴보던 그가 그의 손에 들린 창을
가리키며 마저 말을 이어나갔다.

"그 창 때문인 것 같군요. 신창 롱기누스."

"이 창을 아십니까?"

"그럼, 알다마다요. 그걸 찾아서 전 세계 곳곳을 뒤지고
다녔거든요."

"이걸 말입니까?"

격전이 흐른 뒤 다시금 예전의 모습으로 되돌아가 투
박해 보이는 창을 들어 훑어본 유건이 그를 향해 되물었
다.

"네, 지금은 별다른 특징도 없는 평범한 창으로 되돌아
왔군요. 이러니 그렇게 찾아다녀도 발견할 수가 없었죠.
아마도, 특정한 조건 하에서만 그 특유의 에너지 파장을
발하는 것 같네요. 이를 테면 유건씨가 지니고 있는 혼돈

138

의 기운 같은?"

"제가 지닌 힘에 대해서 잘 아십니까?"

그동안 그 정체에 대해서 뜬구름 잡는 것 같은 이야기들만 들어왔던 그로서는 이를 잘 알고 있는 것 같은 아나지톤의 말에 자연스레 관심이 쏠릴 수밖에 없었다.

"잠시만요. 다른 쪽 상황이 조금 급한 것 같네요. 일단 그곳부터 돕고 다시 돌아오겠습니다. 나중에 편한 자리에서 천천히 이야기를 나누도록 하죠. 아! 레이디께서는 잠시만 저와 같이 가주시겠습니까? 도움이 조금 필요하거든요."

눈을 찡끗 거리며 도움을 청하는 아나지톤의 말에 성희가 어쩔 줄 모르겠다는 표정으로 하루나를 쳐다보았다.

그녀를 대신해 한발 앞으로 나선 하루나가 대답했다.

"둘도 괜찮죠?"

그녀의 대답에 아나지톤이 웃으며 말했다.

"물론이지요. 그럼 잠시 손을."

성희와 하루나가 내민 손을 부드럽게 붙잡은 아나지톤이 잠시 뭐라고 중얼거리자 이내 세 사람의 모습이 시야에서 사라졌다.

"어? 어라? 어디로 갔죠?"

두리번거리며 묻는 유건의 말에 철환이 그 자리에 풀썩 주저앉으며 대답했다.

"전 세계에서 오직 단 두 사람. 마스터와 그의 수제자였던 센트룸 포르테만이 사용할 수 있는 근거리 텔레포트 마법이다. 말이 근거리지 실제 거리를 보면 억, 소리가 절로 나오지. 뭐, 지금은 마스터만이 유일하지만."

"그렇군요."

"아고고, 일단 좀 쉬자고. 마스터가 다시 돌아온다고 했으면 돌아오는 거니까."

대놓고 다리를 주무르며 앓는 소리를 내는 철환의 모습에 유건과 덴 스미스가 어색한 표정으로 주변을 둘러보았다.

그들이 서있는 작은 공간을 제외한 주변에는 즐비하게 널린 오크들의 시체들이 을씨년스러운 분위기를 만들고 있었다.

"아하하하, 그, 그럴까요?"

어색하게 웃으며 주저앉은 유건을 따라 덴 스미스도 자리에 앉았다.

"너, 조금 전에는 제법이더라?"

툭 던지는 철환의 말에 유건이 어색한 표정을 한 채 웃으며 대답했다.

"일부러 속이려는 건 아니었습니다만."

"그걸 가지고 뭐라 하려는 건 아니니까 신경 쓰지 마."

"네, 감사합니다."

그런 그를 가만히 바라보던 철환이 아련한 눈으로 하늘을 올려다보며 말을 이었다.

"내 안에 담긴 기운 말이다."

"네."

"조금 전에 만났던 더 블랙 녀석이 심어준 거다. 저번에 만났을 때. 물론 그때 직접 대면한 녀석은 저쪽에 널브러져 있는 저 녀석이었지만"

"……."

"엉망이 되어 쓰러져 있던 내게 그녀석이 다가와 세례를 베푼다며 이놈을 내 몸속에 집어넣기 시작했지."

자신의 가슴을 살짝 두드리던 철환이 말을 이어나갔다.

"그때 그런 나를 구하려다가 그녀가 죽었지."

"그, 그런 일이."

"강남대전을 말씀하시는 거로군요."

덴 스미스의 말에 철환이 대꾸했다.

"개뿔 대전은 무슨, 사랑하는 사람도 지키지 못한 초라한 싸움일 뿐이지."

그의 처연한 말에 두 사람 모두 뭐라 말을 못하고 눈만 끔뻑거렸다.

"아무튼, 그래서 그런지 조금 전 더 블랙 녀석을 공격하려고 했더니 이놈이 날뛰더구나. 마치 자기 주인에게 덤벼들 수 없다는 것처럼 말이지."

"저런!"

"크크큭, 이 무슨 개떡 같은 일인지 모르겠더구나. 원수를 눈앞에 두고도 아무것도 할 수 없다니."

"아!"

안타까움에 탄성을 내지르는 유건의 어깨를 철환이 가볍게 두드렸다.

"옜다! 내 몫까지 네 녀석에게 맡기마."

"네?"

멍하니 되묻는 유건을 향해 철환이 대답했다.

"내가 할 수 없다는 걸 알았으니 너한테 맡긴다고. 내 몫의 복수까지 해다오. 어차피 싸울 운명이라면 거기서 어깨가 조금 더 무거워진다고 해서 문제 될 건 없잖아?"

그의 말에 대답할 말을 찾지 못한 유건이 입만 벙긋 거리다가 이내 입을 다물었다.

가볍게 웃으며 말하고 있는 철환의 눈 속에 담긴 짙은 슬픔을 느낄 수 있었기 때문이었다. 갑자기 어깨가 무겁게 느껴졌다.

"같이…."

"응?"

"같이 가시죠. 제가 꼭 철환 요원님 몫까지 한방 제대로 먹여주겠습니다. 그러니 같이 가요."

"크큭, 그래. 같이 가자. 직접 날리진 못해도 보고 실컷

142

비웃어줄 수는 있겠지."

두 사람이 서로를 바라보며 웃고 있을 그 순간 대기를
진감시키는 진동이 저 멀리서부터 전해져 왔다.

거의 동시에 자리에서 벌떡 일어난 유건과 철환이 서로
를 쳐다볼 때 즈음 아나지톤이 처음 사라질 때처럼 갑자기
모습을 드러냈다.

"오래 기다리게 해드려서 죄송합니다. 드디어 최초의
문이 사라졌군요. 매우 고무적인 일이 아닐 수 없습니다.
두 분 레이디의 활약이 무척이나 컸습니다."

잠시 후 아나지톤을 따라다니며 그의 명에 따라 각종 작
전들을 수행하는 그의 직속 부대가 속속 모습을 드러냈다.

"자! 그럼, 함께 돌아가 볼까요?"

· ⋎ ·

돌아온 그들을 반긴 건 며칠은 잠을 못잔 것처럼 무척이
나 피곤해 보이는 얼굴을 하고 있는 박창선 육군 소장의
부관이었다.

"어서 오십시오. 소장님께서 기다리고 계십니다."

무척이나 자연스러운 모습으로 그의 안내를 받아 걸음
을 옮기는 아나지톤의 뒤를 따라 걸어가던 일행들은 이내
회의실에 도착할 수 있었다.

그들이 들어서자 의자에 앉아있던 박창선 소장이 천천히 자리에서 일어났다. 그의 모습 또한 떠나기 전에 봤던 모습과 무척이나 달라져 있었다.

그가 내민 손을 맞잡으며 아나지톤이 말했다.

"요원들이 빠져나간 빈자리를 병사들로 메우시느라 고생이 많으셨습니다. 덕분에 무사히 임무를 완수할 수 있었네요."

"마스터께서 직접 작전에 참여하실 줄은 몰랐습니다만?"

그가 나타난 사실이 의외였던 듯 대답하는 박창선 소장의 얼굴에 미미하게나마 놀란 표정이 드러나 있었다.

"직접 참여하지는 않았습니다. 어디까지나 이번 임무는 다른 요원들의 활약으로 인해 완수 할 수 있었던 거죠. 실상 제가 한 일은 아무것도 없습니다."

서로 미소를 주고받으며 손을 흔들던 두 사람이 자리에 앉았다. 자연스럽게 자리에 앉은 일행들을 살펴보던 아나지톤이 입을 열었다.

"전해 들으셨다 시피 최초의 문이 사라졌습니다. 이는 앞으로 더 이상 대규모의 추가적인 몬스터의 유입이 없다는 말이기도 하지요. 해서 다음 단계로 넘어갈 때가 된 것 같습니다."

그의 말에 초췌해 보이던 박창선 소장의 눈빛이 달라졌다.

"그 말은?"

"최후의 결전을 준비해야 한다는 말이죠."

"결행 시기는 언제쯤입니까?"

"그건…."

잠시 말을 멈추고 일행들을 쳐다보던 그가 웃으며 말을 이었다.

"여기 있는 이들이 준비 되는 대로 시작하도록 하지요."

"응?"

두 사람 간에 오고가는 대화가 무척이나 중요한 것 같아서 말없이 숨죽이고 있던 유건이 갑자기 자신을 향한 두 사람의 시선에 무척이나 당황했다.

"그렇다면 저들이 바로?"

"네, 저분들이 이번에도 중요한 역할을 해줄 겁니다."

잠시 말을 멈춘 아나지톤이 말없이 구석에 앉아있던 덴 스미스를 향해 말했다.

"스미스씨?"

"네?"

"가서 그분들께도 그동안 준비해둔 패를 모두 꺼낼 때가 됐다고 전해주세요."

부드럽게 미소 짓고 있는 아나지톤과 반대로 덴 스미스의 표정이 무섭게 굳어졌다.

"제가 하는 말이 무슨 뜻인지 잘 이해하셨으리라 생각합니다. 그날에는 그쪽에서 비축해놓은 힘이 무척이나 요긴하게 쓰일 겁니다. 물론 지금 당장은 제 말이 와 닿지 않겠지만 조금만 더 시간이 흐르면 알게 되실 겁니다. 더 블랙 그가 원하는 것은 온전한 군림이거든요. 그 권리는 다른 그 누구와도 나눌 수 없는 것이죠."

"흐음. 그렇게 전하도록 하겠습니다. 그런데 대체 언제?"

"당신이 그들과 연계되어 있다는 걸 알았냐고요?"

"그렇습니다."

"물론, 처음부터죠."

"……."

굳은 표정을 풀지 못하고 있는 그를 가만히 쳐다보던 아나지톤이 자리에서 일어섰다.

그를 따라 나머지 사람들이 일어서자 박창선 소장을 향해 안부인사를 건넨 그가 유건과 나머지 일행들을 바라보며 말했다.

"궁금한 게 많으시리라 생각됩니다만 자세한 이야기는 조금 있다가 해드리겠습니다. 그때까지 조금만 참아주세요."

말없이 고개를 끄덕거리는 일행들을 향해 가볍게 웃어보인 아나지톤이 헐레벌떡 뛰어 들어오는 김지율을 향해 여러 가지 지시 사항들을 전달했다.

시시각각 변하는 김지율의 표정으로 보아 꽤나 중요한 내용인 것 같았다.

말을 마친 아나지톤이 제법 길게 마법을 영창하자 이내 푸르게 빛나는 포탈이 모습을 드러냈다.

"이곳에서의 일은 모두 마쳤으니 이제 떠나도록 하죠."

· ⚛ ·

포탈을 빠져나온 일행들은 눈앞에 펼쳐진 풍경에 할 말을 잃고 한참동안 멍하니 서있었다.

마치 다른 세계에 온 것 같은 몽환적인 풍경이 그들의 오감을 자극하고 있었다.

이름을 알 수 없는 각종 기화요초들로 가득한 드넓은 평원과 그 끝에 자리한 작지만 운치 있는 폭포, 그리고 평원의 가운데 우뚝 솟아나 있는 거대한 나무까지.

그중의 압권은 단연 구름을 뚫고 끝이 보이지 않을 정도로 쭉 뻗어있는 거대한 나무였다.

"가실까요?"

아나지톤의 말에 정신을 차린 일행들이 천천히 주변을 둘러보며 걸음을 옮겼다.

"아, 너무 아름다워요."

성희의 탄성에 하루나가 맞장구를 쳤다.

"저기 좀 봐."

그녀가 가리키는 방향에는 수많은 종류의 나비들이 떼를 지어 날아다니고 있었다.

"저 나무는 뭐죠?"

유건이 제법 멀리 떨어져 있음에도 그 압도적인 크기가 느껴지는 나무를 가리키며 물었다.

"글쎄, 나도 처음 보는 나무인데?"

"저렇게 큰 나무가 있을 수 있나요?"

"아마도 없겠지?"

"흐음…."

뒤따라오며 조심스럽게 나누는 그들의 대화가 들리기라도 했는지 앞서가던 아나지톤이 뒤를 돌아보며 말했다.

"세계수입니다."

"네?"

"후훗, 처음 가져다 심었을 때는 잘 자랄 수 있을 지에 대한 확신이 없었는데 다행히 이곳 차원의 기운이 잘 맞았던 것 같네요. 저렇게 잘 자라준걸 보면."

그의 설명에 유건은 보고도 믿을 수 없는 저 나무가 다른 곳에서 온 것이라는 걸 알 수 있었다.

"우와~!"

저 멀리서 볼 때와 가까이서 볼 때의 느낌은 전혀 달랐다.

저절로 탄성이 흘러나올 만큼 웅장한 나무 밑동에 아나지톤의 거처가 있었다. 자연스럽게 만들어진 공간을 활용해 만들어낸 곳이었다.

그가 가까이 다가가자 입구를 가리고 있던 나뭇가지가 저절로 움직였다. 그를 따라 안으로 들어가자 정체 모를 불빛이 내부를 환하게 밝혀주고 있었다.

훈훈한 기운이 가득한 그곳에는 무척 넓은 실내와 대조적으로 간단한 몇 가지의 가구들만이 자리를 채우고 있었다.

폭신하게 자라있는 풀들 위에 아무렇게나 주저앉은 일행들을 향해 아나지톤이 김이 모락모락 피어오르는 차를 내왔다.

"세계수 잎을 다린 차예요. 먹으면 머리를 맑게 해주고 각종 나쁜 기운들을 몰아내주는 효과가 있지요. 한 번 드셔보세요."

그의 말에 조심스럽게 차를 입에 가져다 댄 유건이 천천히 찻물을 들이켰다.

"오오!"

찻물이 목구멍을 타고 넘어가자마자 눈이 확하고 밝아지며 머리가 시원해졌다.

그 말로 설명할 수 없는 청량감에 놀란 눈으로 아나지톤을 쳐다본 유건이 일행들을 둘러보자 모두들 자신과 같은 얼굴로 연신 찻물을 입으로 불어가며 들이키고 있었다.

입천장이 다 데일 정도로 급하게 찻물을 들이킨 유건이 쭈뼛거리며 아나지톤을 향해 찻잔을 내밀었다.

"더 드릴까요?"

"네, 큼큼, 차가 무척 맛이 좋네요."

"얼마든지 있으니 천천히 드셔도 됩니다."

"네."

다른 이들은 아직도 입으로 불어가며 차를 마시고 있었다. 자신의 회복력을 믿고 뜨거운 찻물을 냉수 마시듯이 벌컥벌컥 들이켠 유건이 콧잔등을 긁적거리며 자리에 앉아 천천히 차를 마시기 시작했다.

전혀 예상치 못한 티타임에 연이은 전투로 인해 잔뜩 긴장되어 있던 몸과 마음이 천천히 이완되며 자연스럽게 풀어지기 시작했다.

어느 정도 분위기가 바뀌자 그들의 앞에 다른 이들과 마찬가지로 아무렇게나 주저앉은 아나지톤이 천천히 입을 열었다.

"자, 그럼 지금부터 대화를 나눠보도록 할까요? 방식은 여러분들이 궁금한 것을 제게 물어보면 제가 그 질문에 대해 대답하는 형식으로 하죠."

그의 말이 끝나기 무섭게 성희가 손을 번쩍 들었다. 평소 늘 맨 뒤에 숨어있던 그녀가 보여준 돌발 행동에 모두들 놀랐다.

"네, 성희씨. 뭐가 궁금하죠?"

"저기… 아나지톤님은 지구인이 아닌가요? 그, 귀도 그렇고. 에…또~"

부끄러운 듯 벌게진 얼굴로 말을 제대로 잇지 못하는 그녀를 향해 아나지톤이 말했다.

"네, 저 또한 이계에서 넘어온 존재입니다. 그곳에서는 저와 같은 종족을 가리켜 엘프라고 부른답니다. 이 귀는 저희 엘프 족들의 특징이기도 하죠."

그의 말이 끝나기 무섭게 성희가 다시 손을 들었다.

"저기, 엘프가 뭔가요?"

"흐음, 질문이 무척이나 애매하군요? 정확히 어떤 게 궁금하신 건가요?"

"오크나 다른 몬스터와 같은 건가요?"

머뭇거리던 그녀가 눈을 질끈 감고 정말 묻고 싶었던 질문을 던졌다.

"아? 그들과 같은 부류일까봐 걱정 되셨나 봐요?"

그의 물음에 성희가 고개를 끄덕였다.

"제가 있던 곳은 중간계라고 부릅니다. 그리고 그곳에는 여러분과 같은 모습을 한 위맹들과 이곳으로 넘어온 각종 몬스터들 그리고 저희 엘프와 같은 여러 종족들이 공존해서 살아가고 있지요. 그중에서도 저희 엘프들은 숲에서 나서 숲에서 살아가는 숲의 종족이예요. 평화를 사랑하고 중간계에 존재하는 모든 것들과의 조화를 추구하는 종족이기도 하지요. 이만하면 대답이 됐나요?"

"네, 감사합니다. 그리고 죄송했어요."

"하하하하, 아닙니다. 저라도 그런 의문을 품었을 겁니다."

그녀와 아나지톤과의 대화를 듣고 있던 유건이 천천히 손을 들었다.

"도대체 더 블랙의 정체가 뭐죠? 아까 보니까 중간계의 조율자라고 부르던데?"

유건의 물음에 모두의 시선이 아나지톤에게 향했다. 거의 대부분의 정보가 기밀 처리되어 있어서 그의 온전한 정체를 아는 이는 가드 내부에서도 얼마 없었다.

"코드명 더 블랙(The Black), 그의 진짜 이름은 바하무트. 중간계의 조율자로서 존재하는 여러 드래곤들 중 하나입니다."

"자, 잠깐. 드래곤이요? 그 신화 속에서나 등장하는 입

152

에서 불을 뿜고 하늘을 날아다닌다는 그 드래곤?"

"네, 그 드래곤이 맞습니다. 어떤 연유로 중간계의 조율자로서 존재하는 드래곤의 이름과 특징들이 이곳에 전해졌는지는 알 수 없으나 그 드래곤이 맞습니다. 세밀한 부분들은 다소 차이가 있긴 하지만요."

"그렇지만 그는 분명 인간의 모습을 하고 있었는데?"

"그의 말대로 그의 본체는 중간계에서 긴 잠에 빠져 있습니다. 중간계의 조율자라는 말은 그냥 주어지는 게 아니죠. 두 개의 차원이 하나로 합쳐지게 되면 양쪽 모두 멸망하게 됩니다. 그걸 막기 위해 블랙 드래곤의 수장인 그가 자신의 모든 힘을 동원해서 차원의 문이 확장되는 걸 막았죠. 지금 이곳에 넘어와 있는 것은 그의 본체가 아닌 화신(化身, Avatar)입니다."

"그런 그가 대체 왜 이곳으로 넘어온 겁니까?"

유건의 물음에 아나지톤이 씁쓸하게 웃으며 말했다.

"이곳에 넘어온 이후 그가 취한 모든 행동들은 그가 말했던 것처럼 단순한 유희(遊戲)일 뿐입니다."

"유희요? 즐기러 왔다는 겁니까 그럼?"

"중간계에서도 드래곤들은 종종 각각의 종족의 모습을 취하고 그들의 사회 속에서 열정적으로 살아가다가 죽음을 맞곤 합니다. 한 객체의 삶을 온전히 경험하는 것이죠. 영원에 가까운 시간을 살아가는 그들에게 있어서 이는 유일한 즐거움이라고 할 수 있죠. 다만, 거기에는 차원의 균형을 해치지 않을 정도로 유희를 즐겨야 한다는 규칙이 있습니다."

"이곳에서 즐기는 유희는 그 규칙에 해당하지 않는다는 말처럼 들리는군요?"

하루나의 말에 그녀를 바라보고 있던 유건의 고개가 아나지톤을 향해 휙하고 돌아갔다.

"애석하게도 이곳은 중간계가 아니니까요."

"그런, 말도 안 되는! 그 드래곤인지 뭔지 하는 놈의 오락거리가 되기 위해 전 세계에 퍼져있는 그 수많은 사람들의 목숨이 위협을 받아야 한다는 겁니까? 지금?!"

으르렁 거리듯이 소리치는 유건의 목소리가 내부를 뒤흔들었다. 은연중에 새어나온 혼돈의 기운에 주변의 나무들이 괴로운 듯 몸을 비틀었다.

"분노를 가라앉히시지요. 유건씨. 나무들이 괴로워하고 있지 않습니까?"

나지막한 아나지톤의 말속에 담긴 거역할 수 없는 강한 무형의 힘에 유건이 천천히 자리에 앉았다.

그런 그를 부드러운 눈빛으로 쳐다보고 있던 아나지톤이 말을 이었다.

"네, 유건씨의 말이 맞습니다. 이곳에 거하는 이들의 입장에서는 말도 안 되는 일이죠. 그래서 이곳 차원에 속한

이들에게 그가 휘두르는 횡포에 맞설 힘을 주기 위해 드래
곤 로드의 명을 받아 제가 이곳으로 넘어온 것입니다. 그
리고 다행히 잘 적응하여 굳게 뿌리를 내린 세계수의 힘을
빌려 이 곳 차원의 잠들어 있던 힘을 깨우는데 성공했죠."

"그렇다면 갑작스럽게 나타나기 시작한 이능력자들
이?"

놀란 철환의 물음에 아나지톤이 고개를 천천히 끄덕였
다.

"네, 그렇습니다. 다행히 아시아지역, 그중에서도 특히
대한민국이라는 나라에서 뛰어난 능력을 가진 이능력자들
이 다수 각성할 수 있었죠. 그리고 그들의 활약 덕분에 더
늦기 전에 몬스터들의 확장을 차단할 수 있었습니다. 그것
이 바로 가드라는 단체의 시초였죠."

"그런 비밀이 있었군요. 그렇지 않아도 하늘에서 뚝 떨
어지기라도 한 것처럼 갑자기 등장한 가드의 존재가 의심
스럽다고 생각했었습니다."

하루나가 이제야 이해가 된다는 듯이 천천히 고개를 끄
덕였다.

"그동안 그가 자신의 힘을 온전히 사용하지 못한 데에
는 저라는 존재가 걸림돌이 되었기 때문입니다. 저는 중간
계에 속한 숲의 일족의 수장. 하이 엘프였기 때문에 제가
이쪽 세계에 머물고 있는 이상, 자신의 힘을 온전히 사용

할 수 없었던 것이죠. 그렇지만 저라는 존재를 빌미로 얻어낸 시간이 이제 얼마 남지 않았습니다."

"그래서 아까 마주쳤을 때 그가 순순히 물러났던 거로군."

철환의 말에 아나지톤이 대답했다.

"맞습니다. 어차피 그가 이곳에서 하는 모든 행동은 철저한 역할 놀이일 뿐입니다. 이를 위해 중간계의 조율자로서의 맹약을 저버릴 만큼 어리석은 존재는 아니죠."

"시간이 얼마 남지 않았다는 게 무슨 말이죠?"

유건의 물음에 아나지톤이 대답했다.

"저는 숲의 일족의 수장. 너무 오랫동안 자리를 비우면 곤란하기 때문에 곧 돌아가야 합니다. 그 전에 기다리던 소식이 전해졌으면 좋겠지만…."

그의 마지막 말에 그동안 까맣게 잊고 있었던 일을 떠올린 유건이 다급히 아공간을 소환해 손가락 굵기만한 보석을 그에게 내밀었다.

"가드 마스터께 전해달라고 부탁받은 물건입니다. 로드께서 마스터의 제안을 수용하셨다고 말하면 될 거라고."

"오! 그들이 드디어 성공했군요."

주변이 다 환해지는 기분이 들만큼 활짝 웃는 아나지톤의 모습에 유건은 좀 더 일찍 이를 떠올리지 못한 것이 미안해서 어색하게 웃었다.

유건과 아나지톤간에 오고가는 대화를 알아듣지 못한 나머지 일행들이 서로를 바라보며 의아한 눈빛을 교환하는 동안 자리에서 일어난 아나지톤이 그 보석을 손에 쥐고 나직이 주문을 영창 했다.

그런 그를 바라보고 있던 이들은 어느 순간 그를 중심으로 알 수 없는 기운이 사방을 향해 뻗어나가는 것을 느낄 수 있었다.

"이, 이게 무슨?"

"뭐죠? 이 기운은?"

어딘지 모르게 따뜻하면서도 동시에 청량함을 느끼게 만드는 기운에 의아해진 모두의 시선이 아나지톤에게 향했다.

"요 근래 들어서 갑자기 몬스터들이 강해졌다는 걸 다들 느끼셨을 겁니다. 이는 더 블랙이 차원의 통로를 통해 중간계의 마나를 이곳 차원으로 서서히 유입시켰기 때문이었죠. 방금 그건 이곳에 퍼져 있던 중간계의 마나를 일소에 제거하는 마법이 실행된 것이었습니다."

"오오!"

물개박수를 치며 열렬하게 환호하는 유건과 성희를 향해 아나지톤이 급하게 말을 덧붙였다.

"아! 물론 제가 한건 마법을 실행시킨 것뿐입니다. 이 모든 것은 여러분들을 위해 로드께서 직접 보내주신 마법 덕분에 벌어진 일이죠."

"그래도 멋져요! 오오!"

"맞습니다!"

어느새 아나지톤의 열렬한 추종자가 되어버린 두 사람이었다.

"이걸로 유럽 쪽에서 철수하고자 했던 계획을 백지화시킬 수 있게 되었네요. 그리고 로드께서 제 제안까지 수용해주셨기에 더 블랙을 상대하는 데 아주 조금이나마 보탬이 될 것 같습니다."

"그 제안이 뭐였죠?"

하루나의 물음에 아나지톤에 대답했다.

"본체가 아닌 화신으로서 이곳으로 건너온 더 블랙이기에 그동안은 지닌 힘이 약화될 때마다 본신으로부터 에너지를 빌려오는 방법을 취해왔었습니다. 본신과 이어진 일종의 보이지 않는 끈이 있다고 생각하시면 이해하시기 편하겠군요. 로드께서는 더 이상 그 끈을 통해 중간계에 속해 있는 본체의 에너지를 가져가지 못하도록 막아주시겠다고 약속해 주신 겁니다."

"그렇다면?"

"끊임없이 샘솟는 샘물에서 퍼내고 나면 결국 바닥이 드러날 수밖에 없는 저수지로 바뀌었다고 해야 할까요? 물론 기존에 담겨 있던 양이 워낙 많기는 합니다만."

"실낱같은 가능성이나마 끌어올리게 된 거로군요."

"네, 맞습니다. 제가 지닌 모든 역량을 총동원해 보았지만 여기까지가 한계인 것 같습니다. 나머지는 이곳 차원에 속한 여러분들의 몫이겠죠."

"그럼 마스터께서는 직접 전투에 참여하실 수가 없는 건가요?"

"그건 아닙니다. 물론 더 블랙과의 결전에는 직접 참여할 수 없지만 그의 수하들을 상대하는 일에는 힘을 보탤수 있습니다."

"오오!"

"오오!"

그의 말에 천군만마를 얻은 것 같이 마음이 든든해진 유건과 성희가 박수를 치며 다시 한 번 환호를 보냈다.

"하지만!"

그의 외침에 언제 그랬냐는 듯 박수소리가 뚝 끊겼다.

"어디까지나 최후의 결전에 임할 사람들은 바로 여러분입니다. 물론 추가로 몇 분 더 합류할 것 같긴 하지만요. 비록 많은 시간이 남아있진 않지만 그동안 제가 직접 여러분의 훈련을 도울 겁니다. 이곳에서 하게 될 훈련은 분명 큰 도움이 될 겁니다. 세계수의 영향을 직접 받아가며 하는 훈련은 전에 비해 그 효과가 배가 될 테니까요."

그때까지만 해도 유건을 비롯한 나머지 일행들은 다가

올 지옥과도 같은 시간을 전혀 예감하지 못하고 있었다.

· ♦ ·

"차라리… 헉헉헉, 날 죽여줘요."

평소 늘 웃음을 머금고 다니던 하루나가 눈물을 머금고
아나지톤을 향해 외쳤다.

"이정도 환각 마법에 현혹돼서는 안 됩니다. 그러다가
는 싸워보지도 못하고 자기 손으로 자기 목을 찌르는 수가
있어요. 좀 더 버티십시오. 아직 30분 더 남았습니다. 하
루나씨."

"꺄아아악! 오지 마! 오지 말란 말이야!"

지금 하루나는 아나지톤이 활성화 시킨 마법진 안에서
각종 환각을 보며 괴로워하고 있었다.

그녀의 눈앞에는 그동안 자신이 암살해 왔던 이들이 치
명적인 몰골을 한 채 되살아나 그녀에게 달려들고 있었
다.

아무리 두들겨 패고 패대기 쳐봐도 아무렇지도 않다는
듯 사방에서 밀려드는 그들의 원한에 찬 통곡소리에 그녀
는 미치기 일보 직전이었다.

그런 그녀의 상황과 달리 외부에서 보기엔 마법진 중앙
에 서있는 그녀 혼자 이리저리 몸을 움직여가며 괴로움에

가득 찬 비명을 질러대고 있을 뿐이었다.

"나는 시키는 대로 했을 뿐이란 말이야! 어어엉어엉…
제, 제발 저리 가라고오!"

이제는 아예 반항조차 하지 못한 채 바닥에 주저앉아 통
곡하기 시작했다.

그런 그녀를 걱정스런 표정으로 바라보고 있던 성희가
철환을 향해 물었다.

"언니, 괜찮을까요?"

"저 정도에 무너질 사람이 아니니 너무 걱정 말아라."

대답을 하고난 뒤 입을 굳게 다문 철환은 자신이 한 말
과 달리 내심으로는 걱정을 많이 하고 있었다.

'대체 어느 정도의 환각이기에 하루나 그녀가 저렇게
괴로워한단 말인가?'

하루나의 과거를 알고 있는 몇 안 되는 사람들 중 하나
인 철환은 그녀가 혹독한 훈련을 거쳐 왔기에 어지간한 일
에는 눈 하나 깜짝하지 않는 철의 여인이라는 것을 잘 알
고 있었다.

헌데 지금 보여주는 모습은 마치 공포에 질린 어린아이
와 같았다.

하루나가 경험하고 있는 마법은 아나지톤이 마법진의
도움을 받아 구현해낸 드래곤들 특유의 용언 마법의 일종
이었다.

세계수의 도움을 받아 그려낸 마법진 이었기에 그 증폭 효과가 평소의 몇 배에 달할 정도였다. 덕분에 가까스로 실제와 거의 유사한 마법을 구현해 낼 수 있었다.

드래곤이 펼치는 용언 마법은 일반적인 수준에서 이해할 수 있는 것들이 아니었다.

그중에서도 블랙 드래곤 일족의 수장인 그는 정신계열 마법에 특화되어 있어서 어설픈 마음가짐으로 덤볐다가는 자기들끼리 서로 죽고 죽이는 참사가 일어날 수도 있었다.

하루나 그녀가 제일 먼저 자원하여 기세등등하게 마법진 안으로 걸어 들어가던 것이 바로 조금 전이었건만 지금 보여주는 그녀의 모습은 다음 차례를 기다리고 있던 일행들의 미간에 주름이 하나 둘 씩 늘어나게 만들었다.

그로부터 정확히 30분이 지난 뒤 아나지톤은 언제나와 같이 그 웃음 짓는 얼굴로 축 늘어진 하루나를 데리고 나왔다.

제대로 걷지도 못하는 그녀의 얼굴은 눈물 콧물로 범벅이 된 채 엉망으로 구겨져 있었다.

그 와중에서도 제 정신이 아닌 듯 계속해서 '내가 잘못했어, 용서해줘'를 중얼거리고 있었다.

꿀꺽.

이를 지켜보고 있던 유건의 목울대가 출렁거렸다. 그가 다음 차례였기 때문이었다.

"이 환각 마법은 상대의 심리 상태에 따라 다양한 형태로 나타납니다. 이겨낼 수 있는 방법은 그 어떤 상황 속에서도 요동하지 않는 굳건한 의지를 다지는 것뿐이죠. 다음은 유건씨 차례인가요?"

"네? 네, 넵."

깜짝 놀라 대답한 유건이 어정쩡한 걸음으로 마법진 중앙을 향해 걸어갔다.

'굳건한 의지, 굳건한 의지….'

아나지톤이 강조한 내용을 되뇌며 긴장을 풀기위해 심호흡을 하던 유건의 눈앞에 전혀 상상하지 못했던 이들이 모습을 드러냈다.

"아, 아버지?"

"나, 나를 구해다오. 유건아… 나, 나를 좀 구해다오… 흑흑, 흐흐흐흑."

얼굴이 반쯤 녹아내린 유건의 아버지가 한쪽 다리를 절어가며 그에게 다가왔다.

"유건아? 여기는 어디야? 아아아악! 사, 살려줘 유건아! 살려줘!"

그런 그의 아버지 곁에 자애원에서 아이들을 돌보고 있어야 할 미령이 모습을 드러냈다.

여기 저기 옷은 다 찢겨 있었고 공포에 질린 눈으로 사방을 둘러보며 소리를 지르고 있었다.

"누나?! 누나!"

그러나 유건은 그 자리에 못 박히기라도 한 것처럼 단 한 발자국도 움직일 수가 없었다.

그러나 그건 시작에 불과했다. 갑자기 주변 풍경이 바뀌는가 싶더니 시내 번화가가 모습을 드러냈다.

번화가 사거리에서 그의 손에 죽어갔던 조폭들과 아무런 이유도 없이 살해당했던 시민들이 처참한 몰골로 그에게 다가오며 흐느끼기 시작했다.

"이, 괴물! 네 놈이 나를 죽였어. 네게 그럴 자격이 있기나 한가?"

"으아아악! 네놈도 같이 죽어야해! 뭘 잘했다고 그렇게 웃으면서 살아가고 있는 거지? 살인마! 괴물!"

"흐흐흐흑, 내가 뭘 잘못 했다고 죽인건가요? 네? 제발, 살려주세요. 집으로 돌아가고 싶어요. 엄마 보고 싶어. 엄마…"

떨리는 몸을 양팔로 감싸 안은 채 눈물을 흘려대던 유건이 엄마를 찾는 어린 아이의 모습을 보자마자 결국 무너져 내리고 말았다.

"미, 미안합니다. 크흐흑. 제, 제가 죽일 놈입니다. 제, 제발…"

그렇게 조금씩 시간이 지나가면서 얼핏 보기에 무척이나 견고해 보이던 유건의 마음에 서서히 금이 가기 시작했다.

한번 시작된 균열은 시간이 지날수록 급속도로 진행되었다. 무릎을 꿇고 다리 사이에 얼굴을 파묻은 채 오열하고 있던 유건의 귓가에 뾰족한 누이의 비명이 들려왔다.

"꺄아아아악! 유건아! 살려줘! 도와줘!"

그녀의 비명에 저절로 고개가 들렸다. 외면하고 싶어서 눈을 감았으나 도저히 외면할 수 없는 것들도 있는 법이었다.

바닥에 누워 비명을 지르고 있는 그녀의 위에 얼굴이 반쯤 녹아내린 자신의 아버지가 올라타 있었다.

"아, 안 돼요! 아버지! 안 돼! 으아아악!"

연신 괴로움에 비명을 질러대던 그녀의 몸을 날카로운 손톱으로 마구 할퀴며 헐떡거리는 아버지의 모습을 보고 있던 유건은 그 순간 자신의 손으로 눈알을 뽑아버리고 싶다는 충동을 느꼈다.

어금니가 쪼개질 정도로 강하게 이를 깨물고 버티던 유건의 귓가에 익숙한 여인의 목소리가 들려왔다.

"유건? 이젠 나를 아주 잊어버린 거니?"

"누님?"

멍한 얼굴로 눈을 들자 어느새 모든 이들이 사라져 버린 공간에서 월향이 쓸쓸한 얼굴로 유건을 바라보고 있었다.

"이기적인 녀석, 어떻게 네가 원하는 것만 얻어가지고 가버릴 수 있어?"

갑자기 표독스럽게 변한 그녀가 차가운 목소리로 일갈했다.

"그, 그건!"

"어차피 두 번 다시 볼 사람들이 아니고 생각한 거 아냐? 어차피 우린 패배자에 불과하니… 커헉!"

말을 이어나가던 그녀의 배를 뚫고 나온 손이 붉게 물든 상태로 다시금 빠져나갔다.

"누님!"

허물어져 내리는 그녀의 뒤에는 손을 타고 흘러내리는 핏물을 바라보며 비릿하게 웃고 있는 태환이 서있었다.

"크크크크, 이 창녀 같은 년. 어린 녀석에게 엉덩이나 흔들어대던 년이 어디서 입을 놀리고 있어? 안 그래? 유건? 너도 그렇게 생각하지?"

"뭐하는 짓입니까? 대체!"

"크크크, 왜? 이 발정 난 암캐 같은 년을 걱정하는 거냐?"

바닥에 쓰러져 신음하고 있는 월향을 발로 툭툭 걷어차던 태환이 그녀의 얼굴을 발로 짓밟은 채 말했다.

"너도 이년이 꼬리칠 때마다 불끈 불끈 했잖아? 안 그래? 자! 봐라! 이게 네가 원하던 거 아녔어? 엉?"

부우욱!

쓰러져 있던 그녀의 옷을 찢어발기며 묻는 태환의 모습

166

에 유건이 울부짖었다.

"아니야! 내가 원하는 건 그런 게 아니라고오!"

유건이 소리를 지르든지 말든지 거의 헐벗은 채 피를 흘리며 괴로워하고 있는 그녀를 태환이 강제로 범하기 시작했다.

"허억, 허억… 봐라. 이 년도 좋아하는 거. 제대로 보라고! 너도 이러길 원했었잖아? 아니라고 말할 수 있나? 앙?"

"나, 나는…."

그 순간 유건은 자신 있게 아니라고 말하지 못하는 스스로가 무척이나 혐오스럽게 느껴졌다.

"으아악! 으아아아아악! 죽여 버리겠어! 모조리 죽여 버릴꺼야아!"

괴성을 질러가며 발버둥 치는 유건에 의해 마법진을 구성하고 있던 마나의 흐름이 요동치기 시작했다.

"이런? 유건씨가 지닌 힘이 제 예상을 훨씬 초월하는 군요. 잠시 보완이 필요할 것 같습니다."

의외의 상황에 제법 놀란 듯 아나지톤의 눈이 휘둥그레졌다. 그러기도 잠시 이내 평정을 되찾은 그가 마법진의 중추기관을 향해 다가가 손을 얹고 마나를 불어 넣기 시작했다.

우우우웅!

격하게 요동치던 마법진이 안정화되기 시작하자 미친 듯이 날뛰던 유건이 잠잠해졌다.

"흑흑흑흑, 제, 제발. 나 좀 내버려둬. 나는 평범하게 살고 싶었다고… 누, 누가 적응자 같은 거 하고 싶다고 했냐고오!"

유건의 내면 깊숙한 곳에 숨겨져 있던 그의 본심이 그동안 쌓여왔던 울분과 함께 터져 나왔다.

"흑, 오, 오빠…."

이를 듣고 있던 일행들의 마음에도 묵직한 무언가가 눌러앉았다.

환각 마법을 비롯한 각종 정신계열 마법에 적응하는 데만도 자그마치 한 달이라는 시간이 흘렀다. 그 사이 제임스가 이곳으로 들어왔고, 그와 함께 러시아에서 국보급으로 대우받고 있는 영웅 알렉세이 볼코프가 합류했다.

코드명 Der Freischütz

마탄의 사수라는 그의 코드명에 걸맞게 그의 손에 들린 모든 총은 순식간에 마총으로 변화해 엄청난 명중률과 위력을 발휘하게 된다.

그가 적응자라는 소문이 한때 떠돌기는 했으나 워낙 러시아 측에서 그에 대한 모든 정보들을 사전에 차단해 왔기에 정확하게 파악된 것은 없었다.

녹초가 된 채 축 늘어져 있는 일행들의 곁으로 다가온 제임스가 시원한 물을 건네며 웃었다.

"이거 이래서야 어디 제대로 싸워볼 수나 있겠어?"

그의 약 올리는 것 같은 말에 철환이 발끈해서 소리쳤다.

"너는, 왜 이 훈련을 안 받는 건데?"

"나? 나는 이미 예전에 다 받았지."

"에? 예전에? 다 받아?"

"힘내라. 설마 죽기야 하겠냐? 크큭."

멍한 표정으로 되묻는 친구의 어깨를 안쓰럽다는 표정을 한 채 다독거리던 제임스가 기지개를 펴며 아나지톤을 향해 다가갔다.

"여~ 스승님. 여전히 웃으면서 사람들 괴롭히고 계시네요?"

"어서와요, 제임스. 괴롭히다뇨? 누가 들으면 진짜인줄 알겠네요? 후훗. 오랜만에 얼굴을 보니 좋군요."

두 사람이 살갑게 대화를 나누는 모습을 본 철환이 충격을 받은 듯 멍한 표정으로 이 광경을 지켜보고 있었다.

"두 분이 아는 사이였네요? 게다가 사제지간?"

그의 곁으로 다가온 유건이 놀랍다는 듯이 말을 건넸다.

"그, 그러게 말이다."

"모르고 계셨나보네요? 두 분 가까운 사이 아니셨어요?"

"지금 보니 아닌 것 같네."

씁쓸하게 웃는 철환의 모습에 유건이 화제를 전환하기 위해 질문을 던졌다.

"저 말끔하게 생긴 백인은 누구래요?"

적당한 길이의 금발을 말끔하게 빗어 넘긴 백인이 무뚝뚝한 얼굴로 아나지톤과 대화를 나누고 있었다.

"알렉세이 볼코프. 러시아에서 영웅으로 대접받고 있는 인물이지. 소문에 의하면 라이칸슬로프라던데 사실인지는 확인된 바 없고. 총 하나는 기가 막히게 다룬다고 하더라."

"어머? 그래요? 제가 듣기로는 저 사람도 알려지지 않은 적응자들 중에 하나라고 하던데?"

그의 말에 하루나가 금시초문이라는 듯이 눈을 크게 뜨며 대답했다.

두 사람을 번갈아 쳐다보는 유건을 향해 철환이 가볍게 한숨을 내쉬며 말했다.

"보다시피 확실한 건 없고 소문만 무성한 사내다."

"그렇군요."

고개를 끄덕이며 그를 지켜보던 유건은 꿈틀대며 반응하는 자신의 기운을 다스리며 그가 적응자일 거라는 추측이 사실일 거라 확신할 수 있었다. 그곳으로 넘어갔을 때 만나게 된 선대 적응자들을 대면했을 당시와 같은 현상이었기 때문이었다.

자신과 동질의 기운을 간직한 사내. 이곳 세상에서는 처음으로 만나게 되는 적응자였다.

그 사이 인사를 끝낸 아나지톤이 가볍게 손뼉을 치며 모두를 불러 모았다.

"자! 모두들 잠시만 모여주세요."

· ▲ ·

아나지톤의 부름에 모두들 하던 일을 멈추고 그의 앞으로 모였다. 익숙한 얼굴인 제임스와 달리 낯선 백인이 아나지톤의 옆에 서있는 모습에 모두의 관심이 그에게 쏠렸다.

"제임스씨는 모두와 안면이 있지요?"

"네."

"그렇군요, 그럼 이 분만 소개해드리면 될 것 같네요. 이분은 이번에 저희를 도와주시기 위해 합류하신 알렉세이 볼코프씨입니다."

그의 소개에 사람들을 향해 가볍게 고개를 숙인 볼코프
가 묵직한 저음으로 인사말을 건넸다.

"반갑습니다. 알렉세이 볼코프입니다. 이번에 여러분을
도와 작전을 수행하게 되었습니다. 잘 부탁드립니다."

유건은 군인의 향기가 물씬 풍겨나는 그의 간략한 인사
말에 깊은 인상을 받았다. 마찬가지로 감탄한 성희가 나지
막한 목소리로 꺄꺄 거리자 이를 보고 장난기가 발동한 유
건이 그녀를 놀려대기 시작했다.

'응?'

뒤통수가 간지러운 기분이 들어 고개를 돌리자 자신을
향한 시선이 느껴졌다.

아나지톤이 여타 다른 이야기를 하고 있는 와중에도 볼
코프의 푸른 눈은 자신을 향하고 있었다.

눈이 마주치자 시종일관 무표정하던 그가 살짝 웃었
다.

'나를 아나?'

아나지톤의 말이 끝나자 계속해서 유건을 바라보고 있
었던 볼코프가 그를 향해 다가와 손을 내밀었다.

마주잡은 손에서 기이한 열기가 피어올랐다.

"반갑습니다. 이렇게 당대 적응자를 만나게 될 줄은 몰
랐군요."

"아, 네. 반갑습니다. 저도 이렇게 전대 적응자를 만나

게 될 줄은 몰랐네요."

유건의 말에 주변이 쥐 죽은 듯이 조용해졌다. 그가 내뱉은 말은 그만큼 충격적인 내용이었기 때문이었다.

적응자가 또 있었다? 유건의 말은 풍문으로만 떠돌던 루머가 사실이라는 것을 드러내는 폭탄 발언이었기 때문이었다.

다른 일행들이 놀라든지 말든지 볼코프는 전혀 변함없는 표정으로 대답했다.

"역시 바로 알아차리는군요."

"어떻게 모를 수가 있겠습니까? 지금 이 순간에도 속에서는 난린데 말이죠."

그렇게 한참동안 손을 마주잡은 두 사람 사이에 미묘한 기류가 흘렀다. 덩달아 주변 사람들도 긴장했다.

먼저 그 긴장을 깬 건 의외로 볼코프였다.

"하하하하, 역시 그렇죠?"

억지로 참고 있었다는 듯 호탕하게 웃음을 터트린 볼코프가 유건의 어깨를 두드리며 살짝 윙크를 날렸다.

그런 그의 모습에서 유건은 태환에게서 느꼈던 자유분방함을 다시 한 번 느낄 수 있었다. 마치 태환이 금발 머리로 염색을 한 채 되돌아 온 것 같았다.

자신만 그렇게 느낀 게 아닌 듯 철환도 묘한 표정을 지은 채 웃고 있는 볼코프를 바라보고 있었다.

"뭐, 뭐야? 두 사람? 살벌하게 노려보고 있더니 왜 갑자기 웃는데?"

"그러게 말이에요 언니. 저는 싸우는 줄 알고 얼마나 걱정했는데요. 근데 저분도 적응자였나 보네요?"

"그러게? 뜬소문인줄 알았더니 그게 사실이었나 보네. 그래서 러시아에서 그렇게 정보를 차단했었구나."

언제 터질지 모르는 폭탄을 자국 심장부에 지니고 있다는 것을 알리기는 힘들었을 것 같았다.

'그래서 그렇게 영웅 만들기에 주력 했던 건가?'

생판 모르는 이가 언제 폭주할지 모르는 위험요소라고 밝혀지는 것과 수많은 위험 속에서 많은 이들의 생명을 구해낸 국민 영웅에게 사소한(?) 위험 요소가 있다고 말하는 것은 엄연히 달랐으니까.

실제로 자국 내에서 그가 적응자일지 모른다는 소식이 퍼지고 난 후에도 그에 대한 국민들의 지지율은 전혀 변하지 않았다. 이는 자국 내에 존재하는 가드 지부와의 협력 하에 여론 몰이를 잘하고 있다는 반증이기도 했다.

실제로 외부에 알려진 그의 모습은 시종일관 과묵하고 냉철한 전형적인 러시아 군부의 장교의 그것이었다. 하지만 가면을 벗기라도 한 것처럼 유건과 허물없이 말을 주고받는 모습을 보니 헛웃음이 절로 나왔다.

"흐음~ 결국 의도적으로 만들어진 영웅이라는 거네."

쓰게 웃으며 말하는 하루나를 향해 성희가 영문을 모르겠다는 얼굴로 물었다.

"언니? 그게 무슨 말이에요? 만들어지다니?"

"저게 진짜 모습이고, 조금 전까지의 모습은 대외용이라고."

"아~아…."

간단하게 함축해서 설명해주는 하루나의 말에 성희가 놀란 얼굴로 고개를 끄덕였다.

유건의 어깨에 팔을 두른 뒤 자연스럽게 사람들에게서 떨어져 나온 볼코프가 유건을 향해 물었다.

"보아하니 그 내면의 기운을 제법 잘 다스려 놓은 것 같은데, 대체 어떻게 한 거지? 나 같은 경우는 현대 의학의 힘을 빌려서 근근이 버티고 있기는 한데 말이지."

"현대 의학이요?"

"응, 우리나라 연구진들이 좀 제법이거든. 너도 알다시피 불법적인 생체실험들도 꽤나 오래 해왔고 말이지."

'저런 건 보통 국가 기밀 사항 아닌가? 저렇게 막 말하고 다녀도 되나?'

그의 거침없는 언사에 놀란 유건이 그보다 더 중요한 사실에 대해 물었다.

"아, 그렇군요. 근데 그게 되나요?"

"뭐~ 타고난 체질이 좀 유별난 데가 있기도 한데다가

운도 좋은 편이어서 매번 아슬아슬하게 넘겨왔었는데, 이번에 새롭게 만들어진 약물이 효과가 무척이나 좋더라고. 그 중에서도 재생력이 진짜 탁월하던데… 맞다, 그거 혹시 너한테서 얻어낸 거 아니냐?"

"저한테요?"

"그래, 너 적응자가 된 몬스터가 트롤이라며? 네 얘기를 전해들은 연구원들이 조직 샘플을 얻고 싶다고 매일 같이 노래를 하더라. 그러더니 최근에 와서 갑자기 효과가 수십 배는 더 좋아진 새로운 약물을 만들어 낸 거야."

"아? 그, 그렇군요."

전혀 모르는 것 같은 유건의 모습을 유심히 쳐다보던 볼코프가 아쉽다는 듯이 혀를 차며 말했다.

"아무튼 그래서 나는 네가 협조를 했나 했지. 만약, 그게 아니라면 네가 모르는 사이에 네 세포들이 돌아다니고 있다는 게 되니까. 조금 문제가 될 것 같기도 하네."

'내 조국도 포함해서 말이지.'

그가 모르는 일이라면 자국 정부도 당대 적응자의 샘플을 음성적인 통로를 통해 얻어냈다는 말이 되기 때문이었다.

"결론적으로 네 도움을 얻은 셈이니까 고맙다는 인사는 해야겠지? 고맙다, 백유건. 덕분에 이곳에 남아있을 수 있는 시간을 벌었어. 그 망할 새끼 면상에다가 총알을 박아주고 나야 편히 잠들 것 같거든. 후후후후."

"별말씀을 다 하십니다. 제가 딱히 도움을 드린 건 없는 것 같은데요."

"그래도 네 덕분에 내 발로 격리실을 향해 걸어 들어가지 않아도 됐잖아. 자의든 타의든 간에 도움을 받은 건 사실이니까."

"……."

말없이 자신을 쳐다보는 유건을 모습을 보고 피식 웃은 볼코프가 말을 이었다.

"최근에 폭주를 했었거든. 내 손으로 전우이자 수하였던 이들을 모조리 도륙했었지. 그나마 작전지역이라서 민간인 피해는 없었는데, 아무리 두려움을 이기도록 훈련받은 군인이라고 해도 죽음이 두려운 건 마찬가지잖아."

잠시 말을 멈춘 그가 자신의 두 손을 내려다보며 말했다.

"아직도 생생해. 내 손에 죽어가던 그들의 눈을… 그리고 그 안에 가득 담겨 있던 죽음의 공포를… 후후훗, 적어도 편하게 죽지는 못할 거야. 아니, 죽어서도 편히 안식할 자격은 없으려나?"

자조 섞인 그의 웃음에 유건의 마음이 무겁게 내려앉았다. 자신의 눈앞에 앉아서 괴로워하고 있는 볼코프의 모습이 바로 자신의 모습이었기에.

"그래서 싸우는 거 아닙니까? 그래야 우리의 손에 죽어간 사람들의 죽음이 헛되지 않을 테니까요. 적어도 더 블랙의 목은 따고 죽어야죠. 그래야 나중에 그들을 볼 면목이라도 있지 않겠습니까?"

"과연 그럴까?"

"그럼요!"

유건의 흔들리지 않는 눈빛을 바라본 볼코프가 피식 웃었다. 그리고는 유건의 머리를 거칠게 헝클어뜨렸다.

"이제 보니 너, 제법이구나?"

"우왁! 뭐하는 겁니까?"

"하하하하, 뭐야 그 붉어진 얼굴은? 설마 부끄러워하는 건가?"

"누, 누가 부끄러워한다는 말입니까?"

"어? 강한 부정은 긍정이라고 내 아는 한국인 친구가 그러던데?"

"그, 그게 무슨!"

"푸하하하하, 너무 그렇게 정색하지 말라고, 확 키스해버리고 싶어지니까."

"흐힉~!"

볼코프의 말에 질겁한 유건이 그에게서 단숨에 멀어졌다.

호탕하게 웃고 있는 볼코프와 저만치 물러선 유건의 모습을 지켜보던 성희가 고개를 갸웃거리며 물었다.

"저 두 사람, 오늘 처음 만난 사이 아니었나요?"

"맞을 걸?"

178

"근데 마치 몇 년은 알고 지낸 사람들처럼 무척이나 친해 보이네요. 후우~"

자기도 모르는 사이에 새어나온 깊은 한숨에 하루나가 성희를 돌아보며 말했다.

"왜? 질투나?"

"에, 엑? 지, 질투라뇨?"

"어라? 왜 얼굴은 빨개지는데?"

"아, 아니거든요? 그, 그게…."

시뻘게진 얼굴로 어쩔 줄 몰라 하는 성희의 모습에 웃음을 터트린 하루나가 그녀의 볼을 살짝 잡아당기며 말했다.

"이만한 기회가 어디 있겠어. 좀 더 적극적으로 나가봐. 내가 보기엔 상대도 좋아할 것 같은데…."

"네? 그게 무슨?"

"그럼 나 먼저 들어간다. 아우~ 오늘은 좀 피곤하네."

그제야 그녀가 한 말이 뭔지 깨달은 성희가 앞서가는 하루나를 향해 소리를 빽 질렀다.

"너, 너무해욧!"

    • ❤ •

아나지톤이 이곳에 넘어온 이후 가장 행복해 했던 순간은 와인을 처음 맛봤을 때였다.

중간계에서 먹어봤던 것과는 차원을 달리하는 그 오묘한 맛의 조화에 오랜 세월 살아오는 가운데 자연스럽게 얻게 된 부동심마저 흔들릴 정도의 충격을 받았다.

다른 것에는 거의 무욕에 가까운 경지를 보여주는 대신 포도주에 관해서 만큼은 눈빛이 변할 정도로 욕심을 내곤 했었는데, 그래서 인지 몰라도 그의 처소 한쪽 구석에는 세계 각지에서 보내온 유명한 포도주들이 생산년도 별로 차곡차곡 정리되어 있었다.

이를 구경하던 유건과 일행들 모두 고개가 뒤로 더 이상 젖혀지지 않을 정도로 올려다보았는데도 불구하고 그 끝이 보이지 않는 와인의 양에 혀를 내둘렀다.

"오늘은 특별한 날이기도 하니까 원하는 대로 마음껏 즐기도록 하세요. 드시고 싶은 와인을 외치면 이곳으로 소환되니까 취향대로 드시면 되겠습니다."

"오! 진짜?"

일행들 중 평소 와인을 즐겨 마시던 이들이 무척이나 환호하며 진열 목록이 적혀 있는 책을 들고 빠른 속도로 훑어보았다.

"오오! '샤또 무똥 로칠드'가 있다니! 그것도 1945년산이야!"

"이것 봐! '샤또 라뚜르 1961년산'도 있어!"

"크흑, 저번에 경매에서 놓친 '발렌타인 40년산'도

있어."

유건으로서는 듣고도 기억 못할 이름들에 환호하던 볼코프와 철환이 앞을 다투어 와인들을 소환했다.

"오오오오!"

"오오오오!"

목록만 보고도 탄성을 지르던 두 사내가 소환된 와인을 직접 손에 들고는 아예 알아들을 수도 없는 괴성을 질러댔다.

마셔본 술이라고는 소주나, 맥주, 기껏해야 막걸리 정도밖에 없었던 유건으로서는 그게 그거인 것 같은 와인들을 대충 훑어보며 아쉬운 듯 입맛을 다셨다.

'뭔 맛인지도 모를 이런 와인 말고 그냥 시원한 생맥주 한잔 했으면 좋겠는데.'

그런 그의 곁으로 다가온 성희가 유건의 귓가에 조용히 속삭였다.

"오빠, 와인 좀 알아요?"

"아니."

씁쓸하게 웃던 두 사람이 동시에 중얼거렸다.

"생맥주…."

"생맥주…."

"응? 하하하하. 너도 맥주 생각났냐?"

"오빠도?"

벌써 한곳에 자리를 잡고 와인이 담겨있는 와인잔을 천천히 돌리며 음미하기 시작한 두 사람을 바라보던 유건이 말했다.

"자고로 이럴 때는 치맥이 최곤데 말이지."

"크크큭, 역시 한국 사람은 치맥이죠?"

"그치, 우리가 언제부터 와인이나 마셨다고. 아! 맞다!"

그제야 아공간에 생각이 미친 유건이 부랴부랴 아공간을 소환해 손을 집어넣었다.

빠져나온 그의 손에 거대한 오크통 하나가 들려있었다.

"응? 그게 뭐예요, 오빠?"

"ㅎㅎㅎㅎ, 맥주. 그것도 드워프들이 직접 담갔다는 돈 주고도 먹어볼 수 없는 맥주지."

"오~ 정말요? 근데 드워프가 뭔데요."

"사실은 나도 잘 몰라. 근데 맥주 하나는 기가 막히게 담그더라고."

"좋아요 좋아!"

어슬렁거리며 와인을 둘러보던 하루나와 제임스가 어느새 그 두 사람 곁으로 다가와 앉았다.

"와인은 먹어도 뭔 맛인지 몰라서 말이지."

쑥스럽다는 듯이 말하는 제임스의 말에 하루나가 맞장구를 쳤다.

"역시 술은 맥주가…."

"풋"

두 사람의 모습에 성희가 웃음을 터트렸다.

잠시 후 각자 들고 있던 와인 잔에 맥주를 따라 마신 이들의 눈이 휘둥그레졌다.

"오오오오! 대체 뭐야 이 맥주는!"

"처음 먹어보는 맛이지만 정말이지 기가 막히는구먼."

"크으… 오빠! 정말 맛있어요!"

코가 비틀어질 때까지 맥주를 들이키던 이들이 하나 둘씩 인사불성이 되어 아무렇게나 쓰러져 잠이 들었다.

한쪽에서는 철환과 볼코프가 의자에 축 늘어져 잠들어 있었다. 그들 주변으로 빈 와인 병들이 잔뜩 굴러다녔다.

• ▼ •

모두가 잠들어 있는 시각. 유건이 천천히 자리에서 일어섰다.

이럴 때 만큼은 안으로 들어온 술기운마저 단숨에 해독해버리는 자신의 변화된 몸이 야속했다.

밖으로 나오자 세계수에서 뻗어 나오는 유형화된 기운들이 주변을 아름답게 수놓고 있었다.

약동하는 생명력이 가득 담긴 그 기운들은 각양각색으로 빛나며 주변을 떠돌아 다녔다.

"후아~"

숨을 가득 들이키자 이내 그의 몸속으로 그 기운들이 빨려 들어왔다.

"좋구나…."

이 순간만큼은 늘 자신의 존재감을 알리며 꿈틀거리던 혼돈의 기운마저도 기분 좋은 고양이처럼 낮게 으르렁 거리기만 할 뿐 얌전해졌다.

"잠이 오지 않나 보군요?"

옆에서 들려온 목소리에 유건이 가볍게 웃으며 답했다.

"네, 남들보다 술이 조금 센 편이라 서요."

"그렇군요. 그보다 괜찮으신가요?"

자신을 돌아보는 아나지톤의 투명한 눈동자를 바라보며 유건이 대답했다.

"아니요, 괜찮지 않습니다. 이번 훈련을 통해 괜찮지 않은 게 정상이라는 걸 깨달았죠. 저는 괜찮지 않습니다. 지금도 괴롭고, 아마 앞으로도 괴로울 겁니다. 그렇게 받아들이고 나니 더 이상 환각이 두렵지 않더군요."

"흐음… 역시 유건씨는 강한 사람이군요. 백차승씨가 매일 같이 입만 열면 유건씨 이야기를 하곤 했었죠."

"아, 아버지의 이름을 어떻게?"

"백차승 박사는 가드의 초창기 멤버였습니다. 그가 각성한 이능을 가리켜 우리들은 브레인 맵(Brain Map)이라고 불렀죠."

"아버지가 가드 멤버였다고요?"

그의 기억 속에 남아 있는 아버지의 모습은 언제나 늦은 밤에 들어와 자고 있던 자신에게 까칠한 수염을 비벼대며 웃던 모습뿐이었다. 그런 그가 가드의 초창기 멤버였다? 그것도 이능을 각성한 능력자.

아무런 준비도 되지 않은 채 충격적인 내용을 듣게 된 유건이 떨리는 손을 억지로 거머쥐며 아나지톤을 쳐다보았다.

묻고 싶은 말이 산더미처럼 많았지만 일단 지금은 그의 말을 들을 때였다.

"생각보다 훨씬 더 침착하군요. 그럼 이야기를 계속 해볼까요? 그는 처음부터 더 블랙에게 저항 할 수 있는 수단이 적응자라는 존재밖에 없다고 생각했습니다."

"그건 왜죠?"

"처음으로 이능을 각성한 최초 각성자들은 지금의 이능력자들과는 그 능력에 있어서 차원이 달랐습니다. 제가 보고도 믿을 수 없을만큼 강한 능력을 지니고 있었죠. 그런 그들이 팀을 이루어 더 블랙을 치러 간적이 있었습니다."

"서, 설마?"

"네, 맞습니다. 이번 시도가 처음이 아니었죠."

"그들은 어떻게 됐습니까?"

"절반쯤은 성공했습니다. 적어도 백차승 박사가 계획한 대로 가장 강한 공격력을 지니고 있던 퍼스트 메이지(First Mage) 유현진과 무제(武帝)라고 불리는 남궁룡 그리고 무신(武神) 권승혁 이렇게 세 사람이 동료들의 희생을 발판으로 해서 더 블랙과 일전을 벌일 수 있었거든요."

유건이 대면했던 더 블랙은 어디가 불편하거나 커다란 상처를 입은 모습이 아니었다. 그 사실이 말해주는 것은 한 가지. 그들이 실패했다는 것. 인정하고 싶지는 않지만 이는 변치 않는 사실이었다.

"패한 겁니까?"

"퍼스트 메이지인 유현진군은 더 블랙의 마법에 의해 마나가 역류해서 그 자리에서 즉사했습니다. 당시 가장 강력한 마법사라고 불리던 그로서는 무척이나 초라한 최후였죠. 나머지 두 사람은 죽기 직전에 겨우 달아날 수 있었습니다."

"제대로 싸워보지도 못했군요."

"그렇지 않습니다. 두 사람 모두 팔 다리가 부러지진 상태에다가 한쪽 눈으로는 온갖 환각을 보고 있는 와중에서도 그에게 공격을 성공시킬 수 있었죠. 필살기. 그래요 그들의 모든 것을 담은 필살기 이었습니다."

"그런데?"

"결론부터 말하자면 그의 털끝하나 건드리지 못한 채

처참한 몰골로 도망칠 수밖에 없었습니다. 그나마도 백차승 박사의 희생덕분이었죠."

"아버지의 희생?"

"네, 더 블랙의 정신계 마법에 대항 할 수 있었던 건 그들 중 백차승 박사가 유일했거든요."

"그렇다면 아, 아버지는?"

아나지톤의 입에서 나올 다음 말을 기다리는 그 짧은 시간동안 유건의 입이 바싹 타들어갔다.

"더 블랙에게 최후의 힘을 다 쏟아 부어 일종의 금제를 걸어 놓은 뒤 차원의 문으로 몸을 던졌습니다."

"그런 일이!"

"백차승 박사가 각성한 능력은 잘만 개발한다면 한없이 신에 가까워 질 수 있는 무서운 가능성을 가지고 있었습니다. 저는 그가 살아 있다고 확신합니다."

아나지톤의 말에 흥분했던 마음이 조금 가라앉았다.

"어떻게 그걸 확신하실 수 있지요?"

"이것 때문입니다."

"이건?"

그가 품안에 넣고 있던 작은 펜던트 하나를 꺼내들었다. 그곳에 박혀있는 여러 보석들 중 시커멓게 변해버린 하나의 보석을 제외한 나머지 4개의 보석이 각양각색으로 빛나고 있었다.

그중에서도 유독 밝게 빛나고 있는 보석이 유건의 눈길을 잡아끌었다. 뭐라고 설명할 수 없는 강한 유대감, 영혼의 끌림. 순간 유건의 가슴이 세차게 두근거렸다.

"여기 푸른색으로 빛나고 있는 보석이 바로 백차승 박사의 것입니다."

"어떻게 이게 아버지께서 살아 있다는 증거가 된다는 거죠?"

"이 안에는 백차승 박사의 영혼 조각이 담겨 있습니다. 각자의 상태에 맞는 파장의 빛을 내뿜게 되어 있죠. 당사자가 사망할 경우 보시다시피 검은 빛을 띠게 됩니다. 보통 던전 탐험에 나서는 파티들이 만들어서 나눠가지곤 했던 간단한 아티팩트죠."

"이건?"

"더 블랙의 손에 의해 죽임을 당한 퍼스트 메이지 유현진씨의 것입니다."

"그럼 나머지도?"

"네, 처음에 더 블랙을 공격하러 가기 전 모두의 동의를 얻어 만든 것입니다. 다섯 개를 만들어서 각자 나눠가지도록 했지요. 보아하니 모두들 비교적 잘 지내고 있는 것 같군요."

"이건 누구 건가요?"

유건이 푸르게 빛나고 있는 아버지의 보석과 달리 찬란

한 황금빛을 뿌려대고 있는 다른 보석을 가리키며 물었다.

"제 겁니다."

"아, 그렇군요."

"각기 다른 빛을 내뿜는 건 그 영혼들이 간직한 고유의 특질 때문입니다. 빛이 밝을수록 상태가 좋다고 볼 수 있겠죠. 자, 그럼 이제는 제가 왜 백차승 박사의 생존을 확신하는 지 이해할 수 있겠군요."

"그럼 아버지는?"

"운이 좋다면 제가 건너온 차원에, 아니면 또 다른 차원에서 잘 지내고 있다는 말이 되겠네요."

"그렇군요."

"그나마 여러분이 더 블랙과의 일전을 계획할 수 있는 것도 다 그가 혼신의 힘을 다해 걸어놓은 금제 덕분입니다."

"대체 그 금제가 뭐죠?"

"그에게 건 금제는 간단합니다. '자신에게 덤벼드는 이외에 무고한 다른 생명들을 해할 수 없다'라는 단순하지만 무척이나 효과적인 한 문장으로 구성되어 있죠."

"그게 통한 겁니까?"

"그는 이곳 차원에 속한 존재가 아니었으니까요. 백차승 박사는 무어라 설명할 수는 없지만 이곳 세상을 수호하는 의지가 분명히 존재한다고 믿었습니다. 그리고 끈질긴 노력 끝에 그 의지의 일부에 닿을 수 있었죠."

갑자기 스케일이 너무 커져버리자 유건으로서는 쉽게 이해할 수가 없었다. 그렇기에 그가 이야기를 잘 따라올 수 있도록 아나지톤이 말하는 속도를 조금 늦췄다.

"그 덕분에 더 블랙에게 금제를 거는데 성공할 수 있었죠. 사실상 유희를 즐기고 있는 그였기에 제가 돌아갈 때까지 여유를 가지고 기다리고 있기도 했지만, 언제 마음이 변해 저만 남겨둔 채 나머지 모든 인류를 이 세상에서 지워버릴 지도 모르는 일이었으니까요. 백차승 박사는 그렇게 불확실한 미래를 후손들에게 물려주고 싶지는 않아 했습니다."

"아버지가 그런 일을…."

전혀 몰랐던 아버지의 노력과 의지가 아나지톤의 입을 통해 그에게 전해졌다.

"평소에 그는 하나밖에 없는 자신의 아들에 대해 많은 이야기들을 했었죠."

"제 얘기를요?"

"네, 아버지 역할을 제대로 해주지 못해 미안하다고 몇 번이나 숨죽여 울곤 했습니다."

"그, 그랬군요."

"유건씨는 자신이 어떻게 적응자가 될 수 있었는지 아십니까?"

"네? 그게 무슨?"

"후훗, 설마 단순한 우연이라고 여겨왔던 건가요?"

의미심장한 아나지톤의 말에 유건이 자리에서 벌떡 일어섰다.

"무, 무슨 말입니까? 제가 적응자가 된 게 그럼 우연이 아니라는 말입니까?"

"미안하지만 적응자라는 존재 자체가 백차승 박사의 도움을 받아 이루어진 연구의 결과물이었습니다. 거기에 우연이라는 요소는 존재하지 않았죠. 초반에는 획기적이라고 무척이나 환영을 받은 연구였지만 지나친 폭주의 위험으로 인해 결국 폐지되고 말았지만요."

"그렇다면 저는 대체 어떻게?"

"이 세계를 수호하는 의지의 끝자락에 닿아 무한에 가까운 지혜와 지식의 보고를 엿본 백차승 박사가 자신의 능력을 일시적으로 무한에 가깝게 개방해 유건씨 당신의 육체를 바꾸어 놓았습니다. 이론상으로만 존재하던 진정한 적응자가 탄생하게 된 거죠."

"그, 그런!"

"인간의 인체에는 백혈구라는 세포가 존재한다지요? 외부 물질, 감염성 질환에 대항하여 신체를 보호하는 면역기능을 수행하는 세포라고 들었습니다. 백차승 박사는 유건씨가 그 백혈구처럼 이 세계에 침입해온 외부의 존재인 더 블랙에 대항하여 이곳 세상을 지키는 존재가 되기를 간절히 기원했습니다."

"그래서, 자신의 자식을 괴물로 만들었다는 겁니까?"

핏발이 가득 선 눈으로 자신을 쳐다보고 있는 유건의 모습에 씁쓸한 미소를 띤 아나지톤이 대답했다.

"역시나 그가 말했던 대로군요. 그가 말했습니다. 이 사실을 아들이 알게 되는 순간, 그는 분명 자신을 증오하게 될 거라고요."

"세상에! 어떤 부모가! 자식을 괴물로 만든단 말입니까? 예?! 백혈구요? 이 세상을 지키는 존재요? 대체 누가! 누구 마음대로!"

절규하는 유건의 눈에서 뜨거운 눈물이 흘러 내렸다.

"그는 만약 자신이 할 수만 있다면 하려고 했습니다. 그러나 그것이 가능하려면 그 어떤 외부의 요인과도 접촉하지 않아야 한다는 조건이 있었습니다. 그래서 아직 뱃속에 있는 자신의 아들에게 그 역할을 맡길 수밖에 없었죠. 실제로 그게 아니었다면 유건씨는 진즉에 죽임을 당하고 말았을 겁니다."

"그래서! 내가 고마워해야 한다는 말입니까?! 아직 태어나기도 전인 자신의 아들을 괴물로 만들어 주었으니 감사하다고 절이라도 해야겠군요. 부모라고 해서! 자식의 인생을 마음대로 주무를 수는 없는 겁니다. 인류의 구원자? 세계를 수호하라고요? 그딴 건 개나 주라고 하세요! 제기랄!"

절음자3

결국 참지 못하고 자리를 박차고 떠나버린 유건의 뒷모습을 슬픈 눈빛으로 쳐다보고 있던 아나지톤이 손에 들고 있던 펜던트를 만지작거리며 나직이 읊조렸다.

"그대 말대로 전했다네. 친구여. 부디 편히 쉬기를….."

그의 손길이 닿자마자 푸르게 빛나던 보석이 이내 빛을 잃고 검게 물들어가기 시작했다.

검게 물든 보석 위로 그의 볼을 타고 흘러내린 눈물이 점점이 떨어져 내렸다.

· ▼ · ·

한참을 걸어 거대한 세계수의 반대편에 도착한 유건이 나무에 몸을 기댄 채로 주저앉았다.

복잡한 내심을 털어버리기라도 할 것처럼 거칠게 머리를 흔들어대던 그가 나무에 뒷머리를 기댄 채 깊은 한숨을 내쉬었다.

두 눈을 가리고 있던 오른손 바닥 밑으로 뜨거운 눈물이 쉬지 않고 흘러내렸다.

이제야 자신이 폭주하고 있던 당시 마치 그 사실을 미리 예측이라도 했던 것처럼 도와주던 또 다른 자신의 존재와 그가 남겨주었던 뜻 모를 아버지의 전언이 이해되기 시작했다.

"젠장, 미워하고 싶은데 그것도 마음대로 안 되네."

울다말고 키득대면서 웃은 유건이 손을 들어 거칠게 두 눈가를 닦아 냈다.

"크큭, 뭐, 모르던 사실을 알았다고 해서 새삼스럽게 달라질 것도 없잖아? 이제 와서 도망갈 것도 아니고… 그렇다고 드라마속의 주인공처럼 방황할 상황도 아니니까."

지난 훈련의 시간들이 헛되지는 않았는지 금방 털고 일어선 유건이 마치 울고 있던 자신을 위로하기라도 하듯이 시종일관 따스한 기운을 전해주던 세계수에 손을 가져다 댔다.

'고맙다.'

덕분에 빠르게 평정심을 회복할 수 있다는 걸 알았기 때문이었다.

그 순간 마치 괜찮다고 대답하기라도 하듯이 주변을 떠돌던 따스한 기운들이 유건의 몸을 감싸 안았다.

'아, 포근하구나.'

마치 엄마 품속에 안겨 있는 아이가 된 기분이었다.

그동안 받아왔던 훈련을 통해 자신의 감정을 솔직하게 인정하고 대면할 때에야 비로소 그것을 극복해낼 수 있다는 것을 깨달을 수 있었다.

'나는 아버지에게 화가 났다, 하지만 동시에 감사하기도 하다. 그리고 솔직히 아버지가 보고 싶다.'

자신의 솔직한 심정을 천천히 되돌아보던 유건이 고개를 들었다.

"그러려면 역시나 쳐부술 수밖에 없겠지. 안 그래?"

"에, 저…저기 나는 그게."

저만치서서 어쩔 줄 몰라 하며 이곳을 바라보고 있던 성희가 유건의 물음에 당황한 나머지 횡설수설하며 그에게 다가갔다.

"내가 걱정 되서 나온 거야?"

유건의 부드러운 물음에 성희가 머뭇거리며 대답했다.

"아니, 왠지 모르게 마음이 이상해서… 그래서 나왔더니 오빠가 저만치에서 걸어가고 있더라고요. 그래서 나도 모르게 따라왔네요. 헤헤."

마지막에 가서는 혀를 살짝 빼문 채로 웃는 그녀의 모습이 너무나 사랑스러워서 유건은 자기도 모르는 사이에 손을 뻗어 그녀의 머리를 부드럽게 쓸어내렸다.

"조금 걸을까?"

"네."

수줍게 대답한 성희가 유건의 곁에서 걸음을 맞춰 천천히 걷기 시작했다.

"근데, 오빠는 겁나지 않아요?"

"응? 너는 겁나?"

"헤헤, 솔직히 말하면 겁나죠."

"하긴, 아무렇지 않은 게 이상한거지. 워낙 비상식적인 일들을 많이 겪다보니까 내 감각이 무뎌졌나보다."

"만약 다시 돌아갈 수만 있다면 그 지하철은 타지 않았 을 텐데…."

"후회되나 보구나?"

"뭐 약간은요. 그래서 좋은 점도 있었고."

"좋은 점?"

'오빠를 만났잖아요.'

하고 싶은 말을 속으로 삼킨 성희가 그의 말에 말없이 웃어보였다.

"나는 굳이 그 일이 아니었어도 언젠가는 이 길을 가게 됐을 거야."

"그래요?"

"응. 어설픈 미국식 히어로물 스토리 같지만 아마 그랬 을 거야."

"거미 사나이나, 박쥐 사나이 뭐 그런 거요?"

"그렇지. 그렇게 따지면 나는 트롤 사나이인가?"

"쿠쿠쿡, 그거 진짜 웃기네요. 정식으로 일하려면 쫄쫄 이 수트도 입어야 하는 거 아닌가?"

"가드 요원 전용 수트 같은 거?"

"맞아요, 근데 그 옷 진짜 민망해요. 너무 달라붙어서."

"그치? 그 옷은 좀 그래."

"맞아요. 크큭."

"그거 입고 뭐랄까… 뭐가 진지하게 싸우는 모습은 상상이 잘 안되네."

"푸하하하, 자꾸 상상되잖아요. 오빠."

"어라? 보기보다 음흉한 아가씨일세."

"원래 제 나이는 호기심이 많을 때라고요."

"맞다, 너 여고생이었지."

"뭐야~! 그걸 이제야 떠올린 거예요?"

샐쭉한 표정으로 노려보는 성희를 향해 유건이 손을 내저으며 급히 변명했다.

"아니, 이번에 맹활약하던 모습을 보니 여고생이라는 이미지랑은 뭔가 잘 매치가 안 되더라고."

"저도 제 지금 모습이 많이 낯설어요. 그래도 한 사람 몫은 확실하게 하고 싶었어요."

'오빠를 돕고 싶었거든요.'

정작 하고 싶었던 말은 속으로 삼키고 마는 성희였다.

"그러면 대 성공이네. 한 사람이 아니라 열 사람 몫은 하는 것 같더라 뭐."

"헤헤, 그래요?"

"응, 물론이지. 최고야!"

엄지를 추켜세우는 유건을 향해 성희가 환하게 웃으며 말했다.

"그렇게 말해줘서 고마워요 유건 오빠."

"뭘, 새삼스럽게. 엄연한 사실인데."

"사실은 속으로 혼자 고민을 많이 했었거든요."

"응? 무슨 고민?"

"뭐랄까? 나는 실제로 별다른 도움이 못되는 게 아닐까 하는… 따지고 보면 저는 매번 전면에서 싸우지도 못하고 뒤에서 도와주는 역할밖에 못하니까요."

"각자 맡은 임무가 있고 그걸 잘해낼수록 팀워크가 좋은 거잖아. 축구를 할 때 전부 공격하는 건 아니니까. 골키퍼도 있고 수비수도 있어야 제대로 된 팀이지."

"그럼 저는 뭐예요?"

"너? 너는 그냥 성희지 뭐. 크크큭."

두근거리는 마음으로 뭔가 그럴싸한 대답을 기다렸던 성희가 멍한 표정을 지으며 유건을 쳐다보았다.

"입 다물어라 파리 들어갈라."

"뭐, 뭐예욧! 약 올리기나 하고. 나 먼저 들어갈래요."

뾰로통한 표정을 한 채 획하고 돌아선 성희가 숙소를 향해 빠르게 걸어갔다.

"어? 어라? 야! 야! 같이 가. 성희야. 얼래?"

뒤에서 급하게 그녀를 쫓이가던 유건이 문을 쾅 닫아버리고 들어간 성희의 모습에 당황 한 채 한참을 문 밖에 서 있었다.

"대체 뭐가 문제지?"

유건은 그 이후로도 한참동안 이유를 깨닫지 못한 채 서성거려야 했다.

· ▲ ·

다음 날 아침.

문밖을 나선 유건은 바닥에 즐비하게 늘어서 있는 각종 총기들을 바라보며 감탄했다.

작은 권총에서부터 혼자 들기에는 버거워 보이는 이름 모를 중화기들까지 가지런히 진열되어 있었다.

"이게 다 뭐죠?"

팔짱을 낀 채 무기들을 구경하고 있던 철환에게 다가간 유건이 물었다.

"마탄의 사수께서 사용할 무기라던데?"

"볼코프가요?"

"응."

흠칫.

콰앙!

그의 말이 끝나기 무섭게 저만치에서 굉음이 들려왔다. 오싹한 느낌에 몸을 틀어 소리보다 먼저 몸을 움직인 유건은 자신이 있던 자리를 통과해 바닥에 처박힌 총탄 자국을 바라보았다.

"뭐, 뭐야?"

당황하기도 잠시, 이내 연거푸 몸을 움직인 유건을 스쳐지나간 총탄들이 바닥에 그 흔적들을 남겼다.

잠시 후 진땀을 흘려가며 당황한 얼굴로 총알이 날아온 방향을 쳐다보고 있던 유건의 시야에 거대한 저격용 라이플을 어깨에 기댄 채로 걸어오고 있는 볼코프의 모습이 들어왔다.

"여~ 유건. 상쾌한 아침이지? 역시나 내 예상보다 훨씬 더 감이 좋은걸?"

"뭐, 뭐야 이 자식아! 상쾌한 아침? 그걸 지금 말이라고 하냐? 다짜고짜 총질이나 해대다니!"

열 받은 유건이 자신이 반말을 하고 있다는 것도 인식하지 못한 채 소리를 질러댔다.

방금 전 그가 느꼈던 것은 분명한 살의였다.

그렇기에 전력을 다해 몸을 움직였던 것이었고.

아무렇지도 않은 듯이 웃으며 인사를 건넨 볼코프가 그런 유건을 향해 어깨를 으쓱거리며 말했다.

"뭐, 이 정도도 피하지 못하면 그 검둥이 녀석 근처에도 못가보고 뒈질 테니까 그럴 거면 그냥 여기서 죽는 것도 나쁘지 않잖아?"

"미, 미친 새끼."

"오우~ 내 별명은 어떻게 알았지?"

"이익!"

그를 향해 달려들려던 유건의 어깨를 어느새 모습을 드러낸 아나지톤이 손을 들어 내리 눌렀다.

"진정해요 유건군."

그를 향해 가볍게 웃어 보인 아나지톤이 자신을 바라보고 있는 일행들을 향해 말했다.

"오늘부터는 지금 여기 있는 볼코프씨가 때와 장소를 가리지 않고 여러분을 저격할 겁니다."

그의 말에 볼코프가 우아한 손짓을 하며 과장되게 인사를 했다.

"저, 저격이요?"

놀란 성희가 휘둥그레진 눈으로 볼코프가 들고 있는 거대한 라이플을 흘깃 쳐다본 뒤 아나지톤을 향해 물었다.

"네, 말 그대로 저격입니다. 이를 통해 여러분의 깊이 잠들어 있는 생존 감각을 일깨우게 될 겁니다."

"그러다가 죽기라도 하면 어쩌려고 그러십니까?"

철환의 물음에 일행들의 고개가 저절로 끄덕여졌다.

다른 이도 아닌 마탄의 사수의 저격이다. 기본적으로 지닌 실력도 실력이지만 그의 이능이 더해진 저격실력은 싸구려 라이플조차 세계에서 제일가는 저격용 무기로 탈바꿈시키기에 충분했다.

그런 실력을 갖춘 저격수가 시도 때도 없이 목숨을 노린다? 제 아무리 뛰어난 실력을 지닌 가드의 요원들이라고 할지라도 눈에 보이지 않을 정도로 먼 거리에서 행해지는 저격에는 속수무책이었다. 오죽하면 그 무던한 철환이 반대를 다 할까?

그의 물음에 아나지톤이 가볍게 웃으며 말했다.

"그건 걱정하지 않으셔도 됩니다."

"뭐, 다른 대비책이라도 있으신 겁니까?"

미간을 살짝 찌푸리며 묻는 철환을 향해 아나지톤이 대답했다.

"물론이죠. 적어도 이곳에서라면 가늘게라도 숨이 붙어 있는 한 얼마든지 상처를 치료할 수 있으니까요."

"그, 그게 말이 됩니까?"

아나지톤의 대답을 들은 유건이 황당하다는 얼굴로 말했다. 그런 유건을 빤히 쳐다보던 아나지톤이 지금까지와 다른 진지한 얼굴로 되물었다.

"그럼, 우리가 지닌 실력으로 더 블랙을 공격하는 건 말이 됩니까?"

그의 물음에 일행들 모두의 얼굴에 그늘이 내려앉았다. 그가 지적한 바와 같이 그들이 노리는 상대는 존재감만으로도 모두의 무릎을 꿇게 만들만큼 강한 자였다.

"저, 저는 할 수 있습니다!"

모두가 입을 다물고 있는 그 때에 성희가 손을 번쩍 들고 소리쳤다.

그녀의 용기 있는 발언에 일행들 모두의 눈빛이 달라졌다.

· ▼ ·

피슛!

"큭!

허벅지에서 느껴지는 화끈한 통증에 비명을 지른 유건이 급히 몸을 굴려 자리를 피했다.

방금 전까지 그가 서 있던 자리에서 흙이 튀어 올랐다.

어떻게 하는 건지는 모르겠지만 볼코프는 소리가 나는 방향과 전혀 다른 곳에서 총알을 날려 보내는 마술을 선보였다.

그 때문에 전혀 예측하지 못하 방향에서 날아든 총알로 인해 유건의 몸은 자신의 피로 범벅이 되어 있었다.

비록 상처가 금방 회복된다고 할지라도 과다 출혈로 인한 피로만큼은 그로서도 어쩔 수 없었다.

"꺄아악!"

유건이 허벅지를 부여잡고 인상을 쓰고 있을 그 때, 저만치서 가냘픈 여인의 비명이 들려왔다.

성희가 바닥에 쓰러 진 채로 일어나지 못하고 있었다.

"괜찮아?"

유건의 물음에 성희가 힘겹게 몸을 일으키며 대답했다.

"네, 괘, 괜찮아요. 조금 놀래서 그래요. 저는 걱정 마세요."

씩씩하게 대답한 그녀가 자리에서 일어난 뒤 자신의 얼굴을 손바닥으로 두드렸다.

'정신 차리자! 할 수 있어! 나도 할 수 있다고!'

미리 쳐놓은 보호막 덕분에 총탄에 맞는 건 피할 수 있었지만 보호막을 두드리는 강한 충격에 몸이 휘청거리는 것만큼은 그녀로서도 어쩔 수 없었다.

그래도 방금 전에는 총알이 날아들기 전에 미약한 기운을 감지할 수 있었다.

각오를 다진 성희가 이리 저리로 방향을 바꿔가며 달리기 시작했다.

• ▼ •

피슛!

"큭!"

가까스로 고개를 젖혀 총탄을 피해낸 유건의 볼을 타고

가늘게 핏물이 흘러내렸다.

거의 동시에 성희가 비명을 지르며 주저앉았다.

연사!

각기 다른 방향에서 다른 속도로 움직이고 있는 두 사람을 시간차가 거의 느껴지지 않을 정도로 빠르게 저격한 것이었다.

"쳇, 괴물 같은 새끼."

유건은 비록 짧은 지식이긴 했지만 저격에는 고려해야 할 각종 요건들이 많다는 정도는 알고 있었다.

그러고 보면 저 녀석이 보여주고 있는 저격은 일반적인 상식을 아득히 넘어선 영역에 속해 있었다.

일행들 중 첫 번째로 훈련에 임한 성희는 어느새 온 몸이 땀으로 흠뻑 젖어 있었다. 반대로 유건은 자신이 흘린 피로 범벅이 되어 있었다.

옷에 엉겨 붙은 핏물이 굳어져서 움직일 때 마다 신경에 거슬렸다.

처음에 비해 확연하게 느껴지는 지금도 그의 총탄을 피해내는 일은 생각처럼 쉽지 않았다.

'온다!'

그중에서도 지금 이것!

마탄(魔彈)이라 불리며 그에게 '마탄의 사수'라는 코드명을 선사한 총탄이었다.

유건의 놀라운 동체시력은 말도 안 되는 각도로 휘어져 날아드는 총탄의 궤적을 분명하게 지켜보았다. 보고 있음에도 믿을 수 없게 만드는 그 총탄은 불그스름한 빛에 휩싸여 있었다.

퍼억!

"커흑!"

옆으로 몸을 날려 총탄을 피해내던 유건을 따라 휘어져 들어온 붉은빛이 그의 옆구리를 뚫고 지나갔다.

마치 거대한 짐승이 물어뜯은 것처럼 살이 한 움큼 떨어져 나간 그곳에서는 시뻘건 선혈이 쉬지 않고 흘러내렸다.

옆구리를 부여잡은 채 밀려오는 극통에 진땀을 흘리고 있던 유건의 눈에 저만치 튕겨져 날아가는 성희의 모습이 보였다.

배리어라 명명된 방어막답게 그 붉게 빛나는 마탄마저도 튕겨내는 놀라운 위력을 보여주었다. 그러나 그 총탄에 실린 막대한 운동에너지만큼은 어쩔 수 없는 듯 비명을 지르며 나동그라졌다.

체력의 한계에 부딪혔는지 그녀의 몸을 감싸고 있던 보호막의 윤곽이 흐려졌다 진해지기를 반복했다.

"위험…!"

유건의 입에서 튀어나온 경고의 메시지가 채 끝나기도 전에 성희의 몸에서 선혈이 뿜어져 나왔다.

연달아 날아든 총탄에 그녀의 몸이 마치 실에 걸린 마리
오네트 인형처럼 공중에서 출렁거렸다.

　"안 돼!"

　점멸을 시전해가면서 까지 몸을 날린 유건이 그녀의 몸
을 받아들기 위해 손을 뻗었다. 그러나 마치 슬로우 비디
오를 보는 것처럼 천천히 쓰러져가는 성희와의 거리는 그
의 손이 닿기에는 아직도 한참이나 모자랐다.

　그 순간 이를 악다문 채 손을 뻗고 있던 유건의 눈에 비
친 세상의 흐름이 마치 시간이 멈춘 것처럼 현격하게 느려
졌다.

　'응?'

　느려진 시간의 흐름 속에서도 성희는 여전히 정신을 잃
은 채 쓰러지고 있는 중이었고 내뻗은 손은 도저히 그녀를
붙잡을 수 없을 만큼 멀기만 했다.

　모든 것이 느려진 그 기묘한 감각의 세계 속에서 유건을
스쳐지나가며 여유 있게 걸어간 아나지톤이 바닥에 닿기
직전인 성희를 부드럽게 감싸 안았다.

　그리고 그가 성희를 안아든 그 순간 세상의 흐름이 다시
금 원래대로 돌아왔다.

　"허억! 허헉허헉!"

　몸을 날린 상태에서 그대로 바닥에 처박힌 유건이 몸을
일으키며 가쁜 숨을 내쉬었다.

성희를 안아든 아나지톤이 손을 내밀어 그녀의 상처에 가져다 댔다. 그가 입술을 달싹 거리며 뭐라 중얼거리자 그런 그의 손에서 환한 빛이 뿜어져 나왔다.

유건이 두근거리는 가슴을 부여잡고 천천히 걸어가는 짧은 시간동안 그녀의 상처를 치료한 아나지톤이 편안한 얼굴로 잠들어있는 성희를 유건에게 건넸다.

"아?"

무심코 그녀를 받아든 유건이 아나지톤을 쳐다보자 그가 가볍게 웃으며 유건의 어깨를 두드렸다.

스쳐지나가는 아나지톤에게서 편안한 얼굴로 잠들어 있는 성희에게로 고개를 돌리자 속 깊은 곳에서부터 뭔가 알 수 없는 뜨거운 것이 치밀어 올랐다.

그녀가 총에 맞는 순간 느꼈던 복잡했던 기분을 떠올린 유건이 미간을 찌푸린 채 조심스럽게 숙소를 향해 걸음을 옮겼다.

· ⛧ ·

두 사람을 대신해서 전면에 나선 하루나와 철환의 몸에서 거대한 기세가 뿜어져 나왔다.

유건과 성희가 훈련받는 모습을 지켜보며 지닌 힘을 감추고 상대할 수 있는 총탄이 아니라는 사실을 깨달았기 때문이었다.

투쾅!

평소 즐겨 사용하던 거검을 들어 검면으로 총탄을 막아
낸 철환의 눈썹이 꿈틀거렸다.

마치 인사를 건네듯이 노골적으로 적의를 드러내며 쏘
아낸 총탄이었기에 수월하게 막아낼 수 있었지만 검을 통
해 전해지는 충격은 그리 만만한 게 아니었다.

'이걸 피해냈단 말이지?'

총탄에 실린 힘이 얼마나 강했는지 강화 티타늄 합금으
로 주조된 검면이 움푹 들어가 있었다.

등에 메여 있던 고풍스러운 신검. 풍신(風神)을 꺼내 손
에 쥔 철환이 나직이 중얼거렸다.

"칼바람(劍風)."

그 순간 거센 바람이 마치 그를 보호하기라도 하듯이 그
의 몸을 빈틈없이 에워쌌다.

그리고 여러 가지 위험요인으로 인해 쉽게 풀 수 없었던
세 번째 봉인을 해제했다.

'역시 세계수의 영향권 아래에 있어서 그런지 여파가
그리 크지 않아.'

넘쳐나는 힘이 전해주는 짜릿한 전율에 철환이 가볍게
몸을 떨었다.

피슛!

날카로운 소성이 들리기도 전에 풍신을 들고 있던 철환의 손이 허공을 베어냈다.

채앵!

그의 검날에 반으로 잘려나간 총탄이 그를 비껴나가며 바닥에 틀어박혔다.

"어디 마음껏 날려보라고!"

철환의 호기로운 외침을 들은 볼코프가 비릿하게 웃으며 방아쇠를 당겼다.

거치해놓은 저격 소총이 붉은 빛으로 물들어 있었다.

· ▲ ·

고풍스러운 나무로 만들어져 있는 침대 위에 제법 푹신한 매트리스가 놓여 있었다.

그 위에 조심스럽게 성희를 내려놓은 유건은 편안한 표정으로 잠들어 있는 그녀의 얼굴을 물끄러미 내려다보았다.

그저 조금 특이한 인연으로 엮인 귀여운 여동생 정도로 생각하고 있는 줄 알았는데 조금 전 그가 느낀 감정은 그것과는 분명 달랐다.

이런 건 연애경험이 있든지 없든지 상관없이 누구나 본능적으로 깨달을 수 있는 종류의 감정이었다.

가만히 생각해보니 그가 제일 힘든 상황에 처해 있을 때마다 항상 그녀가 곁에 있었다.

무심코 넘겼던 일들이 하나 둘씩 생각나기 시작하는가 싶더니 이내 꼬리를 물고 계속해서 이어져나갔다.

"그동안… 내가 너무 무심했구나."

피식 웃은 유건이 그녀의 머리맡에 걸터앉아 땀에 젖어 달라붙어 있던 머리카락을 쓸어 넘겨주었다.

그러자 아직 솜털이 보일 정도로 뽀송뽀송한 티 없이 맑은 피부가 눈에 들어왔다.

'이제 보니 제법 미인이네?'

그전에는 전혀 몰랐던 것들이 이 아이를 여동생이 아닌 여자로 인식하자마자 새롭게 다가오기 시작했다.

오뚝한 콧날에다가 제법 붉은 기가 도는 탐스러운 입술까지.

'자, 잠깐.'

자기도 모르는 사이에 침까지 꿀꺽 삼킨 유건이 붉어진 얼굴로 저만치 물러섰다.

'탐스러운 입술?'

한번 인식하기 시작하자 눈길이 자꾸만 누워있는 성희의 입술로 향했다.

'나, 나는 저, 절대 어린 애들을 좋아하는 그런 변태가 아니라고!'

눈길이 저절로 내려가며 뽀얀 목덜미를 지나 천천히 오

르내리고 있는 적당히 솟은 가슴과 잘록한 허리를 따라 천천히 내려갔다.

갑자기 벌떡 일어선 유건이 이불을 찾아 그녀의 목덜미까지 덮어 버렸다.

"후아, 후아~ 심호흡, 심호흡. 동해물과 백두산이… 나는 자랑스러운 태극기 앞에…."

심지어 아랫도리까지 뻐근해지려고 하자 고개를 돌린 채 천장을 향해 고개를 치켜든 유건이 마음을 가다듬기 위해 최선을 다했다.

다행히 효과가 있었는지 치명(?)적인 단계까지는 도달하지 않았다.

'이러니 남자들은 아빠 빼고는 다 짐승이란 말이 나오지. 아니, 요새는 아빠도 못 믿으려나? 후훗!'

누워있는 성희의 낮은 숨소리를 들으며 아무말없이 서 있던 유건이 그녀의 이마에 가볍게 입을 맞춘 뒤 조용한 걸음으로 문밖을 향해 나섰다. 이내 문이 닫히는 소리가 들렸다.

누워있던 성희의 볼이 붉게 물들었다.

　　　　　·　✦　·

일주일이 지난 늦은 오후.

언제나와 같이 다름없는 모습으로 이리 저리 뛰어다니
는 성희의 얼굴을 타고 굵은 땀방울이 흘러내렸다.

저릿!

오른쪽 가슴 부위가 마치 전기에 감전되기라도 한 것처
럼 욱신거렸다.

그러면 여지없이 그 부위를 향해 총탄이 날아들었다. 지
난 특훈을 통해 그녀가 터득해낸 나름대로의 비법이었다.

"하압!"

그녀의 의념이 집중되자 이내 가슴부위의 보호막이 불
룩해지며 기형적인 모습으로 변했다.

콰앙!

그곳에 부딪힌 붉은 빛으로 물든 탄환이 마치 폭죽이 터
지듯이 산산조각 난 채로 비산했다.

'좋았어!'

그동안 겪어온 무수히 많은 시행착오 끝에 드디어 총탄
을 제대로 막아냈다. 그것도 다른 총탄이 아닌 마탄을 제
대로 막아낸 것이었다.

속으로 쾌재를 부른 성희가 다급히 고개를 숙이며 앞으로
달려 나갔다. 그런 그녀의 머리위로 총탄이 스쳐지나갔다.

육체적인 능력이 다른 이능력자들에 비해 현저하게 떨
어지는 그녀가 고육지책으로 개발해 낸 것이 바로 탐지 기
능을 갖춘 보호막을 얇고도 넓게 퍼트리는 것이었다.

무언가를 막아내거나 물리적인 힘을 전혀 행사할 수 없는 그 보호막은 오로지 그것을 통과하는 무언가에 대한 정보만을 그녀에게 전달해줄 뿐이었다.

그녀는 이를 '도둑 고양이(Stray Cat)'라고 불렀다.

처음에는 그저 그녀의 반경 10여미터 정도 밖에 탐지 할 수 없었던 이 탐지막이 지금은 거의 1km정도의 반경을 커버할 수 있을 만큼 비약적으로 성장했다.

그녀의 탐지막 안에 잠깐 들어왔다 빠진 볼코프의 기척을 놓치지 않은 성희가 바닥에서 10cm정도 뜬 상태로 빠르게 전면을 향해 날아갔다.

그녀의 발밑으로 제법 두터운 보호막이 만들어져 있다.

단순히 사람을 감싼 채 보호하는 것밖에 모르던 그녀의 실력이 놀랍도록 발전한 것이었다.

연신 날아드는 총알을 피해 이리 저리로 피해내며 날아가는 그녀의 모습에 이를 지켜보고 있던 하루나가 탄성을 내질렀다.

"와우~ 멋진데요?"

그녀의 놀랍다는 반응에 철환이 동의한다는 듯 고개를 끄덕였다.

"과연 S 클래스답군."

"그 등급을 부여할 때는 물론 잠재능력도 감안했겠죠?"

"아니."

"네?"

"저 아이의 잠재 능력은 더블 에스(SS)였어."

"그럴 수가? 대체 잠재 능력 수치가 어떻게 나왔기에?"

"별거 없었어. 몇 번을 시도해 봐도 측정불가라는 말만 들었지."

"와우~ 이제부터 저는 성희 앞에서 명함도 못 내밀겠는데요?"

그녀의 넋두리에 철환이 가볍게 웃었다. 지금까지 잠재 능력 항목에서 최고점을 기록한 사람이 바로 하루나였기 때문이었다.

"왜? 억울해?"

"설마요?"

"하긴, 저 아이가 더 발전해야 승산이 조금이나마 높아질 테니."

"후훗, 그렇죠? 그나저나 저 두 사람 참 손발이 잘 맞는 콤비네요?"

"으음."

그녀의 말에 가볍게 고개를 끄덕인 철환의 미간이 좁혀졌다.

날아가던 성희의 감각에 사방에서 무수하게 날아드는 마탄이 감지되었다.

"마, 말도 안 돼!"

지금까지는 봐줬다고 말하기라도 하는 것처럼 무수히 날아드는 마탄에 얼굴이 하얗게 질린 성희가 온 힘을 방어막에 쏟아 부으며 몸을 웅크렸다.

콰앙! 쾅! 콰아앙! 쾅!

마치 융단 폭격중인 곳에 홀로 남겨진 것 같은 고립감이 느껴졌다. 쉴 새 없이 들려오는 굉음과 그보다 더 먼저 느껴지는 충격에 성희의 몸이 바람에 나는 낙엽처럼 이리저리로 흔들렸다.

"꺄아악!"

결국 참다못한 그녀의 입에서 비명이 터져 나왔다.

"찾았다 이 새끼!"

그녀가 볼코프의 시선을 사로잡고 있는 사이 은밀하게 모습을 감추고 멀리 돌아간 유건이 쉴 새 없이 방아쇠를 당겨대고 있는 볼코프를 향해 떨어져 내렸다.

· ⋀ ·

회심의 일격을 가하기 위해 떨어져 내리던 유건은 마치 그가 올 것을 미리 알고 있기라도 한 것처럼 여유롭게 몸을 돌리는 볼코프와 눈이 마주쳤다.

'웃어?'

어느새 꺼내든 권총이 유건을 향해 불을 뿜었다.

'피할 수 없다.'

판단이 끝난 순간 유건은 양 팔로 얼굴을 가린 채 팔을 경질화 시켰다.

그 짧은 시간에 쏟아지는 총탄이 유건의 팔과 몸에 그대로 틀어박혔다.

"이 정도쯤이야!"

권총의 빈약한 저지력으로는 유건을 막아낼 수 없었다.

그 순간. 다른 손에 들린 거대한 권총이 불을 뿜었다.

콰아앙!

"커헉!"

팔에 틀어박힌 총탄에 실린 위력이 조금 전까지 느껴졌던 것들과는 확연히 달랐다.

팔과 더불어 고개까지 뒤로 젖혀질 정도였다.

그 짧은 틈을 타고 몸을 굴린 볼코프가 반동이 심한 데저트 이글을 한손으로 능숙하게 다루며 유건을 향해 쉴 새 없이 방아쇠를 당겼다.

'젠장, 앞으로 나아갈 수가 없잖아.'

이런 상황을 한두 번 겪어본 게 아닌 듯 볼코프가 보여준 권총으로 상대를 저지하며 뒤로 물러서는 일련의 움직임은 물 흐르는 것처럼 무척이나 매끄러웠다.

그렇게 적당히 거리가 멀어지자 그 무거운 저격용 소총을 가볍게 들어 유건을 향해 발사했다.

콰앙!

"헛!"

등골이 서늘해지는 느낌에 헛바람을 집어 삼킨 유건이 곧바로 바닥에 납작하게 엎드렸다.

연이어 날아드는 총탄을 피해 이리저리 몸을 굴리던 유건이 비로소 여유를 찾게 된 것은 볼코프의 모습이 보이지 않게 된 뒤였다.

그제야 뒤늦게 격전의 현장에 도착한 성희가 다급한 표정으로 유건을 향해 물었다.

"볼코프씨는요?"

"젠장, 놓쳤어."

"아우~ 아쉽다. 이번에는 잡을 수 있을 거라 생각했는데."

"피햇!"

아쉬워하고 있던 성희를 거칠게 밀친 유건이 어깨를 부여잡은 채 그 자리에 무릎을 꿇고 앉았다.

"크흑, 얍삽한 놈 같으니라고."

그 사이 자리를 옮긴 볼코프가 마탄을 날려 보낸 것이었다. 주먹만 한 살점이 떨어져 나간 자리에서 피가 쉬지 않고 흘러내렸다.

적
음
자3

"오, 오빠! 괘, 괜찮아요?"

"응, 견딜 만하다."

"하, 하지만 피가…."

"걱정 하지 마. 금방 멎을 거야."

아니나 다를까 곧 죽어도 이상하지 않을 정도의 출혈을 일으켰던 상처에서 곧 피가 멎고 상처가 아물어가기 시작했다.

연이어 날아든 총탄은 성희가 보호막을 강화해 막아냈다.

"죄송해요, 괜히 저 때문에."

"괜찮아. 서로 비긴 셈 치자고."

유건이 두 사람을 에워싸고 있는 반투명한 보호막을 가리키며 말했다.

때마침 아나지톤의 낭랑한 목소리가 들려왔다.

"자! 오늘 훈련은 여기까지 하도록 하죠."

그 말이 끝나기 무섭게 저만치 떨어져 있던 수풀 근처에 몸을 숨기고 있던 볼코프가 모습을 드러냈다.

"쳇, 얄미운 녀석."

저격용 라이플을 어깨에 걸치고 여유 있게 걸어가는 그를 바라보며 유건이 투덜거렸다.

"우리 내일은 꼭 복수해요. 한 방 제대로 날려줘야죠."

주먹을 힘껏 거머쥐고 각오를 다지는 성희의 모습에 유건이 피식 웃음을 터트렸다.

"한 방 가지고 되겠어?"

"흐음~ 그럼 다구리?"

그녀의 입에서 튀어나온 말에 유건이 뜨악한 표정으로 그녀를 바라보았다.

"에엑? 너 그런 말도 할 줄 아냐?"

"왜요? 나는 그런 말 하면 안 되나?"

너무 당당한 그녀의 말에 도리어 유건이 머뭇거리며 대답했다.

"아, 아니. 꼭 그런 건 아니지만."

"이 시대의 여고생을 너무 순진하게 보는 거 아녜요? 오빠?"

"그, 그러냐?"

앞서가는 성희의 뒷모습을 바라보며 입맛을 다신 유건이 천천히 걸음을 옮겼다.

오늘도 역시 피를 너무 많이 흘려서 그런지 긴장이 풀리자마자 극심한 피로가 몰려들었다.

훈련 중에는 잘 먹어야 한다며 각종 푸짐한 음식들을 매끼마다 공수해오는 아나지톤의 배려 덕분에 식사 시간만큼은 모두들 즐겁게 보낼 수 있었다.

김이 모락모락 나는 큼지막한 베이글에 크림치즈를 듬뿍 바른 채 입으로 가져가던 볼코프가 다가오는 유건을 향해 반갑게 손을 흔들었다.

"여~ 오늘도 고생이 많네?"

"누구 덕분에 말이지."

가시 돋친 유건의 대꾸에도 볼코프는 여전히 웃는 얼굴로 그에게 윙크를 날려댔다.

"쳇, 얄미운 녀석."

유들유들한 볼코프의 반응이 마음에 들지 않는 유건이 자기 자리에 앉았다. 그의 자리에는 평소 그가 즐겨 먹는 김치찌개와 고등어구이가 놓여 있었다.

'대체 이런 걸 어디서 구해오는거지?'

그의 전면에 자리한 하루나는 무척이나 행복한 표정으로 초밥과 우동을 먹고 있었다.

일행들이 정신없이 식사를 하는 사이 그들이 먹는 모습을 흐뭇하게 쳐다보며 우아한 포즈로 차를 마시고 있던 아나지톤의 귀가 살짝 움직였다.

"제임스씨가 돌아오나 보군요."

그의 말에 밥을 먹던 이들 모두가 의아한 표정을 지었다. 다른 이들처럼 유건도 기감을 넓혀 보았으나 아무것도 감지되는 것은 없었다.

조금 더 시간이 흐르고 난 뒤에야 사람들의 시야에 제임스의 모습이 보이기 시작했다.

일행들이 서로를 바라보며 알 수 없는 표정을 짓고 있는 것을 보고 있던 아나지톤이 가볍게 웃으며 말했다.

"그렇게 놀라실 필요 없습니다. 제가 이곳에 머무는 동안은 세계수와 감각을 공유하고 있는 것뿐이니까요."

그 사이 일행들 곁으로 다가온 제임스가 피곤에 찌든 얼굴로 빈자리에 걸터앉았다. 식어버린 베이컨 조각을 들어 입에 가져간 그가 베이컨을 신경질적으로 씹어댔다.

"갔던 일은 잘 됐나보군요. 제임스?"

"쳇, 누구는 초코바나 씹어가며 적진을 누비다가 왔는데, 다들 아주 잘들 지내고 계시네요? 보기가 차~암 좋습니다."

투덜거리고 있는 그의 모습은 그의 말처럼 모진 고생을 하다 온걸 증명이라도 하듯이 무척이나 초췌했다.

"투덜거릴 힘이 남아있는 걸 보니 곧바로 다음 임무를 수행해도 되겠군요?"

"그, 그럴 리가요. 말씀하신 건 모두 알아봤습니다. 예상하신 그대로였고요. 그럼 저는 이만 무척 피곤해서…"

웃으며 말을 건네는 아나지톤의 말에 움찔한 제임스가 볼코프가 먹고 있던 베이글을 뺏어서 입에다 물고는 도망치듯이 숙소를 향해 달려갔다.

갑작스럽게 전개된 웃지못할 상황에 밥을 먹다말고 멍하니 제임스의 뒷모습을 쳐다보던 이들을 향해 아나지톤이 입을 열었다.

"제임스씨께는 제가 따로 알아볼 것들에 대해 부탁을 드렸습니다. 방금 들으신 건 그 결과 보고였고요."

"뭘 알아보셨다는 겁니까?"

철환의 물음에 아나지톤이 부드러운 목소리로 대답했다.

"훈련을 했으면 당연히 그에 맞는 실전 경험을 쌓아야겠죠?"

"그게 무슨?"

"자세한 건 내일 알려드리도록 하지요. 일단 오늘은 잘먹고 푹 쉬도록 하세요. 내일 부터는 이곳에서의 생활이 그리워질 테니까요."

그 말을 끝으로 아나지톤이 자리에서 일어나 숙소를 향해 걸음을 옮겼다.

그의 의미심장한 마지막 말에 먹던 음식이 목에 걸린 유건이 켁켁 거리며 다급히 물을 찾아 마셨다.

그 뿐만 아니라 나머지 일행들도 비슷한 심정이었는지 더 이상 음식을 입에 가져가지 못했다.

"방금 분명 이곳 생활이 그리워질 거라고 했죠?"

성희의 물음에 유건이 아직도 답답한 가슴을 두드리며 대답했다.

"그러게, 분명 그렇게 말했어. 뭔가 무척이나 기분 나쁜 말투로…"

223

"어떻게 하면 저렇게 예의바르고 우아한 말로 사람을 소름 돋게 만들 수 있죠?"

"그러게 꼭 미국 드라마에나 나오는 웃으면서 사람 죽이는 살인마를 보는 것 같았어."

"오빠도?"

"너도?"

"왠지 모르게 으스스한데요?"

"이러다가 내일 새우 잡이 배에 팔려가는 거 아닌가 모르겠네."

유건의 너스레에 철환이 피식 웃으며 자리에서 일어났다.

"나 먼저 들어가마. 밀린 잠이나 푹 자둬야겠다. 보아하니 내일 부터는 잠도 편히 못잘 것 같은데."

그를 시작으로 사람들이 하나 둘 자리에서 일어나 숙소로 향했다. 프로는 쉬어야 할 때를 직감적으로 아는 법.

그들 모두 말은 하지 않았지만 철환과 마찬가지로 내일부터 시작될 강행군에 대비해 조금이라도 몸 상태를 좋게 만들어 놓아야 했기 때문이었다.

마지막으로 남은 두 사람인 유건과 성희의 눈이 마주쳤다.

"저… 우, 우리도 들어가서 쉬는 게?"

"그, 그럴까?"

성희의 말에 담긴 묘한 뉘앙스 때문에 얼굴이 붉어진 유건이 괜한 헛기침을 하며 먼저 숙소로 들어갔다.

말을 하면서도 뭔지 모를 야릇한 느낌을 받은 성희가 귀까지 빨개진 채로 자신의 숙소로 향했다.

제일 멀리 떨어진 숙소를 향해 사이좋게 걸어가던 볼코프가 갑자기 생각났다는 듯 곁에서 걸어가고 있던 하루나를 향해 물었다.

"근데 새우잡이 배에 팔려간다는 말이 뭐죠?"

"대한민국에서는 훈련을 위해 사람을 새우 잡이 배에 팔아버리는 일도 하나 보네요."

"역시나, 무서운 대한민국. 그래서 그랬나? 제가 가리키던 특수 부대원들이 대한민국의 특수 부대를 상대로 해서 단 한 번도 승리해 본적이 없다니까요."

"그건 저희 쪽 사람들도 그래요. 그 작은 나라에서 어떻게 그런 인물들이 툭툭 튀어나오는지 알다가도 모르겠다니까요."

"그래도 오늘 좋은 거 하나 알았네요. 다음에 고국에 돌아가면 우리 아이들도 새우잡이 배에 팔아버려야겠습니다. 그럼 조금이나마 더 강해질 수 있을 것 같네요."

"이참에 저희 쪽 아이들도 같이 보내죠."

말도 안 되는 오해에서 시작된 두 사람의 이 결심이 열매 맺게 되기까지는 그리 오랜 시간이 흐르지 않았다.

#12. 각개격파

NEO MODERN FANTASY STORY

정읍자

#12. 각개격파

다음날 아침.

이른 아침부터 잠에서 깬 유건이 문 밖으로 나서자 꽤나 이른 시간이었음에도 불구하고 많은 사람들이 깨어 있었다.

"잘 잤어요?"

그의 모습을 제일 먼저 발견한 성희가 밝은 얼굴로 다가와 인사를 건넸다.

"어, 오랜만에 푹 잤네. 너는?"

"헤헤, 저는 조금 긴장되서 잘 못잤어요?"

"긴장?"

"예, 실전은 늘 긴장되거든요."

"그렇구나. 너무 걱정하지는 마."

"네, 고마워요 오빠."

"고맙기는."

두 사람이 대화를 주고받는 사이 제일먼저 숙소에 들어 갔던 제임스가 길게 하품을 하며 모습을 드러냈다.

"아우우~ 죽겠다. 세계수 덕분에 몸에 쌓인 피로가 풀 리기는 했는데 정신적인 피로는 안 풀리네."

"대체 어디를 다녀오셨기에 그래요?"

유건의 물음에 제임스가 연신 하품을 하며 대답했다.

"어? 유럽. 가는 곳곳마다 몬스터들 천지라 고생좀 했지."

"그렇게 상황이 안 좋아요?"

"응, 이번에 처음 열렸던 차원의 문을 제거하면서 상황 이 조금 나아지긴 했는데. 그래도 여전히 힘들어."

"저희 모두 그쪽으로 가는 건가요?"

성희의 물음에 제임스가 어깨를 으쓱거리며 대답했다.

"글쎄다? 그건 스승님께서 아시겠지."

그의 말에 두 사람의 시선이 철환과 대화를 나누고 있던 아나지톤에게 향했다.

"자, 그럼 모두 모인 것 같으니 앞으로 진행될 일정에 대 해 이야기 해보도록 할까요?"

"저기…."

"네? 성희양? 뭐 궁금한 거라도?"

"그럼 훈련은 이걸로 끝난 건가요?"

"설마요? 아직 제대로 시작도 안했는걸요."

어지간한 여인보다 더 아름다운 아나지톤이 부드럽게 웃으며 나긋나긋한 목소리로 대답했건만 성희는 목덜미를 스쳐지나가는 소름에 가늘게 몸을 떨어댔다.

'저렇게 웃으면서 말하니까 더 무섭다, 으~ 무서워.'

"오늘부터 여러분은 이인 일조가 돼서 정해진 장소를 향해 최대한 빠른 시간 내에 도착해야합니다."

"응? 모두 같이 가는 게 아니었나요?"

유건의 물음에 아나지톤이 대답했다.

"네, 그래요. 같이 가지 않고 둘씩 짝지어서 떠나게 될 겁니다. 그렇게 각자 상성이 맞는 이들과 조를 이루어 각자 다른 지역을 경험하게 될 겁니다. 분명히 말해두지만 어느 쪽이든지 간에 여정이 결코 편하지만은 않을 겁니다. 어쩌면 목숨을 잃을 수도 있죠. 그러니 부디 긴장을 놓지 마시고 최종 목적지까지 무사히 도착할 수 있기를 바랍니다."

"최종 목적지가 어딘가요?"

볼코프의 물음에 아나지톤이 웃으며 대답했다.

"아름다운 도시 프랑스의 수도 파리입니다."

· ⋎ ·

콰앙!

엄청난 굉음과 함께 유건의 귓불이 터져나갔다. 그를 스쳐지나간 붉은색 총탄이 유건을 향해 달려들던 오우거의 머리를 그대로 날려버렸다.

유건이 귓가에서 흐르는 핏물을 거칠게 닦아내며 욕설을 내뱉었다.

"저 새끼! 일부러 그런 거 아냐?"

투덜거리기도 잠시 걸쭉한 침을 뱉어낸 유건이 도망가는 사람들을 학살하며 포효하고 있는 몬스터 무리들 사이로 날아들었다.

내심 성희와 한 조가 될 지도 모른다는 생각에 기대하고 있던 유건은 그의 희망사항과 달리 요즘 들어 계속 신경을 거슬리게 만드는 볼코프와 한조가 되어 우크라이나와 루마니아를 잇는 접경지대를 지나고 있었다.

조용히 지나가려던 애초의 계획과 달리 러시아 쪽으로 이동하기 위해 길게 늘어서 있던 피난민들의 후미를 공격하기 시작한 몬스터 무리를 상대하기 위해 몸을 날려야 했다.

전면에 나서서 종횡무진 활약하고 있는 유건과 그를 엄호하며 시의 적절하게 총탄을 날려대는 볼코프와의 조합은 꽤나 상성이 좋았다.

게다가 간간히 날아드는 붉은색 마탄은 적중되기라도 하면 중대형 몬스터라 할지라도 단 한방에 무력화 시켜 버릴 만큼의 뛰어난 위력을 발휘해서 수많은 무리들 가운데서 고군분투하고 있는 유건의 부담을 한결 덜어 해주었다.

"크어어어!"

마지막으로 남은 트윈헤드 오우거가 유건의 손에 들린 신창 롱기누스에 의해 머리통이 날아가자 괴성을 질러가며 몸부림쳤다.

그러기도 잠시 남은 하나의 머리마저 붉은색 마탄에 터져나가자 이내 그 거대한 몸체가 바닥에 쓰러졌다.

대 몬스터 전용 소총을 들고 필사적으로 저항하던 러시아 국경 수비대의 대장격으로 보이는 인물이 유건을 향해 천천히 다가왔다.

"수고하셨습니다. 저는 이곳 책임을 맡고 있는 유리 알렉산드로비치 꾸즈네쪼라고 합니다. 도와주셔서 감사드립니다."

혼란스러운 장내를 정리하고 있던 군인들이 유건의 모습을 힐끔거리며 쳐다보았다.

일반적인 몬스터들을 상대로 이러한 능력을 보여주는 이들은 오로지 능력자들 외에는 없었으니 제아무리 일군의 지휘관이라고 할지라도 태도가 조심스러워질 수밖에 없었다.

퍼스트 메이지 유현진이 만들어낸 최고의 아티팩트는 뭐니 뭐니 해도 통역 기능을 가진 물건이었다. 보통은 반지의 형태를 지니고 있지만 취향에 따라 목걸이나 귀걸이 형태로도 변환이 가능한 이 물건은 그 즉시 전 세계를 무대로 활약하는 가드 요원들에게 보급되었다.

각성한 이능력자들의 능력과 호응하여 능력을 발휘하는 이 아티팩트는 아쉽게도 일반인들에게는 아무런 효용이 없었다.

상대의 예의바른 인사에 유건이 어색하게 웃으며 고개를 숙였다.

"근데 이 많은 인원들은 다 뭐죠?"

국경을 넘어가는 이들의 숫자는 얼핏 보기에도 수천 명이 넘어 보였다.

"최근 들어 서유럽 내에서 출몰하는 몬스터들에 의해 사망하는 이들의 숫자가 급증하고 있습니다. 때문에 비교적 안전한 동쪽으로 사람들이 대거 이동하고 있습니다."

"그렇군요."

지난번에 아시아쪽 가드 요원들을 총괄하는 김지율을 통해 비슷한 이야기가 오고 갔던 것이 기억났다.

말로만 들었을 때와 달리 피난을 떠나고 있는 사람들의 모습을 직접 본 유건은 적지 않은 충격을 받았다.

마치 영화에서나 나올법한 어두운 얼굴을 하고 있는 수많은 이들이 아직도 꾸역꾸역 국경지대를 향해 밀려들고 있었기 때문이었다.

그 사이 유건의 곁으로 모습을 드러낸 볼코프를 쳐다보

던 유리의 눈이 휘둥그레졌다.

"헉! 알렉세이 볼코프?"

여유 있는 태도로 그를 바라본 볼코프가 입을 열었다.

"지금 그게 상사를 대하는 태도인가? 소령?"

"헛! 아, 아닙니다. 죄송합니다."

시종일관 유건을 열 받게 하던 장난기 어린 모습이 아닌 본래 대외적으로 알려져 있던 러시아 국민 영웅 볼코프의 모습이었다.

볼코프의 묵직한 저음과 차가운 눈빛에 화들짝 놀란 이반이 다급히 손을 올려 이반을 향해 경례를 했다.

절도 있게 손을 올려 인사를 받은 볼코프가 그를 가까이 불렀다.

한걸음 다가온 그에게 볼코프가 작은 목소리로 속삭였다.

"비밀 작전 수행중이니 나를 본 사실에 대해 함구하도록. 알겠나?"

"넵! 명심하겠습니다."

군기가 바짝 든 모습이었다. 그런 그의 어깨를 가볍게 두드린 볼코프가 유건을 향해 몸을 돌리며 윙크를 날렸다.

'저, 사기꾼 새끼.'

그런 볼코프의 모습을 보며 순간이었지만 그가 멋있다는 생각을 했던 자신이 부끄러워졌다.

덕분에 복잡한 확인 절차 없이 그곳을 떠날 수 있게 된 두 사람은 한동안 말없이 걸었다.

여유 있게 주변을 둘러보며 콧노래를 흥얼거리는 볼코프와 달리 둘 사이에 흐르는 침묵이 불편했던 유건이 결국 먼저 입을 열었다.

"볼코프."

"응?"

"약물을 이용해서 폭주를 막는다는 게 과연 가능한 일인가?"

유건의 갑작스러운 물음에 볼코프의 눈빛이 진중하게 가라앉았다.

"흐음, 아무래도 평범한 인간이라면 불가능하겠지."

"응? 그렇게 말하는 너는 평범한 인간이 아니란 말인가?"

"응, 맞아 평범하진 않지."

그의 말에 머리끝부터 발끝까지 천천히 훑어본 유건이 고개를 내저으며 말했다.

"대체 어디가 평범하지 않다는 건데?"

"뭐랄까? 일반적인 사람들과 다르게 환한 보름달을 보면 변신한다는 거?"

"벼, 변신?"

그의 말에 예전 어린 시절에 봤던 영화가 생각난 유건이 뜨악한 표정으로 그를 바라보았다.

"네가 생각하고 있는 그게 맞아."

"설, 설마 늑대인간?"

"이왕이면 라이칸슬로프라고 불러주길 바래. 이래봬도 순혈 왕족출신이라고."

"라이칸슬로프? 왕족이라고?"

"그래, 고귀한 피를 이어받은 당대의 진혈 계승자. 그게 바로 나다."

"그런 네가 어째서 적응자 프로젝트에 지원을 한거지?"

"아버지가 가라고 했거든."

"에? 아버지?"

"응, 그 말을 끝으로 뒈져버려서 거부하기도 애매해졌지. 유언은 무조건 지켜주는 것이 우리 일족 나름의 율법이거든."

"하, 하하하하."

도저히 믿기 힘든 그의 말에 유건이 허탈하게 웃었다. 자신이나 그나 무척이나 기구한 운명을 타고났다는 생각이 들었기 때문이었다.

"그렇게 웃지 마라. 내가 무슨 비련의 주인공도 아닌데. 크큭~ 뭐, 그래도 덕분에 우리 일족이 양지에 모습을 드러낼 수 있었으니까. 아주 손해 본 것만은 아니야. 그러니 그걸로 위안을 삼아야지."

"양지에 모습을 드러내?"

"그래, 정식으로 작위를 부여받고 토지까지 얻어냈으니

까. 저런 놈들이 넘쳐나는 세상에서 라이칸슬로프는 더 이
상 괴물 축에 끼지도 못했으니까. 게다가 제법 능력 있는
군인으로 활약도 많이 하게 됐고 말이지."

바닥에 널브러져 있는 몬스터의 사체를 가리키며 볼코
프가 어깨를 으쓱거렸다.

"너희 일족 숫자가 제법 많은가 보네?"

"그렇지도 않아. 요즘 들어 새로운 생명이 태어나는 일
이 점점 드물어져서 모두 합쳐봐야 백 명이 채 못 되니까."

"그렇구나."

"크큭, 뭐, 따지고 보면 가문의 생계를 책임지는 일종의
가장 인거지."

"가장?"

"그래, 내가 벌어다 주는 수입으로 대부분 먹고 살거든."

"제법 많이 버나보네?"

"그렇긴 한데 딸린 식구가 많으니까 벌수 있을 때 실컷
벌어놔야지. 안 그래?"

"……."

볼코프의 말에서 느껴지는 쓸쓸함에 유건이 말없이 고
개를 끄덕였다.

유건도 자신의 몫으로 들어오는 대부분의 돈을 미령이 누
나 앞으로 해서 모으고 있었으니까. 물론 그가 죽고 난 다음
에야 전달되게 해놔서 누나도 당장은 모르고 있겠지만.

앞서가는 볼코프의 등을 바라보며 유건은 그의 어깨에 짊어진 무거운 짐을 느낄 수 있었다.

왠지 모르게 그간 멀게 느껴졌던 마음의 거리가 한층 더 가깝게 느껴졌다.

가볍게 달려가서 몸을 띄운 유건이 그의 두툼한 목에 한쪽 팔을 걸었다.

"어? 뭐하는 거냐?"

"원래 친구끼리는 이렇게 하는 거다."

"훗, 그러냐?"

유건의 뻔뻔한 대답에 볼코프가 피식 웃음을 터트렸다.

천천히 걸음을 옮기는 그들의 뒤로 석양이 아름다운 붉은 빛으로 세상을 물들이고 있었다.

∴

터키의 국경지대를 막 통과한 철환과 성희를 반긴 것은 싸늘하게 굳은 채로 아무렇게나 널브러져 있는 국경수비대였다.

군데군데 아무렇게나 처박힌 탱크에서 검은 연기가 솟아오르고 있었다.

그런 처참한 광경을 바라보며 혹시나 남아 있을지도 모를 생존자를 찾기 위해 도둑고양이를 시전한 성희가 눈을 번뜩이며 외쳤다.

"저쪽에 생존자가 있어요!"

말을 마치기 무섭게 전면을 향해 급히 달려가는 성희의 모습에 나직이 혀를 찬 철환이 땅을 박찼다.

이런 위험한 전장에서는 섣부른 행동은 금물이었다. 아니나 다를까 앞서 달려가던 성희의 전면에 있던 땅에서 기이하게 생긴 몬스터가 모습을 드러냈다.

"꺄아악!"

"이런! 정신 차려!"

마치 거대한 지렁이처럼 생긴 그 몬스터가 성희를 그대로 삼키기라도 할 것처럼 거대한 입을 벌려 그녀의 위로 떨어져 내렸다.

급하게 달려가 성희의 허리를 잡고 옆으로 몸을 날린 철환이 그녀를 옆구리에 낀 채로 한손으로 땅을 짚고 그 반동을 이용해 크게 뒤로 물러섰다.

"이런 곳에 자이언트 웜이라니!"

기본적으로 무른 땅에서 밖에 생활을 못하는 몬스터이기 때문에 사막지대나 습지대에서 주로 활동하는 몬스터가 바로 자이언트 웜이었다.

과거 아프리카 사막 쪽으로 작전을 수행하러 갔을 당시이 녀석을 상대하기 위해 입었던 재산 피해는 가히 천문학적이었다.

위험 해질 것 같으면 땅속으로 숨어버리고 퇴각하던 아

군 부대를 조용히 뒤쫓다가 방심할 때 즈음 다시금 튀어 올라 상대를 공격하는 녀석 때문에 골탕을 먹던 당시 가드 아프리카 연합 지부에서 도움을 요청해서 마지못해 그곳으로 날아갔던 것이 바로 얼마 전이었다.

녀석과의 사투로 인해 장장 3개월간이나 갖은 고생을 하며 아프리카의 드넓은 사막을 돌아다녔던 걸 생각하면 아직도 이가 갈렸다.

"저 녀석이 여기는 어떻게?"

그 의문은 금방 해소됐다. 성희를 집어 삼키기 위해 입을 벌리고 내리 꽂히던 녀석이 두터운 콘크리트 바닥을 그대로 부수고 들어가 자취를 감추었기 때문이었다.

다른 몬스터들에 비해 외피가 약했던 녀석으로서는 절대 보여줄 수 없는 광경이었다.

'쳇, 몬스터들이 비약적으로 강화됐다고 하더니…'

지금도 그들의 발밑에 웅크린 채 기회를 노리고 있을 녀석을 떠올린 철환이 아직도 정신을 차리지 못하고 있는 성희를 향해 말했다.

"정신 차려! 우리들의 발밑으로 보호막을 생성해라 어서!"

"네? 아. 넵!"

급하게 만들어낸 보호막위에 올라선 두 사람이 천천히 전장에서 멀어져갔다.

"녀석은 바닥을 통해 전해지는 진동으로 상대방의 위치를 알아차리니까 일단 우리가 유리한 곳으로 이동한다."

"이, 이대로 그냥 피해가면 안될까요?"

방금 전 자신의 머리 위에서 꿈틀대던 녀석의 흉측한 모습을 떠올린 성희가 가늘게 몸을 떨어대며 말했다.

그녀의 말에 철환이 피식거리며 웃었다.

"나도 그랬으면 좋겠지만 저 녀석은 상대를 쫓아 수백 키로도 더 넘게 뒤 따라오는 집요한 녀석이야. 지금쯤 놈의 뇌리에는 우리를 빼고는 아무것도 없을 거다."

"그, 그럼 대체 어디로?"

"탁 트인 공간으로!"

조금 전 국경 지대를 통과하기 전에 지나왔던 드넓은 광야를 떠올린 성희가 굳게 입을 다물고 고개를 끄덕였다.

그녀의 다부진 모습에 만족스러운 미소를 지은 철환이 귀로 손을 가져갔다.

봉인이 풀리자 지금까지와는 전혀 다른 세상이 눈에 들어왔다.

"하아~"

그의 입에서 나른한 한숨이 흘러나왔다.

묘하게 색기가 넘치는 그의 모습에 성희의 얼굴이 붉게 달아올랐다.

바닥에 내려선 철환은 이내 분주하게 움직이며 주변에 마법 트랩을 깔기 시작했다.

마학 협회에서 만들어 보급하는 이 마법 트랩은 등급에 따라 가격이 천차만별로 나뉘는데 지금 철환이 설치하고 있는 것들은 그중에서도 등급이 가장 낮은 트랩이었다.

"그게 뭐예요?"

호기심 어린 표정으로 물어오는 성희를 향해 철환이 대답했다.

"간단한 알람. 놈이 어디서 솟구쳐 오를지 모르니 미리 대비를 해두는 거야."

"날아서 왔으니 저희가 어디로 갔는지 모르지 않을까요?"

성희의 말에 철환이 피식 웃으며 말했다.

"나도 제발 그랬으면 좋겠다."

어떻게 하는 건진 몰라도 한번 표적으로 삼은 상대는 집요하게 뒤쫓는다는 것을 이미 한번 경험했었기에 그저 웃으며 고개를 내저을 뿐이었다.

그의 모습에서 뭔가 위화감을 느낀 성희가 도둑고양이를 사방을 향해 넓게 펼쳤다.

어차피 놈은 땅 밑으로 이동하기 때문에 소용없다고 말하려던 철환이 입을 다물고 하던 일에 집중했다.

'뭐, 저렇게 대비하는 게 딱히 나쁜 건 아니니까. 상대가 나쁠 뿐이지.'

동심원을 그려가며 점차 넓게 마법 트랩을 설치하던 철환이 마지막 트랩을 설치한 뒤 되돌아왔다.

"끝난 건가요?"

"그래. 이제부터는 마음 편히 기다리면 될 거야."

'그 다음부터는 고생 좀 해야겠지만.'

뒷말은 속으로 삼키며 자리에 아무렇게나 주저앉은 철환이 하늘을 올려다보았다.

"기가 막히게 좋은 날씨구나. 이런 날 이런 곳에서 못생긴 놈이나 상대하고 있어야 하다니."

그런 그의 곁에 앉은 성희가 한숨을 내쉬며 대꾸했다.

"그래도 덕분에 유럽엘 다 와보네요."

"너, 유럽은 처음이냐?"

"네, 헤헤. 영화나 드라마에서나 간혹 보기만 했었죠."

"하긴, 고등학생이라고 했었지?"

"네."

"그런 것 치고는 제법이네?"

"네?"

"아니, 제법 잘 적응하고 있는 것 같아서 말이야."

"그런가요?"

"그래, 아무리 등급이 높아도 제대로 적응하지 못한 채

244

미쳐버리는 녀석들이 꽤 많았거든."

"미, 미쳐요?"

"어린아이 손에 기가 막히게 잘 드는 명검을 들려주고 휘두르라 그러니까, 그 힘에 오히려 휘둘리게 된 거지 뭐."

"그, 그렇군요…."

"그러고 보니 너는 능력 발현이 방어에 특화되어 있어서 그런 영향에서 조금이나마 자유로울 수 있었나보다. 뭐, 어릴 때 지키지 못한 거에 대한 트라우마 같은 거라도 있었어?"

"트라우마요?"

고개를 갸웃거리며 묻는 성희를 향해 철환이 어색하게 웃으며 말했다.

"아, 그 있잖아? 정신적인 충격으로 입은 상처라던가? 뭐 그런거 말이야. 능력자들의 능력 발현은 무의식의 발현이라고 하더라고. 무의식에 잠재되어 있던 열망이 표출된다고나 할까? 그러고 보니 억눌린 폭력성이 발현된 녀석들이 지나치게 많았구나 싶네."

"꼭, 지켜주고 싶은 사람들이 있었어요."

"지켜주고 싶다라… 그게 네 능력 발현의 원동력이었나 보구나. 아주 긍정적이고 이타적인 열망이었네? 크크큭, 덕분에 나까지 덤으로 도움을 받고 있어서 좋긴 하지만."

"제, 제가 도움이 되나요?"

"어? 그게 무슨 소리야? 당연히 큰 도움이 되지. 설마 자신이 별다른 도움이 안 된다느니 뭐, 그런 고민을 하고 있었던 건 아니지?"

순간 얼굴빛이 변하는 성희의 모습에 철환이 나직이 혀를 차며 말했다.

"애초에 그런 고민은 할 필요가 없어. 너는 네가 속한 단체가 대체 어디라고 생각하는 거냐?"

"에? 가, 가드요."

"그래, 전 세계에서 유일무이한 이능력자들의 연합 단체지. 거기가 무슨 자선 단체인줄 아냐?"

"……."

말없이 쳐다보고 있는 성희를 향해 철환이 가볍게 웃으며 말했다.

"너는 그 단체 내에서도 한 손가락에 꼽히는 최고등급의 요원이야. 쉽게 말해 한 나라에서 보유하고 있는 무기들 중 가장 강력하고 효과적인 무기와 같은 거지. 이를테면 핵폭탄 같은."

"핵폭탄이요?"

"그래, 그 어느 누구도 핵폭탄이 터지지 않는다고 해서 도움이 되지 않는다는 소리는 못하잖아. 쉽게 말해서 너는 존재 자체만으로도 큰 도움이 되는 인재라는 말이야."

"아?!"

"그러니까 좀 더 자부심을 가지라고, 그건 그렇고 이제 슬슬 준비하자. 놈이 우리를 찾아 냈나보다."

가장 외각에 설치해 놓았던 감지 마법 트랩이 철환에게 침입자가 있음을 알려왔다.

"네? 아, 넵!"

대답을 하며 일어서는 성희의 얼굴이 조금 전에 비해 눈에 띄게 밝아져 있었다.

중간 중간 설치되어 있던 각종 마법 트랩이 폭발하며 형형 색깔의 빛들을 뿜어냈다.

"저게 뭐죠?"

"간단한 알림 마법. 보기보다 화려하지?"

"꼭 불꽃놀이 같은데요?"

"크크크, 그거 만드느라 죽어라 고생한 마법사들이 그 말을 듣는다면 아마도 입에서 불을 내뿜을 거다."

"쿠쿡, 제가 큰 실례를 한거네요?"

"뭐, 딱히 틀린 말도 아니네."

하늘을 수놓는 각양각색의 불꽃들을 바라보며 철환이 대답했다.

어느새 지척에 다다른 자이언트 웜의 움직임으로 인해 바닥이 미미하게 진동하기 시작했다.

"명심해, 놈을 공격할 수 있는 유일한 기회는 녀석이 상대를 공격하기 위해 지상에 몸을 드러냈을 때뿐이란 걸."

"네. 명심할게요."

"그래, 잘 부탁한다."

"네? 뭘?"

어리둥절한 얼굴로 묻는 성희에게서 이미 한참을 벗어
난 철환이 가볍게 손을 흔들며 대답했다.

"미끼!"

"에?"

그 순간 성희의 발밑이 솟구쳐 오르며 거대한 자이언트
웜이 모습을 드러냈다.

"꺄악!"

아예 통째로 집어삼킬 생각이었는지 입을 벌린 채 솟구
친 녀석의 거대한 입속으로 성희를 비롯한 그 부근의 지반
들이 부스러지며 녀석의 뱃속으로 들어갔다.

다급히 보호막을 생성한 성희의 시야에 녀석의 꿈틀거
리는 징그러운 내벽과 함께 그 사이로 언 듯 언 듯 보이는
맑은 하늘이 들어왔다.

'이런 건 미리 얘기를 좀 하라고요!'

속으로 비명을 삼키며 한참을 떨어져 내린 성희가 질퍽
한 어딘가에 부딪혔다.

보호막으로 인해 직접적인 접촉은 없었지만 징그러운
느낌에 손발이 다 오그라들었다.

그 순간 거센 파도 소리와 함께 노란 위액이 사방에서

뿜어져 나왔다. 그녀와 함께 쓸려 들어온 각종 돌들과 흙
들이 순식간에 녹아내리기 시작했다.

"헉!"

다행히 그녀의 보호막은 그 어마어마한 위산들 속에서
도 건재했다. 그 사실을 알고 난 뒤에야 비로소 그녀의 입
에서 안도의 한숨이 흘러나왔다.

그러기도 잠시 이내 엄청난 충격이 그녀에게까지 전해
졌다.

"꺄아~!"

출렁이는 위산들 사이에서 이리 저리 휘둘려 다니던 그
녀는 지금의 충격이 외부에서 전해지는 것이라는 걸 깨달
을 수 있었다.

사방팔방으로 튕겨져 나가던 그녀의 눈앞이 쩍하고 갈
라지며 다시금 맑은 하늘이 시야에 들어왔다.

"여~ 아직 살아 있냐?"

"이익~ 대체! 뭐하는 짓 이예요! 언제는 무슨 존재자체
만으로도 큰 도움이 되는 인재라더닛!"

"아하하하, 말 그대로 큰 도움이 되지 않았냐? 세상 어
디에 자이언트 웜에게 잡아먹히고도 이렇게 멀쩡하게 살
아나올 수 있겠어? 녀석의 위장이 소화하지 못하는 건 사
실상 거의 없거든."

"지, 지금 그걸 말이라고 하는 거예요?!"

너무 기가 막힌 나머지 말문이 다 막힌 성희가 보호막과 함께 곁에 달라붙은 위산 덩어리들을 저만치 날려버리며 빽 하고 소리를 질렀다.

"역시, 배리어라는 이름답게 정말 튼튼하구나. 네 보호 막은."

"지금 그 말이 아니잖아요!"

"정말이지, 최고의 인재는 능력의 질 자체가 틀리다니까."

"아, 진짜!"

천연덕스럽게 자기 할 말만 하며 엄지를 치켜세우는 철 환의 모습을 어이없다는 듯이 바라보던 성희의 눈에 급기 야 눈물이 차오르기 시작했다.

그 모습에 뜨끔한 철환이 다급히 걸음을 옮겼다.

"에~ 어디보자, 이곳에서 시간을 너무 정체했으니까 늦 지 않게 다음 목적지까지 도착하려면 서둘러야겠다. 어서 가자고! 크흠."

다급히 걸음을 옮기는가 싶더니 순식간에 저만치 앞서 가는 철환의 뒷모습에 성희의 눈에 가득 고여 있던 눈물이 흘러내렸다. 왠지 모르게 갑자기 유건이 보고 싶어지는 성 희였다.

쿵!

"우엑! 뭐야 이거!"

빠르게 걸음을 옮기던 철환이 앞을 막아선 보이지 않는

무형의 벽에 강하게 부딪쳤다. 그리고는 코를 거머쥔 채 뒤를 돌아봤다.

"흥!"

어느새 그를 따라 잡은 성희가 콧방귀를 뀌며 유유히 스쳐 지나갔다.

오싹~!

왠지 모르게 앞으로의 여정이 평탄하지 않을 것 같다는 불길한 예감이 철환의 등골을 스쳐 지나갔다.

"가, 같이 가자고!"

철환이 공중에 둥둥 뜬 채로 빠르게 앞서나가는 성희를 다급히 부르며 종종걸음으로 달려갔다.

착각이겠지만 앞서가던 그녀의 속도가 좀 더 빨라진 것 같았다.

                    ·   ☢   ·

"전방 30m에 소규모 고블린 떼 그로부터 우측으로 40m정도에 오크 워리어 정찰병. 미리 요격하세요."

"네네, 여부가 있겠습니까? 시키는 대로 해야죠."

자로 재기라도 한 듯 정확한 하루나의 예측에 제임스가 다 포기한 것 같은 얼굴로 불꽃들을 날려 보냈다.

하늘거리며 날아간 작은 불꽃들이 목표한 지점에 도착하자마자 어마어마한 열기를 뿜어내는 불기둥으로 변화되었다.

모습을 감춘 채 대기하고 있던 몬스터들은 때 아닌 날벼락에 제대로 반응조차 하지 못한 채 그대로 타들어갔다.

"대단하십니다요. 마담."

"훗, 뭘 이런 걸 가지고 그러십니까?"

"아이고, 겸손하기까지 하시네요."

체념한 듯 한 그의 말에 하루나가 상큼하게 웃으며 대꾸했다.

"다 제 말에 딱 맞게 움직여주는 제임스씨 덕분이죠."

"어련하시겠습니까."

"후훗."

사실 두 사람이 처음 손발을 맞출 때까지만 해도 팀웍이라는 말 자체가 무색할 만큼 엉망진창이었다.

서로 자기 말대로 안했다고 티격태격하며 싸우던 중 하루나가 제안한 내기에 제임스가 무턱대고 응한 것이 지금과 같은 결과를 만들어내고야 말았다.

'내가 미쳤지 미쳤어.'

그때를 회상하던 제임스가 고개를 내저으며 속으로 한탄을 했다. 내기는 간단했다. 서로의 말에 절대적으로 따르면서 싸움을 한 뒤 적을 모두 물리칠 때까지 걸린 시간이 짧은 사람이 이기는 것이었다.

각자 10번씩 전투를 리드해서 총 20번의 싸움을 하고,

그 가운데 싸움에 걸린 시간들을 더해서 이긴 사람의 말에 무조건 따르기로 합의를 했다.

그렇게 각각 10번씩의 전투를 이끌게 되었고 그 결과 제임스는 앞으로의 모든 일정에 있어서 하루나의 말에 절대적으로 복종할 수밖에 없는 처지가 되고 말았다.

자신만만하게 나섰던 첫 번째와 세 번째 전투를 무척이나 짧은 시간에 마치게 된 제임스는 의기양양한 표정으로 하루나를 쳐다보았다.

그때까지만 해도 자신이 반드시 이길 것이라는 사실에 대해 조금도 의심하지 않았다.

그러나 그가 한 가지 간과한 것이 있었으니 하루나가 자각한 이능력이 바로 멀티태스킹(Multitasking)이라는 사실이었다.

워낙 지닌바 무(武)에 대한 능력이 탁월해서 대부분의 가드 요원들조차 착각할 정도로 그녀의 이능력은 겉으로 잘 드러나지 않았다.

그러나 그녀가 자각한 이능력인 멀티태스킹은 사실상 전투를 지휘하는 지휘관의 위치에 섰을 때 가장 효율적으로 발휘되는 능력이기도 했다.

상대에 관한 정보와 아군에 대한 정보들을 가장 효율적으로 계산해서 최적의 전략을 만들어내는 것이 모든 병법의 기본이었다.

그러나 이를 효과적으로 구사하기란 그리 쉬운 것이 아니었다. 때문에 내기에 응한 제임스조차 그 사실을 간과해 버리는 우를 범하고야 말았다.

처음에 이어진 다섯 번의 전투를 통해 제임스의 능력을 단숨에 파악해버린 하루나는 그 이후에 이어진 전투들을 놀라운 전략들로 순식간에 마무리 지어버렸다.

그녀의 지시에 따라 아무런 의욕도 없이 능력을 발현했던 제임스는 그에 따라 벌어진 결과에 입을 다물 수가 없었다.

완벽한 패배.

그 이후부터는 철저하게 그녀의 체스 말이 되어 시키는 대로 움직이는 신세가 되고 말았다.

전투를 지휘하는 위치에서 자신의 이능력을 발휘해 본 적이 전혀 없었던 하루나는 자신이 바라는 대로 정확하게 능력을 발휘하는 제임스라는 존재를 통해 전투를 승리로 이끄는 데에 따른 쾌감에 전율을 느끼고 있었다.

'이거다!'

그녀가 앞으로 나아가야 할 방향. 그녀가 그녀로서 온전하게 존재할 수 있는 완벽한 자리. 그것은 모든 전투를 총괄하는 지휘관의 자리였다.

겉으로는 대충 대충 하며 따르는 것 같았던 제임스조차도 전투가 계속되면 될수록 내심 감탄을 금치 못하고 있었다.

마치 물을 만난 고기처럼 자신이 지니고 있는 역량의 한계를 아슬아슬하게 넘나들며 지시를 내리는 그녀의 모습에 혀를 내두를 수밖에 없었다.

코드명 Combat Commander

이번 여정을 통해 그녀에게 새롭게 부여된 코드명이었다. 전투지휘관으로서 탁월하게 대원들의 역량을 파악해 가장 최적의 전투를 이끌어낸 그녀의 능력은 상상을 초월할 정도였다.

이를 미리 내다본 가드 마스터 아나지톤의 역량이 얼마나 대단했는지를 잘 알 수 있는 대목이라고 할 수 있었다.

"전방 50m에서 오우거 세 마리와 오크 워리어 십여 마리가 무리를 지어 다가오고 있군요. 파이어 월로 그들을 가두고 그 안에서 불꽃을 폭발시켜 시너지 효과를 발휘하는 것으로 선제 타격을 가하도록 하죠."

냉철한 하루나의 말에 제임스가 쓰게 웃으며 대답했다.

"여부가 있겠습니까. 전투 지휘관(Combat Commander) 각하."

그의 손에서 발현된 불꽃이 거대한 우리처럼 변해 다가오고 있던 몬스터 무리들을 가두었다.

그리고 그 뒤를 이어 당황한 채 우왕좌왕하고 있던 녀석들의 위로 수많은 불덩어리들이 떨어져 내렸다.

전멸(全滅)!

더 없이 깔끔한 전투 결과였다.

'만약 나 혼자 저 녀석들과 맞닥뜨렸다면?'

지지는 않았겠지만 적어도 이보다 훨씬 더 고생해가며 처리했을 터였다.

'아무래도 등급 조절이 필요할 것 같네.'

당연한 결과라는 듯 무표정한 얼굴로 전장을 바라보고 서있는 하루나의 옆모습을 흘깃 쳐다본 제임스의 얼굴에 짙은 미소가 걸렸다.

·　♦　·

"하아압!"

강렬한 기합과 함께 주먹을 내지른 유건은 손에 걸리는 느낌이 없다는 것을 깨닫고 급히 옆으로 몸을 날렸다.

그 순간 그가 서있던 자리로 검은 기운이 송곳처럼 내리꽂혔다.

"쳇, 박쥐로 변하다니! 그 허무맹랑한 말들이 모두 사실이었단 말이야?!"

유건이 내뻗은 주먹을 수많은 박쥐로 분열하여 피해낸

256 적음자3

뱀파이어가 저만치에서 다시금 모습을 드러내며 비릿하게
웃었다.

"미천한 인간 주제에 건방지구나!"

콰앙!

그 순간 녀석의 가슴에 커다란 구멍이 뚫렸다.

"흥! 이런 걸로는 나를 해칠 수 없다."

순식간에 아물어버리는 녀석의 가슴의 구멍을 저 멀리
서 바라보며 볼코프가 나직이 혀를 찼다.

"은 총알을 가지고 왔어야 했나? 이런 곳에서 저 녀석을
만나게 될 줄은 몰랐군."

코메스 포르티스 베네피쿠스(Comes Fortis Veneficus).

녀석은 굳이 해석하자면 용감한 마법사 백작이라는 조
금 우스꽝스러운 이름을 가지고 있었다.

지금이야 조금 촌스러운 이름이기는 하지만 그때 당시
에는 이름에 마법사라는 고유명사와 용감한이라는 수식어
까지 얻었다는 것만으로도 그가 얼마나 뛰어난 능력을 갖
춘 용사인지를 알 수 있는 위대한 이름이기도 했다.

자신들과 오랜 세월 대적해 왔던 진혈 뱀파이어인 녀석
은 이름대로 백작이라는 고위급 작위를 가지고 있는 까다
로운 녀석이었다.

게다가 마법사라는 고유명사를 자신의 이름으로 부여받을 만큼 각종 마법에 능통했다. 때문에 마탄이라는 절대적인 정확도를 자랑하는 자신의 이능을 손쉽게 피해버리는 만행(?)을 저지르는 녀석이기도 했다.

진혈 뱀파이어답게 태양 아래에서도 오롯이 자신의 존재를 드러내는 녀석은 결코 가벼운 상대가 아니었다.

그 증거로 녀석의 주변에 오래된 미라처럼 바짝 마른 수많은 시체들이 처참한 모습으로 나뒹굴고 있었다. 몬스터를 피해 피난길에 오른 수많은 이들을 차례차례 사냥하고 있던 것이었다.

이를 우연히 발견한 유건이 다짜고짜 녀석을 공격하고 나섰기에 어쩔 수 없이 전투에 가담하긴 했지만 볼코프에게 있어서 그는 어지간한 일이 아니고서는 상대하기를 꺼리게 되는 오랜 앙숙이었다.

서로에 대해 너무 잘 안다고 해야 할까? 오래된 친우를 제외하고는 자신에 대해 상대만큼 잘 알고 있는 이는 없을 터였다.

"헛!"

조준경에 눈을 댄 채로 격렬하게 싸우고 있던 두 사람을 지켜보던 볼코프가 헛바람을 집어 삼켰다.

녀석이 귀밑까지 찢어지는 거대한 입을 벌려 유건의 목을 물었기 때문이었다.

그는 피의 군주. 모든 피는 그의 명에 복종할 수밖에 없었으니 그것이 비록 단 한 방울일지라도 그의 목을 타고 넘어가는 이상 상대는 그의 손아귀에 놓인 것과 마찬가지였다.

붉은 눈을 번뜩이며 회심의 미소를 짓던 그의 표정이 일그러지기까지는 그리 오래 걸리지 않았다.

"우웩!"

한참을 떨어진 녀석이 헛구역질을 해대며 마치 먹지 말아야 할 것을 맛본 사람처럼 황당하기 그지없는 눈으로 유건을 쳐다보았다.

"뭐, 뭐야!"

왠지 모르게 기분이 나빠진 유건이 어느새 아물어버린 목덜미를 어루만지며 소리쳤다.

"대체 뭐냐! 너는. 인간이긴 한건가? 이건 마치 몬스터를 처음 물었을 때 느꼈던 고약함과 같구나."

목으로 넘겼던 유건의 피를 모조리 토해낸 베네피쿠스가 경멸스러운 눈빛으로 유건을 쳐다보았다.

"이, 더러운 흡혈귀 주제에 누구보고 뭐라 하는 거야? 앙?!"

얼굴이 붉어질 정도로 손가락질을 해대며 씩씩대던 유건이 온 몸을 변화시킨 뒤 전과 비교할 수 없을 만큼 빠른 속도로 녀석을 향해 쇄도했다.

"미천한 인간 주제에 어디서 감히! 백년조차 살지 못하는 것들이 천년의 세월을 살아온 이 몸을 업신여기는 것이 더냐?! 내 온 몸을 갈기갈기 찢어발겨서 산채로 들짐승의 먹이로 던져주마!"

그 다음부터는 마치 누가 더 잘났는지를 겨루는 것처럼 자신이 지닌 모든 능력을 총동원해서 서로를 공격하기 시작했다.

"이 시궁창에 빠진 쥐새끼 같은 놈!"

"세월의 흐름에 쫓겨 하루살이처럼 살아가는 허무한 족속이여!"

"피만 쪽쪽 빨아대는 모기 같은 새끼!"

"몰려드는 죽음의 공포를 애써 잊은 채 미몽에 사로잡혀 살아가는 불쌍한 인간이여!"

"뭐라는 지 알아듣게 말해! 이 새끼야아!"

"그대의 언어는 저 알렉산더가 만들어낸 싸구려 헬라어 같구나! 저자거리의 아낙네만도 못한 그 미천한 입을 내 친히 뭉개주지!"

격렬한 전투만큼이나 오고가는 말싸움도 제법 흥미진진했다. 왠지 모를 자존심겨루기로 갑자기 싸움의 목적이 뒤바뀌어버린 것 같았다.

어느새 겨누고 있던 총을 내려놓은 볼코프가 담배를 꺼내 입에 물었다.

"잘들 논다 진짜."

하루 종일 쉬지 않고 싸우던 베네피쿠스가 서서히 저물어가는 태양을 바라보며 회심의 미소를 지었다.

"이제 곧 밤이 된다. 만물이 숨죽이는 그 시간! 내 너에게 진정한 공포가 무엇인지 맛보게 해주리라!"

"왜? 밤눈이 좀 밝은가보지? 혹시나 도망갈 생각은 하지도 말아라!"

"허허허허, 그 나불거리는 입도 이제 곧 다물어지겠구나!"

그러나 베네피쿠스가 한 가지 간과한 것이 있었으니 유건의 몸속에 흐르고 있는 것은 혼돈의 결정체. 바로 몬스터의 피였으니 그들 또한 밤이 되면 평소보다 배는 더 강해지는 특질이 있다는 것이었다.

해가 완전히 저물자 베네피쿠스가 온몸에 차오르는 힘을 느끼며 그 환희에 휩싸인 채로 가늘게 몸을 떨어댔다.

"크하하하하! 네 놈! 그대로 주둥이를 찢어주… 응?"

기세 좋게 소리치던 그의 눈이 휘둥그레졌다.

"크으으으."

그의 눈앞에 전신을 검은 갑주로 휘감은 채로 검은 기운을 줄기줄기 뿜어내는 어둠의 전사가 서있었다.

그에게서 느껴지는 짙은 어둠은 어둠의 종족인 베네피쿠스조차 오싹하게 만들만큼 그 농도가 짙었다.

"뭐, 뭐냐? 네놈의 정체는?"

투웅!

그가 머뭇거리는 그 짧은 틈을 타고 전광석화 같은 움직임으로 베네피쿠스의 전면에 모습을 드러낸 유건이 그의 목을 틀어쥐며 말했다.

"잡았다! 이 얍삽한 박.쥐.새.끼!"

"커흑!"

당황한 베네피쿠스가 몸을 빼내기 위해 마력을 동원했으나 어찌된 일인지 상대의 손아귀로 자신의 어둠의 기운들이 썰물처럼 빠져나갔다.

'이, 이게 무슨!'

"일단 좀 맞자!"

"자, 잠까… 커헉!"

다급히 손짓을 하며 말을 건네던 베네피쿠스는 복부에서 느껴지는 격통에 순간 위장이 입으로 쏟아져 나올 것 같은 착각을 했다.

걸쭉한 위액이 그의 입에서부터 땅에 닿을 정도로 길게 늘어졌다.

"이건 수많은 사람들을 학살한 대가고"

퍼억!

"꾸웨엑!"

방금 가격당한 부위를 정확하게 다시 얻어맞은 베네피쿠스의 입에서 짐승의 그것과도 같은 울부짖음이 터져 나왔다.

흡사 입으로 내부에 있는 모든 장기를 꺼내기라도 할 것
처럼 연신 헛구역질을 해대며 괴로워했다. 그러면서도 바
닥에 쓰러지지 못하는 까닭은 유건이 여전이 그의 목줄을
틀어쥐고 있었기 때문이었다.

"이건 함부로 주둥아리를 놀린 대가야."

뿌드득!

유건의 오른손에 의해 한쪽 팔이 기이한 각도로 꺾여나
간 베네피쿠스가 붉은 두 눈으로 뒤틀린 왼팔을 바라보며
비명을 질렀다.

길고도 긴 그의 삶 가운데 상대방에게 이렇게까지 무력
하게 농락당하는 일은 없었다.

뱀파이어의 군주와 대결 했을 때에도 그는 마지막까지 자
신이 지닌 능력으로 버텨내며 상대의 감탄을 이끌어냈었다.

그런데 이런 굴욕이라니! 그보다 더 괴로운 것은 그의
손아귀에 목덜미를 잡힌 이후부터는 느껴지는 통증이 평
소보다 몇 배는 더 고통스러웠다는 것이었다.

마치 머릿속을 새하얗게 태워버리는 극통으로 인해 강
제 무장해제 되어버린 그의 심리적 저항이 사라지자 그런
그를 무심하게 바라보는 심연의 그것과도 같은 유건의 검
은 눈동자가 그의 의식 저 밑바닥 깊은 곳까지 침투했다.

"그리고 이건 건방지게 먼저 덤벼든 대가다."

'먼저 덤빈 건 당신…이….'

"크허헉!"

머리를 크게 뒤로 젖힌 유건이 그대로 베네피쿠스의 콧잔등을 들이받았다. 동시에 손아귀에서 힘을 빼자 핏줄기를 뿜어내며 한참을 뒤로 날아간 베네피쿠스가 그대로 정신을 잃고 말았다.

그런 그를 무심하게 바라보고 있는 유건을 향해 다가온 볼코프가 휘파람을 불며 감탄했다.

"휘유~ 대단하구나? 저 진혈 뱀파이어를 이렇게 가지고 놀다니? 혹시 너 무슨 숨겨진 출생의 비밀 같은 거 없냐? 알고 보니 어둠의 군주의 숨겨둔 아들이라거나 뭐 그런 거."

자연스럽게 기세를 갈무리하고는 깊은 한숨을 내쉰 유건이 그의 너스레에 피식 웃었다.

"그랬으면 내가 지금 여기서 이러고 있겠냐?"

"흐음, 하긴 그것도 그러네."

저만치 걸어가 정신을 잃고 쓰러져 있는 베네피쿠스를 들쳐 업은 볼코프가 유건에게 돌아왔다.

의아한 눈으로 자신을 쳐다보는 유건을 향해 볼코프가 어깨를 으쓱 거리며 말했다.

"친구라기는 뭐하지만 워낙 오랜 시간 알고 지낸 사이라. 이렇게 두고 가기에는 좀 그래서 말이야. 이래 뵈도 진혈 뱀파이어라 이 녀석 피를 노리는 허접한 녀석들이 한둘이 아니거든."

"뭐, 마음대로 해. 나는 상관없으니까."

유건의 쿨한 태도에 볼코프가 엄지를 치켜세우며 윙크를 날렸다.

"역시! 내가 친구 하나는 잘 뒀다니까."

"됐다. 괜히 비행기 태울 생각하지 말고 나중에 한턱 쏴라."

"그래! 내가 러시아식으로 제대로 한턱 쏘마! 기대하라고."

"콜!"

한참을 걸어가던 두 사람은 여기 저기 죽어 널브러져 있는 인간들과 몬스터의 사체를 보며 서로를 마주 보았다.

"이건?"

"아마도 이 녀석이 오면서 닥치는 대로 쓸어버렸나보다."

"흐음? 보기보다 센 녀석이네?"

"크크큭, 지금 네가 하는 말을 다른 뱀파이어들이 들었다면 입에 게거품을 물고 뒤로 넘어 갔을 거다."

"그래? 쟤가 그렇게 대단한 놈이야? 별거 없던데?"

고개를 갸웃거리며 묻는 유건의 모습에 피식 웃은 볼코프가 대답했다.

"일반적인 뱀파이어들이 보통 가드의 C등급을 부여받은 대원들 정도의 능력을 갖고 있다고 보면 될 거야. 그렇게 따지면 상위 10%가 채 못 되는 작위를 가지고 있는 진혈 뱀파이어들은 아무리 못해도 A등급 이상은 될 거다."

"그래? 그 정도였어?"

하루나의 추정 능력치가 A등급이었다고 들었던 기억을 떠올린 유건이 새삼스럽게 놀란 표정으로 볼코프를 쳐다보았다.

"게다가 요 녀석은 용감한 마법사(Fortis Veneficus)라는 칭호까지 부여받은 몇 안 되는 귀족들 중 하나라고. 아무리 적게 잡아도 S등급 정도는 될 걸?"

"에엑? 설마?"

"엄연한 사실이야. 자세한건 모르겠지만 아마도 너와 상성이 나빴던 것 같네. 이렇게 불쌍할 정도로 두들겨 맞을 녀석은 아니거든."

"그, 그러냐?"

새삼스러운 눈으로 축 늘어진 채 피와 뒤섞인 걸쭉한 액체를 질질 흘려대고 있는 상대를 바라본 유건이 고개를 갸웃거렸다.

아무리 살펴봐도 위협이 느껴지지 않았다. 유건이 적응자가 되고 난 이후 본능적으로 얻게 된 능력들 중 하나가 바로 위험감지능력이었다.

자신이 상대하게 될 적이 얼마나 위험한지를 본능적으로 깨닫게 되는 능력이었는데 그 위험도가 크면 클수록 더 분명하게 느낄 수 있었다.

그러나 저 뱀파이어를 상대하는 내내 유건이 느낀 것은 필승에 대한 자신감뿐이었다.

'볼코프의 말대로 상성 때문인가?'

유건의 내부에 자리 잡고 있는 원초적인 혼돈의 기운이 베네피쿠스의 힘의 원천을 봉쇄해 버렸다는 사실을 알지 못한 유건은 연신 고개를 갸웃거리며 답을 얻지 못하는 고민만 계속할 뿐이었다.

'뭐, 이따가 깨어나면 자세하게 물어보면 되겠지.'

그의 생각을 읽기라도 한 것처럼 볼코프의 등에 업혀있던 베네피쿠스의 몸이 잘게 떨렸다.

· ♦ ·

밤늦은 시각.

정신이 돌아온 베네피쿠스는 연륜이 쌓인 베테랑답게 기척을 내지 않고 조심스럽게 눈을 떴다.

'좋아, 이미 몸은 전부 회복 됐어.'

그의 몸은 밤이라는 최적의 조건으로 인해 평소보다 훨씬 빠르게 회복되어 있었다.

주변의 기척을 탐색하자 낮고 고른 숨소리 두 개가 들려왔다.

'모두 잠들었군.'

특별히 몸을 구속당하거나 하지 않았기에 몸을 움직이는데 어려움은 없었다.

'크크큭, 바보 같은 녀석들. 이 나를 이렇게 놔두다니. 일단 이곳을 피한 뒤에 차근차근 말려 죽여주마.'

그가 몸을 박쥐로 변형시켜 탈출하려던 찰나 천둥번개 같은 음성이 그의 귓가에서 들려왔다.

"깼네? 왜? 도망이라도 가려고?"

"흐익!"

화들짝 놀란 베네피쿠스가 연신 딸꾹질을 하며 뒤로 물러섰다.

"뭐, 뭐냐?"

"뭐냐?"

인상을 구기며 대꾸한 유건이 손가락을 꺾어가며 그에게 천천히 다가왔다.

"너, 아직 좀 덜 맞았구나?"

"히끅⋯."

이상하게 유건의 앞에서는 제 힘을 발휘하기 힘든 베네피쿠스였다.

무의식 저변에 강하게 새겨진 공포라는 감정이 그의 손과 발을 무디게 만들었다.

"대체 뭐하려고⋯?"

"뭐하긴, 너 정신 교육 좀 시켜주려고 그러지. 오래 살

268

았다던데 달밤에 먼지 나게 맞아 본적은 없지?"

"그런 말도 안 되는…."

"말이 안 되긴 뭐가 안 돼? 아직 자기가 처한 상황을 잘 이해 못하는 것 같으니까 내가 친절하게 몸에다가 새겨줄게. 형아 믿지?"

"저, 저리 가라! 저리 가란 말이다!"

마법이니 마력이니 이런 것들을 모두 잊어버리기라도 한 것처럼 한쪽 구석으로 도망가서 손을 저어대는 베네피쿠스의 모습은 일견 처량해 보이기까지 했다.

그런 그의 모습에 묘한 동정심을 느낀 볼코프가 이불을 얼굴까지 끌어올리며 애써 모른 척 했다.

'상대를 잘못 만났구먼. 그래. 애도를 표하는 바이네 호적수여. 쯧쯧.'

퍼억! 퍽퍽!

유건이 교묘하게 아픈 곳만 골라 때리기도 했지만 이상하게도 평소보다 배는 더 아프게 느껴지는 베네피쿠스였다.

"크헉! 꺄욱! 아! 거, 거기는. 꺄울!"

생식기능이 사라진지 오래긴 했지만 여전히 급소는 급소였기에 가랑이 사이를 애써 두 손으로 가리며 버티던 베네피쿠스의 입에서 요상한 비명소리가 터져 나왔다.

광기서린 눈으로 연신 그곳만을 집요하게 밟아대던 유건이 씩씩 거리며 말했다.

"꿇어 앉아."

"…크흑, 커헉…흑흑흑."

"어쭈? 네가 지금 덜 맞았지?"

유건의 서늘한 말에 신음을 흘려가며 바닥을 뒹굴던 베네피쿠스의 얼굴이 하얗게 질렸다.

"뚝!"

언제 그랬냐는 듯이 꿇어앉은 그가 유건의 말에 눈물을 소매로 닦아가며 힘겹게 울음을 삼켰다.

얼핏 봐서는 힘없는 노인을 젊은 녀석이 핍박하고 있는 것처럼 보였다.

"오래 살면 아무나 막 죽이고 다녀도 되냐?"

"그, 그것이…."

"똑바로 대답 안 해?"

"안, 안 됩니다."

"근데 왜 죽여? 인간들이 네놈 밥이라도 되냐? 그 뭐냐, 영화 같은데 보니까 헌혈한 수혈팩 같은 거로도 해결이 가능하던데. 내 말이 틀렸냐?"

뱀파이어에 대한 정보들은 오랜 세월동안 그들 스스로 자발적으로 나서서 의도적으로 흘려보낸 것들이 대부분이었다.

내용이 구체적이고 자세할수록 대부분의 내용들을 전설 정도로 치부하는 것이 현대인들이었기 때문이었다.

그들의 지적 호기심이란 도리어 감추면 감출수록 더 파헤치려는 경향이 강해서 아예 처음부터 드러내놓고 그럴싸한 이야기들을 만들어 내는 편이 더 유용했다.

당연히 방금 언급한 수혈팩으로 피에 대한 갈증을 해소하는 것도 오래전부터 시행 돼오던 방법들 중 하나였다.

"그, 그걸 어떻게?"

물론 그는 진정한 뱀파이어의 귀족들 중 하나인 진혈 뱀파이어였기에 그러한 권장사항을 가볍게 무시할 수 있을 만한 권력이 있었다.

그렇기에 사람들을 사냥하고 공포에 질린 그들의 피를 갈취하는 기쁨을 버릴 생각이 전혀 없었다. 적어도 지금까지는.

"그러니까 그런 방법이 진짜 있었는데도 불구하고 일부러 사람을 죽였다 이거네?"

"네? 아, 아니 그게."

"시끄럽고 넌 좀 더 맞아야겠다."

"자, 잠까… 커흐흑. 아윽!"

이상하게도 유건의 손발에 얻어맞은 부위의 상처는 어둠의 마력으로도 치료가 되질 않았다. 거기에 더해 고통은 배가 되기까지 하니 아무리 오랜 세월 살아오며 산전수전 공중전까지 모두 경험한 베테랑 전사인 베네피쿠스라고 할지라도 제 정신을 유지하기가 힘들었다.

"컥, 자, 잘못….."

"뭐? 크게 말해 새꺄! 잘 안 들려!"

"잘못했습니다! 용서해 주십시오! 다, 다시는 안 그러겠습니다. 정말입니다. 제발 용서를."

장장 1시간여에 가깝게 이루어진 일방적인 구타에 천년이라는 장구한 세월을 살아온 진혈 뱀파이어 베네피쿠스가 두 손 두 발 다 들고 항복하고 말았다.

"헉헉, 이 새끼가 진즉에 그렇게 나올 것이지."

흘러내리는 땀방울을 거칠게 닦아낸 유건이 엉망으로 부어오른 녀석의 얼굴을 물끄러미 내려다보며 물었다.

"또 인간들 죽이고 그럴 거냐? 그럼 이 자리에서 목을 밟아 비틀어서 오랫동안 천천히 죽어가게 해주고."

"헉! 아, 아닙니다. 절대 죽이지 않겠습니다. 절대로! 매, 맹세합니다."

"그걸 어떻게 믿어?"

눈을 게슴츠레하게 뜨고 못 믿겠다는 얼굴로 묻는 유건을 향해 베네피쿠스가 필사적으로 설명을 했다.

"피, 제 피에 각인시키겠습니다. 그러면 절대로 어기지 못합니다. 암요. 그렇고말고요."

그의 말에 유건이 뒤를 돌아보며 물었다.

"야, 얘 말이 사실이냐?"

그의 물음에 볼코프가 몸을 일으켜 앉았다. 머리를 벅벅

긁던 그가 마지못해 대답했다.

"그래, 사실이다. 고위급 뱀파이어들은 자신들의 피에
하는 맹세를 가장 고결한 걸로 여기거든. 어길 경우 차라
리 죽는 게 나을 정도로 무서운 고통을 겪기도 하고."

"흠, 그래?"

그제야 대답하는 상대가 자신의 오랜 앙숙이라는 것을
발견한 베네피쿠스의 눈이 부릅떠졌다.

"너, 너! 알렉세이 볼코프?!"

그의 말에 볼코프가 더 이상 모른 척 할 수 없다는 걸 깨
닫고 마지못해 인사를 건넸다.

"여~ 오랜만이네. 베네피쿠스."

"네 녀석이 어떻게 여기에?"

"뭐, 어쩌다보니 그렇게 됐다. 그건 그렇고 뭐, 유감이다."

'유감이다' 라는 짧은 그의 말 속에 담긴 의미를 깨달은
베네피쿠스의 얼굴이 일그러졌다.

"뭐야? 기분 나빠? 너 지금 인상 썼냐? 엉?"

"헉, 아, 아닙니다. 제가 인상을 쓰다니요. 원래부터 인상
이 더럽다는 소리를 많이 들었습니다. 오해입니다. 암요."

무자비한 폭력은 그 어떤 존재든지 굴복시키는 무시무
시한 능력을 지니고 있다는 옛말이 맞았다.

유건의 주먹이 들린 것을 보자마자 언제 그랬냐는 듯 베
네피쿠스가 연신 고개를 조아리며 헤실 거렸다.

그 눈으로 보고도 믿지 못할 광경에 볼코프가 입맛을 다셨다.

'쩝, 대체 얼마나 아프게 두들겨 팼기에 저 자존심 강한 녀석이 저렇게 저자세로 나오는 거지?'

그의 눈앞에는 천년을 넘게 살아온 진혈 뱀파이어가 유건의 구령에 맞춰서 앉았다 일어났다를 반복하는 우스꽝스러운 모습이 펼쳐지고 있었다.

"생명을!"

"생명을!"

"소중히 여기자!"

"소중히 여기자아!"

"어쭈? 목소리가 기어들어가지? 네가 덜 맞았구나? 지금?"

"허억! 아, 아닙니다. 잘 할 수 있습니다. 소중히 여기자아악!"

그렇게 근 한 시간여 동안 이리저리 굴러가며 유건이 시키는 구호를 반복하던 베네피쿠스가 무릎을 꿇은 채 손을 들고 있었다.

그런 그의 앞에 한쪽 무릎을 꿇고 마주 앉은 유건이 그의 눈을 바라보며 말했다.

"어느 정도 정신교육이 된 것 같아서 아주 만족스럽다. 해서 너를 풀어줄까…"

그의 말에 베네피쿠스의 얼굴에 화색이 돌았다.

'돌아가기만 하면 내가 힘을 회복해서 수하들과 함께 돌아오리라! 결코 네놈은 편히 죽지 못할 것이야!'

속으로 복수를 다짐하며 천연덕스럽게 웃는 낯으로 그를 바라보는 그의 귓가에 듣고도 믿을 수 없는 말이 들려왔다.

"…했는데 역시나 네놈을 믿을 수가 없어서 말이지. 그래서! 지금부터 너는 나를 따라다녀야겠다."

"그, 그게 무슨 말씀이신지?"

"어쭈? 손 안올리지?"

너무 놀란 나머지 슬그머니 팔을 내렸던 그가 다급히 손을 치켜 올리며 불안한 눈으로 유건을 바라보았다.

"내가 믿음이 갈 때까지 같이 다녀야겠다고. 귀가 멀었냐?"

"아니, 그건 아니지만…."

"왜? 싫어?"

"아, 아닙니다."

"싫은 것 같은데?"

"설마요? 아, 아주 즐겁습니다. 하하하하."

어색하게 웃는 그의 볼을 가볍게 두들긴 유건이 말을 이었다.

"그러니까 내가 시키는 대로 피에다 대고 맹세해라."

"매, 맹세요?"

"그래. 내가 네놈의 어딜 봐서 믿고 데리고 다닐 수 있겠
어? 그러니까 피에다 대고 맹세하라고. 그건 어기지도 못
한다며?"

"그, 그렇습니다만… 대체 뭐라고?"

"나, 베네피쿠스는 백유건을 나의 주인으로 삼아 그의
허락이 있기 전까지 그의 곁을 떠나지 않고 무조건 복종하
겠습니다. 이렇게."

"헉! 그건 말도 안 됩니다."

"안 돼? 그럼 일단 될 때까지 맞자."

"그, 그런 억지가 어디 있습니까?"

"여기 있어. 그러니까 몸의 대화를 좀 더 나눈 다음에 더
얘기해 보자고. 아직 날 새려면 멀었으니까 천천히 가자고
천천히."

비릿하게 웃으며 다가오는 유건의 모습에 질린 베네피
쿠스가 움찔거리며 뒤로 물러나다가 등이 벽에 닿자 좌우
를 두리번거리며 피할 곳을 찾았다.

"일단 좀 맞다보면 생각이 바뀔 거야. 내 말 믿어도 좋아."

"크하학!"

그 이후 한참동안 이어진 일방적인 구타의 시간이 흐르
고 난 뒤 베네피쿠스는 훌쩍 거리며 유건이 일러준 그대로
피의 맹세를 해야만 했다.

"훌쩍, 나. 베네피쿠스는 훌쩍, 백, 백유건을 나의 주인

276

으로 삼아 훌쩍, 그의 허락이 있기 전까지 훌쩍, 그의 곁을 떠나지 않고 무조건 복종하겠습니다. 훌쩍."

"어쭈? 이게 어디서 요령을 피우려고 그래? 피에다가 맹세를 해야지!"

"아, 아닙니다. 하, 하려고 했습니다. 이, 이를 내 몸에 흐르는 고귀한 피에 대고 맹세하는 바입니다. 훌쩍."

그의 말이 끝남과 동시에 붉은 빛이 그의 몸에서 뿜어져 나와 유건의 몸으로 흡수됐다.

"어? 어라? 이건 뭐냐?"

"피의 맹세가 이루어 졌다는 표식입니다. 마스터."

어차피 이루어진 맹약이기에 체념한 얼굴로 대답하는 그의 마지막 말에 유건의 얼굴에 미소가 맺혔다.

"오~ 그 마스터라는 말 무척이나 듣기 좋은데? 음, 뭐랄까? 어감이 좋아 어감이."

"기쁘시다니 다행입니다. 마스터."

"그래. 앞으로 잘 부탁한다."

"최선을 다해서 모시겠습니다. 마스터."

"크큭, 그래그래. 아주 잘 모셔라. 아? 그리고 쟤는 굳이 모시지 않아도 되니까 평소대로 대해. 알았지?"

그의 말에 우울하던 베네피쿠스의 얼굴이 다시금 살아났다.

"감사합니다. 마스터."

볼코프가 그런 그에게 다가오며 서운하다는 듯 말했다.

"여~ 친구! 그런 게 어디 있나? 친구 사이에 그러면 섭하지."

"둘이 오랜 앙숙이었다며? 근데 네 앞에서까지 굽실거리라 그러면 너무 잔인하잖아."

'이미 충분히 잔인했거든?'

그의 천연덕스러운 말에 두 사람이 동시에 같은 생각을 했다.

· ⁂ ·

날이 밝은 후 가까스로 몸을 추스른 베네피쿠스가 길을 떠나는 유건 앞에 공손히 무릎을 꿇은 채 물었다.

"실례합니다 마스터. 지금 가시고자 하는 목적지가 어디인지요?"

"우리? 프랑스 파리."

"그렇다면 제가 가장 편한 길로 인도하도록 하겠습니다."

"그래? 그래 주면이야 나야 좋지."

"그럼 제가 길을 준비하겠습니다."

귀신같은 신법을 전개하며 몸을 날린 베네피쿠스의 모습이 어느새 보이지 않을 정도로 멀어졌다.

'마법인가?'

그런 그를 바라보던 유건이 볼코프를 향해 말했다.

"꽤나 충성스러운데? 어제와는 무척이나 다르네."

"피의 맹약을 맺었잖아. 맺기 전이라면 모를까? 맺은 이상 이보다 더 좋을 수 없을 만큼 충성을 다할 꺼다. 그래서 고대로부터 수많은 패자들이 그들을 수하로 삼기 위해 눈에 불을 켜고 찾아 다녔었지. 그만큼 고고하고 자존심 높기로 유명한 족속이 바로 뱀파이어일족이다."

"너희는?"

"우리? 뭐, 우리도 비슷해."

"호오~ 그래?"

그의 말에 눈빛을 빛내며 웃는 유건의 모습에 볼코프의 등을 타고 식은땀이 한줄기 흘러내렸다.

"뭐, 뭐냐? 그 웃음은?"

"아니, 아무것도 아니야."

'이참에 괜찮은 라이칸슬로프 하나 더 구해서 키워봐야겠다.'

라이칸슬로프를 무슨 동네 개 키우듯이 여기는 유건이었다.

만약 볼코프가 앞서 걸어가는 유건이 무슨 생각을 하고 있는지 알았다면 지체 없이 총을 꺼내 그의 머리통을 갈겨 버렸을 테지만 막연한 의심만 들뿐 그의 생각을 알아낼 방법은 애초에 없었다.

각기 다른 생각을 하며 천천히 걸어가다 보니 저만치 앞에서 정찰을 나갔던 베네피쿠스가 돌아오는 모습이 보였다.

"다녀왔습니다. 마스터. 전방 10km 이내에는 마스터의 발길을 잡아끌만한 아무런 위험 요소도 없습니다. 부디 안심하시길."

그의 말처럼 전방에서 몰려들던 여러 몬스터들의 무리들이 전멸해 있었다.

"이거 전부 너 혼자 한거냐?"

"네, 마스터 그렇습니다."

"호오~ 너 제법 유능하구나?"

"낮이라서 제 힘을 발휘하지 못해서 조금 시간이 더 걸렸습니다. 용서하시길."

"아니야, 이정도면 훌륭하지. 앞으로 기대가 크다. 더 분발하도록 해."

"네, 감사합니다. 마스터."

"약속한대로 인간은 손대지 않았겠지?"

"물론입니다. 앞으로도 그 약속을 어기는 일은 없을 겁니다."

"좋아, 아주 좋아."

"저, 마스터."

"응?"

"괜찮으시다면 제 수하들을 좀 부르고 싶습니다만."

"수하들? 왜?"

"저 혼자서 마스터를 편히 모시기에는 여러모로 미흡한 점들이 많습니다. 해서 조금이나마 더 편안한 여정이 될 수 있도록 하기 위해서입니다."

"호오~ 그래? 그럼 그렇게 해."

"네, 허락해주셔서 감사합니다 마스터."

그 말을 끝으로 순식간에 모습을 감춘 베네피쿠스가 사라진 방향을 바라보고 있던 유건을 향해 볼코프가 말했다.

"이제 보니 너 꽤나 잘 부려먹는다?"

"원래 인간은 타 종족들에게는 잔인한 법이거든."

"뭐?"

당황한 얼굴로 되묻는 볼코프를 향해 유건이 피식 웃으며 말했다.

"아니, 누가 그러더라고. 그래서 그런가 해서 말이지."

"그, 그러냐?"

떨떠름한 표정으로 대답한 볼코프가 커다란 저격용 소총을 어깨위에 짊어진 채로 앞서 걸어갔다.

반나절 정도가 더 지난 뒤 제법 늠름해 보이는 뱀파이어들이 베네피쿠스를 따라 속속 모습을 드러냈다.

볼코프의 두 배 정도 돼 보이는 덩치의 사내를 마지막으로 그의 수하들이 모두 정렬했다.

가장 앞에 나서서 한쪽 무릎을 꿇은 채 고개를 숙인 베네피쿠스가 공손하게 말했다.

"모두 나름대로 실력을 갖춘 아이들입니다. 부디 유용
하게 사용해 주시길."

유건은 자신 앞에 주인을 따라 무릎을 꿇고 있는 일곱 명의
각기 다른 뱀파이어들을 바라보며 천천히 고개를 끄덕였다.

왠지 모르게 그들이 지닌 모든 것들을 속속들이 알 것
같은 기분이 들었다. 아니, 실제로 스윽 쳐다보기만 했을
뿐인데도 각자가 지닌 특징들을 단숨에 파악할 수 있었다.

베네피쿠스와 피의 맹약으로 맺어진 덕분이라는 걸 모
르는 유건으로서는 그저 신기할 따름이었다.

"호오, 나름 다들 한가닥 하는구나? 아니지, 태양아래
오롯이 서있다는 것만으로도 대단하다고 해야 하나?"

그들의 면면을 살펴보던 볼코프의 입에서 침음성이 흘
러나왔다. 그들 하나하나가 자신들과 치열하게 전투를 벌
이던 정예들이었기 때문이었다.

'응? 저 녀석은 메디쿠스아냐? 서, 설마 베네피쿠스에
게 복속당한 건가?'

베네피쿠스와 함께 뱀파이어들 사이에서 가장 강한 전
사로 유명하던 메디쿠스가 그의 뒤에서 공손히 고개를 조
아리고 있었다.

그 믿지 못할 광경에 볼코프의 입에서 연신 헛바람이 흘
러나왔다.

'그래서 그동안 잠잠했던 건가? 내전이 벌어졌을지도 모른다던 일부 의견이 사실이었나 보군.'

사실 자신을 제외한 라이칸슬로프들은 여러 가지 악재가 겹쳐서 숙적인 뱀파이어들과의 전쟁에서 서서히 밀리고 있는 중이었다.

그렇기 때문에 여러 가지 난관들을 단숨에 해결하기 위해 스스로 적응자라는 위험하기 그지없는 프로젝트에 지원했던 거였다. 마침 아버지의 유언 때문이라는 적당한 핑계거리도 있었기에 내부의 반발을 최소화 할 수 있었다.

만약 그가 잘못되기라도 하는 날에는 자신의 종족의 미래는 보장할 수 없는 상황이었다. 그렇기에 이를 우려한 많은 장로들의 반대가 있었다.

때마침 상대 진영과 10년이 넘도록 자잘한 국지전 외에는 별다른 충돌이 없었기에 안심하고 자원할 수 있었다.

헌데, 그 이유가 그들 사이에 벌어진 내전 때문이었다는 사실을 이제야 알게 된 것이었다.

자신의 종족의 존립을 위협했던 상대 진영의 쌍두마차를 이런 곳에서 이렇게 만나게 될 줄은 정말이지 꿈에도 몰랐다.

그런 그들을 당연하다는 듯이 거두는 유건의 모습에서 볼코프는 왠지 모를 막연한 불안감에 가볍게 몸을 떨었다.

오랜 세월 실력을 갈고 닦은 7명의 전사들과 그들을 이끄는 메디쿠스와 베네피쿠스의 가세는 앞으로 치르게 될 수많은 전투에서 큰 도움이 될 것이 분명했다.

이것마저 아나지톤이 예견했는지는 모르지만 적어도 이번 여정에서 자신을 제외한 동료들이 많은 것들을 얻게 될 것이라는 확신을 가질 수 있었다.

실제로 자신 또한 주기적으로 찾아오던 발작증세가 유건과 함께 있으면서부터는 잠잠해지지 않았던가? 마치 그의 내부에 자리 잡고 있는 혼돈과 자신의 내부에 자리 잡고 있는 혼돈이 서로 동조하기라도 하듯이 자연스럽게 흐름을 교류하며 점차 안정화되기 시작했다.

수많은 약물의 도움으로 겨우 진정시키곤 했던 녀석이 마치 어미의 품에 안기기라도 한 것처럼 잠잠해진 것이었다.

굳이 말하지 않아도 어느 쪽이 우위에 있는지 정도는 그로서도 충분히 깨달을 수 있었다.

'쳇, 나도 저 녀석에게 복속당해서 평생 모시고 살아야 하는 건 아닌지 모르겠군.'

그런 자신의 생각을 떨쳐버리기라도 하듯이 거칠게 고개를 흔들던 볼코프가 스스로에게 다짐이라도 하듯이 읊조렸다.

'아니야, 아니겠지.'

마침 나머지 뱀파이어들에게도 충성의 서약을 받아낸

유건이 차례차례 자신의 몸속으로 흡수되는 붉은 안개를
받아들이며 눈을 번뜩였다.

그의 내부에 자리 잡고 있던 혼돈의 기운이 만족스럽다
는 듯이 거칠게 요동쳤다.

· ∴ ·

그들을 거둔 이후부터는 모든 것이 일사천리로 진행되
었다.

그들 앞을 가로막는 몬스터 무리들은 베네피쿠스와 메
디쿠스의 지도아래 차례차례 격파 당했고 덕분에 유건과
볼코프는 비교적 편안하게 프랑스 국경지대를 통과할 수
있게 되었다.

"이, 이건?"

"허, 2차 세계 대전 때도 이 정도는 아니었을 것 같군."

빠른 속도로 목적지를 향해 달려간 일행들이 프랑스의
수도인 파리를 바라보며 어이가 없다는 듯이 말했다.

그들 앞에 펼쳐진 참혹한 광경에 두 사람 모두의 얼굴에
서 웃음이 사라졌다.

그간 피난가기에 바쁜 수많은 사람들과 그들을 뒤쫓는
몬스터 군단을 만났지만 여기는 아예 인적 자체가 끊긴 죽
은 도시 같았다.

멀쩡한 건물이 거의 없을 만큼 대부분이 폭삭 주저앉아 있었다. 마치 대규모 공습이라도 받은 것 같은 모습이었다.

게다가 군데군데 피어오른 연기를 제외하고는 사람의 인기척이라고는 전혀 느껴지지 않았다.

가까이 다가가 보니 이건 보기보다 더 심각해 보였다. 게다가 사체의 부패가 빠르게 진행되고 있었다. 곳곳에서 지독한 악취가 흘러나왔다.

한참을 더 들어가 보니 저 멀리 파리의 상징과도 같았던 에펠탑이 처참한 모습으로 쓰러져 있는 모습을 발견할 수 있었다.

그 순간.

저 멀리서 거대한 불기둥이 피어올랐다.

유건과 볼코프 두 사람의 시선이 마주쳤다.

"제임스!"

거의 동시에 외친 두 사람이 무너진 건물의 잔해를 박차고 폭음과 불기둥이 쉴 새 없이 피어오르는 전장을 향해 빠르게 달려갔다.

"제임스! 전면을 향해 파이어월을 펼치세요. 최소 30m는 넘어야 합니다!"

"옛써!"

하루나의 말이 끝나기 무섭게 제임스가 이능을 집중해 군데군데 피어오른 불기둥을 서로 연결했다. 그러자 이내 전방을 가로막는 거대한 불의 장벽이 펼쳐졌다.

"쿠오오오!"

두 사람을 향해 맹렬하게 달려들던 몬스터들이 불의 장벽에 가로막혀 울부짖었다.

거의 5m정도 높이로 펼쳐진 불의 장벽 끄트머리에 거대한 괴물의 머리가 언 듯 비쳤다가 사라졌다.

"쳇, 저 괴물은 대체 뭐야?"

"투덜거릴 시간에 파이어 월 뒤편으로 불티들을 잔뜩 깔아 놓도록 하세요. 불의 장벽이 걷히는 즉시 돌격해 올 겁니다."

"네, 네. 누구 말이라고 거역하겠습니까요. 분부대로 합죠. 여왕 폐하."

"풋, 그런 말투는 집어 치우라니까요."

제임스의 느물거리는 말투에 웃음을 터트린 하루나가 뒤에서 밀어닥치는 녀석들에게 밀려 억지로 불의 장벽을 뚫고 넘어온 몬스터들을 차례차례 처리하며 말했다.

짧다면 짧고 길다면 긴 애매한 시간을 함께 보내며 무수한 격전을 치르는 가운데 무척이나 친해진 두 사람이었다.

이를 증명하기라도 하듯이 서로를 바라보는 두 사람의 눈에 호감이 가득했다.

잠시 후 불의 장벽이 서서히 사그라지기 시작하자 그 뒤에서 으르렁대고 있던 몬스터들이 한꺼번에 밀어닥쳤다.

"크오오오!"

"지금이에요!"

"오케이!"

하루나의 외침에 바닥에 닿을 듯 말 듯 한 높이로 잔뜩 깔아놓았던 작은 불티들이 연쇄 폭발을 일으키며 그 일대를 불바다로 만들어버렸다.

"역시! 당신 말대로 연쇄 반응을 이용하니까 평소의 1/3 정도의 힘만 소비하고도 효율이 무척이나 좋아졌어!"

"그거야 제임스 당신의 전투 감각이 탁월해서 그런 거죠."

"오~ 그거 칭찬인 거지? 설마, 내가 잘못들은 건 아니겠지?"

하루나의 칭찬에 호들갑을 떨어가며 기뻐하는 제임스를 향해 그녀가 가볍게 눈을 흘겼다.

"자꾸 그렇게 짓궂게 굴면 근접 전투 전략을 다시 한 번 시험해 보는 수가 있어요?"

"헉! 그, 그것만은 제발. 여왕마마, 폐하, 전하. 제발…"

불쌍한 표정을 한 채 두 손을 빠르게 비벼대는 제임스의 모습에 결국 참지 못한 하루나가 크게 웃음을 터트렸다.

"푸하하하하, 그거 알아요? 방금 당신이 얼마나 불쌍해 보였는지?"

"쳇, 그러게 누가 그런 말을 함부로 하래?"

"우측 상공 11m에 적 출현!"

하루나가 정색을 하며 소리치자마자 제임스가 가볍게 손가락을 튕겼다.

"크아악!"

공중에서 커다란 폭발이 일어나며 두 사람을 향해 기습을 감행하던 거대한 고블린 하나가 괴성을 지르며 바닥으로 곤두박질 쳤다.

얼핏 보기에도 어지간한 성인 남성 정도의 크기를 자랑하는 고블린 이었다.

"대체 여기서 무슨 일이 있었기에 고블린 녀석 덩치가 저렇게 큰 거야?"

"글쎄요? 아마도 그 문제 때문에 마스터께서 저희를 이곳으로 보내신 것 같은데요?"

"그런가?"

"이런, 후방에 적 출현! 숫자는… 허~ 참! 셀 수 없을 정도로 많네요."

"뭐, 언제는 안 그랬나?"

전면에서 타오르고 있던 불꽃을 빨아들인 제임스가 이내 후방을 향해 이를 뿜어냈다.

마치 거대한 화염방사기처럼 붉은 불꽃을 뿜어내는 제임스의 주변 공기가 아지랑이처럼 일렁거렸다.

"이대로는 위험해요! 왼쪽이 그나마 덜 모여 있으니까 그쪽을 뚫고 이곳을 벗어나도록 하죠!"

"좋아!"

제임스가 지닌바 이능을 최대 출력으로 발휘하자 이내 그들 주변일대가 후끈한 열기로 가득 찼다.

작은 불티들이 둥실 둥실 떠다니는 그 공간 안에서는 평범한 생명체는 숨조차 마음 놓고 쉴 수 없었다. 눈에 보이지 않을 만큼 작은 불티들이 들숨과 함께 딸려 들어가 폐부를 불태워버리기 때문이었다.

그가 만들어낸 죽음의 공간을 지나지 않고는 결코 뒤쫓아 올 수 없었기에 안심한 제임스와 하루나가 재빨리 왼쪽 골목을 향해 내달렸다.

"이건 뭐, 도시 전체가 거대한 던전이 되어버린 것 같아!"

"그 원인이 분명 있을 거예요. 그걸 찾아서 없애버려야 본격적으로 유럽 쪽을 수복할 수 있을 겁니다."

"쳇, 스승님이 말없이 웃으며 가라고 할 때부터 어째 수상쩍다 했어."

"후훗, 덕분에 많은 걸 얻었잖아요. 안 그래요?"

"쩝, 뭐 그렇긴 하지."

"조심해요!"

콰아앙!

앞서 달려가던 하루나가 갑자기 방향을 선회하며 제임스를 안고 뒤로 나뒹굴었다.

엄청난 크기를 자랑하는 소머리를 한 몬스터 녀석이 건

물을 타넘어 공중에서 그대로 떨어져 내린 것이었다.

"저, 괴물 같은 녀석이! 하루나? 괜찮아?"

"네, 저는 괜찮아요. 그보다 저 녀석은 대체 어떻게 상대해야 하는 거죠?"

생긴 건 미노타우르스인데 크기는 거의 대 여섯 배 정도 되는 녀석을 바라보며 질린다는 얼굴로 제임스가 투덜거렸다.

"저런 놈이 있다는 보고는 단 한 번도 받아 본 적이 없다고!"

"아마도 이번 일과 관련이 깊을 것 같아요. 최근 들어 유럽쪽 가드 지부 요원들이 순식간에 죽임을 당하는 일들이 많아졌잖아요. 그래서 팽팽하던 균형이 단숨에 깨져버린 거고요."

"저런 놈들을 상대했다면 충분히 그럴 만도 하지."

그가 만들어낸 죽음의 공간을 그대로 통과하기라도 했는지 녀석은 여기 저기 그을린 채 입으로 가는 열기를 내뿜고 있었다.

두 사람을 노려보던 녀석이 양팔을 펴며 거센 포효를 내질렀다.

움찔!

그 순간 두 사람은 마치 주박에 걸리기라도 한 것처럼 옴짝달싹 할 수 없었다.

"헛! 이, 이런!"

"모, 몸이!"

다급한 표정으로 서로를 쳐다보던 두 사람의 얼굴에 그늘이 드리워졌다.

거대한 녀석의 발이 두 사람을 짓밟기 위해 떨어져 내리고 있었다.

"쳇! 이런 게 된 거!"

스스로를 불태워버릴 수도 있었기에 늘 한계를 제한해 놓고 이능을 사용하던 제임스가 다급히 이를 풀어버리려고 이를 악다물었다.

콰앙!

놈의 거대한 발이 두 사람을 짓밟으려는 그 찰나 커다란 굉음과 함께 붉은빛에 휩싸인 총탄이 날아들었다.

쿠쿵.

쉴 새 없이 날아드는 붉은 총탄에 거대한 체구를 자랑하던 녀석이 주춤주춤 뒤로 밀려가는가 싶더니 이내 터져나간 한쪽 눈을 거머쥔 채로 엉덩방아를 찧고 말았다.

"응? 이건?"

"볼코프씨예요! 그렇다면?"

마탄이 그리는 익숙한 붉은 궤적을 바라보며 서로를 바라본 두 사람의 귀에 유건의 낭랑한 목소리가 들려왔다.

"야호~! 혹시 나 보고 싶지 않았어요?"

반가운 인사말을 남기며 두 사람을 스쳐지나간 유건이 그대로 몸을 일으키려는 녀석의 복부에 틀어박혔다.

"크오!"

고통스럽다는 듯이 포효하는 녀석의 어깨를 타고 올라간 유건이 등에 메고 있던 신창 롱기누스를 꺼내 들고는 털이 수북한 녀석의 목덜미를 향해 이를 찔러 넣었다.

푸욱!

유건의 힘을 빨아들인 신창 롱기누스가 이를 놈의 몸 안에 그대로 쏟아 부었다.

세상에 존재하는 모든 힘들 중에 가장 파괴적인 혼돈의 기운이 거대한 녀석의 몸 안으로 빨려 들어갔다. 그리고 녀석의 몸 안에 자리 잡고 있던 어둠의 기운을 모조리 흡수하며 그 크기를 불려갔다.

"크오오오오!"

내부에서 벌어지는 엄청난 힘의 요동에 괴로워하던 녀석이 이내 축 늘어지며 그 거대한 몸을 바닥에 뉘였다.

혼돈의 기운이 녀석의 거대한 심장을 그대로 파괴해 버렸기 때문이었다.

그러고도 모자라 한참을 더 날뛰던 그 기운이 다시금 신창 롱기누스를 향해 몰려들었다.

우우웅!

내뿜었을 때보다 배는 더 강해진 기운에 신창 롱기누스
가 격렬하게 몸을 떨어댔다.

"이봐! 과식은 몸에 안 좋다고!"

이를 게걸스럽게 먹어치우며 떨어대는 롱기누스를 향해
유건이 인상을 찌푸리며 말했다.

그러거나 말거나 남은 기운들마저 모조리 먹어치운 녀
석이 만족스럽다는 듯이 가늘게 몸을 떨어댔다.

"쳇, 욕심쟁이 녀석."

나직이 투덜거리며 바닥으로 내려선 유건을 향해 하루
나가 환하게 웃으며 달려왔다.

"유건!"

"어이쿠! 누님. 그간 잘 지내셨어요?"

몸을 날려 안긴 그녀를 받아든 유건이 하루나를 향해 물
었다.

"그럼, 나야 잘 지냈죠. 유건은 못 본 사이 훨씬 더 멋져
졌네요?"

"그래요? 하하하하. 뭐 저도 유익한 시간을 보냈습니
다."

"그냥 하는 말이 아니라 정말 신수가 훤해졌는걸?"

"아? 제임스씨. 오랜만에 봐서 그런가보죠. 그런데 언제
도착하신 거예요?"

"우리는 어제 저녁에 도착했어."

"아, 그러셨군요. 저희는 방금 도착했어요. 멀리서 불기둥이 솟아오르기에 곧바로 달려왔죠."

"이제 한 팀만 더 오면 되나?"

그들이 대화를 나누고 있던 사이 볼코프와 함께 뱀파이어 무리들이 천천히 다가왔다.

"응? 저 녀석들은?"

순간 제임스의 미간이 찌푸려졌다. 동시에 그의 양 손에서 불꽃이 피어올랐다.

유럽에서 오랫동안 요원으로 활약하며 적지 않게 뱀파이어 무리들과 전투를 벌여야 했던 그였기에 이는 무척이나 자연스러운 반응이었다.

"워워~! 적이 아니니 진정하세요. 저들은 그간 제가 수하로 거둔 이들이니까 너무 경계하지 않으셔도 되요."

"응? 수하?"

"네."

'저 도도하기 그지없는 뱀파이어 족속들이 수하가 됐다고?'

그간 제임스가 경험한 녀석들은 고고한 자존심이 하늘을 찌를 정도였다. 그들이 누군가의 수하가 된다는 것은 쉽게 상상이 되지 않았다.

"야, 뭐하고 있어. 어서 인사 드려."

유건의 말에 천천히 걸어오던 이들이 일제히 고개를 숙

이며 제임스와 하루나를 향해 인사를 건넸다.

"안녕하십니까? 마스터의 충실한 종. 베네피쿠스가 인사 올립니다."

그를 따라 나머지 인원들도 더 깊숙이 고개를 숙였다.

"허! 나~참. 오래 살다보니 별일을 다 겪네."

#13 암흑의 마녀

NEO MODERN FANTASY STORY

적응자

#13 암흑의 마녀

거의 반쯤 허물어진 거대한 쇼핑센터에 임시로 자리를 잡은 일행들을 대신해서 주변 정찰에 나선 제임스는 한발 뒤에서 조용히 자신을 따라오는 베네피쿠스를 흘끔거리며 어색함을 떨쳐내기 위해 연신 고개를 흔들어댔다.

'거참, 이거 적응하기가 생각보다 엄청 힘드네.'

천천히 걸어가다 보면 왠지 모르게 목덜미를 서늘하게 만드는 느낌에 자꾸만 뒤를 돌아보게 되는 제임스였다.

그런 그의 모습을 물끄러미 지켜보던 베네피쿠스가 조용히 말을 걸었다.

"목덜미를 물거나 하지 않을 테니 너무 걱정하지 마시죠."

"어? 아하하하, 그, 그렇게 티가 많이 났나?"

"흐음~ 뭐, 충분히 이해할 수 있습니다. 그런 근심들은 분명 저희 주인님에 대한 이해가 부족하기 때문일 겁니다. 저도 종속의 계약을 맺고 난 이후에야 비로소 깨달았으니까요."

"그래? 그게 대체 뭔데?"

그렇지 않아도 아무리 생각해도 풀리지 않는 의문이었기에 곧바로 물어오는 제임스였다. 그런 그의 얼굴에는 호기심이 가득했다.

그 자존심 높기로 유명한 진혈 뱀파이어가 적응자라는 것 말고는 딱히 특별한 것이 없어 보이는 유건에게 종속되어 있다는 사실 자체가 이해되지 않았기 때문이었다.

"그분께서도 아직 충분히 이해하지 못하고 계시는 것 같긴 하지만…."

말을 길게 늘이던 베네피쿠스가 호기심이 깊게 배어 있는 제임스의 눈을 그의 붉은 눈동자로 바라보며 다시금 말을 이었다.

"그분 안에 내재되어 있는 그 기운은 단순한 것이 아닙니다."

"단순하지 않다?"

"네, 그렇습니다. 그것은 저희 어둠의 종족들 가운데서도 제왕의 자질을 타고난 이들에게서나 발견되는 혼돈의 기운이었습니다."

"혼돈?"

"태초에 이 세상이 존재하기 전, 시간이라는 것이 생겨나기 그 이전부터 존재하는 절대적인 힘. 그것이 바로 혼돈의 기운이죠. 어둠이라는 것은 바로 그 혼돈에서 파생되어 나온 것입니다."

"흐음…."

뭔가 쉽게 이해할 수 없는 베네피쿠스의 말에 제임스의 미간에 골이 깊게 파였다.

그런 그의 모습을 바라보며 가볍게 미소 지은 베네피쿠스가 말을 이었다.

"때문에 마주치지 않았다면 모를까? 그분을 바로 눈앞에서 대면한 이상 어둠에서 탄생한 저희들 같은 종족들은 그 혼돈의 기운을 지닌 주인님께 종속될 수밖에 없는 운명인 것이죠."

"본질적으로 우위에 있다 뭐 이런 건가?"

"태생의 본질적인 한계인 것이죠. 지금은 비록 미약하지만 그분께서 본격적으로 그 힘을 다룰 수 있게 되신다면 이 땅위에 존재하는 모든 어둠의 일족들은 그 분 앞에 무릎을 꿇고 고개를 조아리게 될 겁니다."

"허~! 그 정도란 말이지?"

뭔가 스케일이 어마어마하게 큰 이야기를 접한 느낌에 제임스의 입에서 헛바람이 새어 나왔다.

'그래서 스승님께서 그가 더 블랙의 대항마로서 유일한

존재라고 여기시는 거였나?'

그간 유건을 조금 특이한 능력자중 하나정도로 밖에 여
기지 않았었던 제임스의 눈이 반짝였다.

일행들 중에서 아나지톤이 지닌 진정한 힘과 능력을 유
일하게 목도한 바 있는 제임스였기에 그를 훨씬 초월하는
더 블랙과의 전투에 있어서 늘 회의적이기만 했었다.

가만히 앉아서 죽어줄 수는 없었기에 마지못해 나서는
그런 마음가짐이었다.

그런 그에게 있어서 베네피쿠스의 입을 통해 전해 듣게
된 유건의 이야기는 한 가닥 희망을 걸어볼만한 충분한 가
능성을 보여주었다.

베네피쿠스가 말한 유건의 잠재 능력이 정말 그 정도로
뛰어나다면 이번 여정을 통해 발견해 낸 하루나의 지휘 능
력과 더불어 놀라운 시너지 효과를 발휘하게 될 터였다.

'이번 전투, 전혀 승산이 없는 건 아니었어!'

생각을 정리한 제임스의 얼굴에 시원한 미소가 걸렸다.
그가 내딛는 발걸음에 힘이 실렸다.

· ▲ ·

전방을 향해 불덩어리들을 날려대던 제임스가 뒷덜미를
서늘하게 만드는 느낌에 다급히 몸을 돌렸다.

기형적으로 거대화된 고블린들 중 유독 눈에 띄던 녀석
이 어느새 뒤로 돌아가 그를 노렸던 것이었다.

녀석이 내뻗은 손톱에 목덜미가 베이기 직전 마법을 통
해 붉은 안개로 변해 있었던 베네피쿠스가 고블린의 뒤에
서 모습을 드러냈다.

푸화악!

단숨에 고블린의 목덜미를 물어 뜯어버린 베네피쿠스의
공격에 녀석이 그대로 허물어졌다.

"휴우~ 고, 고맙다."

"별말씀을…."

그대로 다시 안개로 화한 베네피쿠스가 전장을 종횡무
진 누비며 몬스터들을 말려 죽였다.

그 안개에 휩싸인 몬스터들은 순간 어리둥절한 표정으
로 두리번거리다가 이내 핏발선 눈으로 괴성을 질러댔다.

그러다가 이내 미라처럼 바싹 마른 상태로 무너져 내렸다.

제임스의 곁에서 모습을 드러낸 베네피쿠스가 걸쭉한
녹색 덩어리들을 토해냈다.

"그게 뭐지?"

"카학, 퉤! 놈들의 정혈입니다. 도저히 취할 수 없을 만
큼 썩어 문드러져 있군요."

불쾌하다는 듯 눈살을 찌푸린 그가 입안에 가득 고인 침
을 뱉어냈다.

"취할 수 있는 것도 있나보지?"

"다는 아니지만 마법적인 처리과정을 거치면 어느 정도는 가능하죠."

"그렇군."

베네피쿠스가 오랜 세월을 살아온 마법사라는 사실을 떠올린 제임스가 천천히 고개를 끄덕이며 그의 말에 수긍했다.

"그런데 이 녀석들 왜 이렇게 비정상적으로 크기가 큰 거지?"

주변에 널브러진 여러 몬스터들의 사체를 둘러보며 제임스가 투덜거렸다.

고블린 한 마리의 크기가 어지간한 오크만 했다. 게다가 오크는 거의 오우거 정도의 크기를 자랑하고 있었다.

단순히 크기만 큰 것이 아니라 그에 비례해서 근력과 순발력도 늘어나 있었다.

"놈들의 핏속에서 저주받은 기운이 느껴졌습니다. 흔히들 흑마법이라고들 부르는…."

"흑마법? 그쪽 계열은 오래전에 사라지지 않았었나?"

"그랬었죠, 놈들의 왕을 물어 죽인 것이 바로 저였으니까요. 그때 맛보았었던 그 더러운 느낌이 이 녀석들에게서도 미약하게나마 느껴졌습니다."

"착각했을 가능성은?"

그를 돌아보며 묻는 제임스를 향해 베네피쿠스가 미소

304 적음자3

를 지어보였다.

"없겠군."

그의 미소 속에 담긴 의미를 깨달은 제임스가 피식 웃으며 말했다.

"아무래도 이 문제는 돌아가서 다른 이들과 함께 상의를 해봐야겠어."

"길을 열겠습니다."

"부탁하지."

제임스의 말에 가볍게 고개를 숙인 베네피쿠스가 다시금 붉은 안개로 화해 앞서 나갔다.

"흑마법이라… 설마, 아니겠지?"

불길한 예감을 떨쳐버리기라도 하듯이 제임스가 고개를 천천히 내저으며 걸음을 옮겼다.

　·　✙　·

그 시각 미처 합류하지 못한 철환과 성희는 끝없는 미궁 속을 헤매고 있었다.

"빌어먹을! 그 망할 년 때문에 이게 무슨 고생이야!"

"헉헉헉, 철환 오빠. 그럴 시간에 잠깐이라도 쉬는 게…."

끝없이 몰려드는 수많은 몬스터들을 상대하느라 기진맥진한 성희가 가쁜 숨을 몰아쉬며 철환에게 말했다.

그간 사이가 더 가까워졌는지 철환을 부르는 호칭이 오빠로 바뀌어 있었다.

"젠장! 그래. 네 말이 맞다. 좀 괜찮냐?"

땀에 흠뻑 젖은 상태로 헉헉 거리고 있는 성희를 바라보는 철환의 눈에 안쓰러움이 가득했다.

"후아~ 쓰읍. 후아~ 네, 아직은 견딜 만 해요. 근데 대체 언제까지 이곳을 헤매고 다녀야 하는 거죠?"

"그 망할 년의 마법이 아무리 대단하다고 해도 이 정도 규모의 미궁이 오랫동안 유지되긴 힘들 거야. 그렇지 않아도 여기저기서 마나의 흐름이 뒤틀리는 게 느껴지고 있으니 하루 이틀이면 나갈 수 있지 않을까 싶다."

"후우~ 정말 지독한 곳이네요 이곳은."

"내가 그 순간 방심하지만 않았어도 빠져나올 수 있었을 텐데. 미안하다."

"오빠도 어쩔 수 없었다는 거 잘 알아요. 그러니까 너무 미안해하시지 않아도 되요."

성희가 웃으며 건네는 세계수의 과실을 받아 한입 베어 문 철환이 달콤한 과즙을 맛보며 피로가 풀리는 짜릿한 기분을 만끽했다.

"하아~ 이거 아니었으면 여기서 꼼짝없이 죽어나갔을 뻔 했다."

"그죠? 혹시 몰라서 챙겨오길 정말 잘 한 거 같아요."

"그래, 네 덕분이다 하하하하."

성희의 머리를 가볍게 쓰다듬으며 웃는 철환의 모습에 성희가 겸연쩍은 듯 어색하게 웃었다.

그곳에 있었을 때는 아무 생각 없이 먹었던 과일이었는데 이렇게 피로 회복에 탁월한 효과가 있을 줄은 전혀 생각지도 못했다.

그저 출출할 때 간식으로 먹으려고 몇 개 챙겨왔던 것이 그들이 지금까지 이곳에서 버틸 수 있는 원동력이 되었던 것이었다.

오늘까지 정확히 보름이라는 시간이 흘렀다.

잠잘 틈도 주지 않고 몰려드는 놈들로 인해 두 사람이 거의 탈진 지경에 이르렀을 때 세계수의 과실이 그들을 살렸다.

그때가 일주일 하고도 삼일이라는 시간이 지났을 즈음이었다.

한입만 베어 물어도 하루 종일 허기가 느껴지지 않는 것도 신기했지만 그보다 소모한 활력이 단숨에 차오르는 것이 더 놀라왔다.

곳곳에 삭아 버린 백골들이 즐비한 것을 보면 이곳 미궁에서 목숨을 잃은 이들의 숫자가 적지 않아 보였다.

"아무래도 이곳에 들어온 사람들은 싸우다 죽지 않으면 대부분 굶어 죽었을 거 같네요."

휴식을 취하는 곳에서 그리 멀지 않은 곳에 누워있는 누렇게 변한 백골을 바라보며 성희가 말했다.

"그 전에 눈이 돌아가서 놈들의 고기로 포식했겠지. 그러다가 마기가 골수에까지 뻗쳐서 놈들과 같은 부류로 전락했을 거고."

"그렇다면? 혹시 저 녀석들 중에도?"

"그래, 아마 개중에는 인간이었던 녀석들도 섞여 있을 거다."

"으으… 상상만 해도 끔찍한 일이네요."

몸을 부르르 떨어가며 대답하는 성희의 모습에 철환이 피식 웃었다.

"그보다 대체 그 여자의 정체가 뭘까요?"

사람들의 뒤를 공격하고 있던 몬스터 무리를 격퇴하고 있던 두 사람 앞에 모습을 드러내자마자 미궁을 소환해 그 안으로 두 사람을 가두어 버린 검은 옷을 입고 있던 묘령의 여인.

무척이나 인상 깊었던 그녀의 모습을 떠올린 성희가 물었다.

"흐음, 그렇지 않아도 그간 계속해서 생각해 봤지만 나도 처음 보는 상대라서 정확히 모르겠구나."

구구구궁!

미궁 전체가 흔들리며 돌가루들이 사방에서 떨어져 내렸다.

이를 쳐다보며 손에 들고 있던 세계수의 과실을 한입에 털어 넣은 철환이 자리에서 일어섰다.

"웃차! 또 한바탕 몰려들겠구나. 힘도 돌아 왔겠다. 배도 부르겠다. 어디 다시 한 번 신나게 날뛰어 보자고."

"풋."

양 손바닥에 침을 뱉어가며 과장되게 소리치는 철환의 모습에 성희가 웃음을 터트렸다.

그런 그의 곁에 자리를 잡은 성희가 도둑고양이를 넓게 흩뿌렸다.

"우측 방향에서 적들이 몰려옵니다. 숫자는 열 둘, 아니 열 셋. 개중에 주의해야할 녀석은 맨 뒤에서 다가오는 녀석입니다."

"좋아."

여기 저기 이가 나가 버려서 진즉에 버린 거검 대신에 고풍스러운 신검. 풍신(風神)을 양손으로 거머쥔 철환이 호기롭게 외쳤다.

그의 주변으로 날카로운 칼바람들이 생겨났다.

잠시 후 오른쪽에 위치한 굽어진 통로에서 각양각색의 모습을 한 몬스터들이 쏟아져 나왔다.

"홀리 큐브(Holy Cube)!"

앞서 달려들던 세 녀석이 성희가 만들어낸 보이지 않는 상자 속에 갇혀 버렸다.

"하압!"

부드득. 부득부득.

그녀의 손짓에 따라 점차 작아지기 시작한 큐브 속에 갇힌 녀석들이 기괴하게 서로 엉겨 붙은 채로 압사 당했다.

쿠웅.

그녀가 소환한 무형의 상자가 사라지자 이내 정사각형 모양으로 구겨진 녀석들의 몸이 바닥에 떨어져 내렸다.

성희가 이곳 미궁에서 격전을 거듭하는 와중에 터득한 새로운 기술이었다.

'볼 때마다 섬뜩하게 만드는 기술이네.'

그녀가 만들어낸 정사각형 모양의 괴이한 사체들을 바라보며 혀를 내두른 철환이 뒤이어 모습을 드러내는 녀석들을 향해 날카롭기 그지없는 칼바람을 날려 보냈다.

서걱.

맨 앞서서 달려들던 오크 녀석의 목이 공중으로 날아올랐다.

· ❖ ·

되돌아온 제임스의 말을 전해들은 유건 일행의 표정이 전체적으로 어두웠다.

이제는 사라진 것으로 알려진 흑마법의 폐해를 잘 알고

있는 베네피쿠스의 자세한 부연 설명이 이어지고 난 뒤였기 때문이었다.

"그 흑마법이라는 게 그렇게 무서운 건가?"

"파괴력이라는 측면만 봤을 때는 그 어떤 것들보다 우위에 있을 정도니까."

볼코프의 말에 유건이 천천히 고개를 끄덕였다.

"아무래도 스승님께서 우리를 이곳으로 보내신 이유가 그것 때문인 것 같은데?"

"흑마법을 사용해서 몬스터들을 기형적으로 변이시킨 원인을 찾아내라고요?"

유건의 물음에 제임스가 어깨를 으쓱거리며 말했다.

"뭐 원인만 찾아내고 끝이겠어? 그 원인까지 제거해 버려야겠지."

그의 말에 모두의 고개가 미미하게 움직였다.

"주인님."

유건의 뒤에 공손히 시립해 있던 베네피쿠스가 한발 앞으로 나서며 그를 불렀다.

"응? 왜? 뭐 할 말이라도 있어?"

"네, 정확한 건 좀 더 알아봐야겠지만…."

"뭔데, 말해봐."

유건의 허락이 떨어지자 공손히 고개를 숙이고 있던 그가 고개를 들고 말했다.

"지금으로부터 300년 전, 흑마법사들의 왕을 자처하는 이가 있었습니다. 그는 인간이면서도 흑마법을 통해 마도(魔道)의 비의(秘意)를 손에 넣은 자였습니다. 그를 추종하는 무리들과 저희는 오랜 시간동안 서로의 영역을 지키기 위해 전쟁을 벌여야 했죠."

그의 입에서 흘러나오는 이야기에 모두의 관심이 그에게 쏠렸다. 그 어디서도 쉽게 들을 수 없는 비사(秘史)였기 때문이었다.

"…수많은 희생을 바탕으로 저희는 그를 무찌를 수 있었습니다. 그때 녀석의 목덜미에 마지막으로 이를 박아 넣은 것이 바로 저였죠."

"오오!"

꽤나 흥미진진하게 이어지던 이야기의 결말을 들은 유건의 입에서 저절로 탄성이 흘러나왔다. 그건 다른 이들 또한 마찬가지였다. 이미 모든 사실을 알고 있는 볼코프만 제외하고.

"그런데 조금 전 정찰을 나섰을 때 그에게서 느껴지던 흑마법의 편린을 감지할 수 있었습니다."

"응? 녀석은 죽었다며? 그것도 네가 직접 숨통을 끊었다고 하지 않았어? 아니면 다시 부활하기라도 한거야?"

"그건 불가능합니다. 다만…."

"다만?"

적흑자3

"그때 당시에 전 병력을 동원했음에도 불구하고 놓친 그의 혈족이 있었습니다. 당시에는 존재감이 미비했었기에 관심 밖에 놓여 있었던 그의 딸이었죠."

"딸?"

"네. 만약 그녀가 아버지의 힘을 조금이라도 이어 받았다면 몬스터들에게서 이미 사라졌어야 했을 그의 잔재가 남아 있다는 이 모든 일이 설명이 됩니다."

"그러니까 그녀가 이 모든 일의 원흉일 거다?"

"제 좁은 소견으로는 그렇습니다."

유건의 물음에 공손히 허리를 숙이며 대답한 베네피쿠스가 한발 뒤로 물러서서 유건의 뒤에 조용히 시립했다.

"어떻게들 생각하세요?"

유건의 물음에 그간 아무 말 없이 생각에 잠겨 있던 하루나가 입을 열었다.

"그전에 한 가지 확인할게 있어. 베네피쿠스?"

그녀의 부름에 베네피쿠스의 붉은 눈이 하루나를 향했다.

"피로 맺어진 맹약자가 자신의 주인에게 거짓말을 할 수 있나?"

그녀의 물음에 베네피쿠스의 시선이 유건을 향했다.

"솔직하게 대답해."

허락을 구하는 그의 의도를 파악한 유건이 말했다.

그의 허락이 떨어지자 베네피쿠스가 입을 열었다.

"피의 맹약을 통해 주종관계가 형성되면 그 어떤 경우에도 주인에게 거짓을 고할 수 없습니다."

그의 대답에 천천히 고개를 끄덕이던 하루나가 말했다.

"그렇다면, 유럽에서 갑자기 벌어지기 시작한 몬스터들의 대규모 준동과 갑자기 녀석들이 배 이상 강해진 현상에 대한 모든 설명이 가능해져. 다만 한 가지…."

고개를 갸웃거리던 그녀가 말을 이었다.

"그렇다면 그녀는 왜 이제야 모습을 드러낸 거지?"

·　◈　·

거대한 던전 내부에 자리한 심처.

검은색 드레스를 입은 여인이 드레스 자락 사이로 보이는 희고도 탐스러운 다리를 들어 반대편 무릎위에 올려놓았다.

그 매혹적인 자태에 보고를 하기 위해 그녀 앞에 서있던 흑마법사 아우닥스의 목울대가 출렁거렸다.

"그래, 마궁에 갇혀 있던 이들이 그곳에서 벗어났다고 했나?"

"네? 아, 넵. 그렇습니다."

그녀의 물음에 정신을 차린 아우닥스가 황급히 고개를 숙이며 대답했다.

그런 그의 모습을 전혀 개의치 않는 듯 그녀가 창백한

피부로 인해 유난히 눈에 띄는 붉은 입술을 천천히 매만지며 말했다.

"그 정도 함정에서 죽어버릴 녀석들이었다면, 하아~ 무척이나 실망스러웠을 거야."

멀리 떨어져 있음에도 그녀에게서 물씬 풍겨나는 농염한 색기에 아우닥스의 아랫도리가 뻐근해졌다.

"왜? 나와 같이 즐겨볼 생각이라도 생겼느냐? 아우닥스?"

그녀의 나른한 목소리에 순간 아찔해진 그가 다급히 무릎을 꿇고 땅에 이마를 찧었다.

"주, 죽을죄를 지었습니다. 부, 부디 용서를!"

연거푸 머리를 찧어대는 그의 이마를 타고 붉은 핏물이 흘러내렸다.

그녀와 잠자리를 같이 하고 난 뒤 행방불명된 동료들이 한둘이 아니었건만 그런 그녀를 보고 음심을 품다니!

무척이나 연약해 보이는 저 여인이 얼마나 잔인하고 악랄한 여인인지를 잘 알고 있는 아우닥스로서는 그저 살기 위해 연신 머리를 찧어대는 수밖에 없었다.

"고개를 들어라. 바닥이 더럽혀지지 않느냐?"

"아? 가, 감사합니다."

칠흑같이 어두운 빛깔을 띠는 돌바닥에 흐르던 그의 핏물이 마치 누군가가 흡수하기라도 하듯이 순식간에 사라졌다.

그 모습을 지켜보던 아우닥스의 등줄기를 타고 식은땀이 흘러내렸다.

"가서 그들이 한 자리에 모두 모이는 대로 공격을 시행하도록. 만약 할 수 있겠거든 그 자리에서 모두 처리해도 좋다."

"분부대로 거행하겠습니다."

힘차게 대꾸한 아우닥스가 검은 연기에 휩싸여 자취를 감췄다. 그가 서있던 자리를 깊은 심연의 그것과도 같은 검은 눈으로 쳐다보던 그녀가 조용히 중얼거렸다.

"감히 그분께 이를 드러내다니. 죽지도 살지도 못하는 몸으로 만들어주지."

그녀의 사나운 기세에 그 주변을 맴돌고 있던 수많은 혼령들이 귀곡성을 흘려가며 사방으로 도망쳤다.

· · ❖ · ·

미국 뉴욕 맨해튼에 있는 국제연합본부.

이스트 강을 바라보고 서 있는 사무국 빌딩(Secretariat Building)지하에 자리 잡고 있는 거대한 연구동 복도를 걸어가는 두 사내가 있었다.

걸어가는 내내 계속해서 투덜대는 마틴에게 캐빈이 한마디 했다. "그럼 제대하시죠. 어차피 경험은 충분히 하지

316

않았습니까?"

"뭐?"

그의 말에 마틴이 황당하다는 얼굴로 자신의 경호원이
자 오랜 친우인 캐빈을 바라보았다.

"저번에 전장에서 얻은 데이터 덕분에 이번 3차 슈퍼솔
져 프로젝트도 안정되었고요. 그 정도면 어르신께서도 충
분히 인정하실 겁니다."

"너… 진심이구나?"

"언제까지 그렇게 겉으로 돌기만 하실 겁니까? 첫째 도
련님을 배려하시느라 그러신다는 건 알고 있지만 그렇다
고 해서 이렇게 계속 살아갈 수는 없다는 거 도련님께서
더 잘 알고 계시지 않습니까?"

흔들림 없이 곧은 캐빈의 눈을 바라보던 마틴이 졌다는
듯 두 손을 높이 치켜들었다.

"쳇, 알아. 나도 안다고. 그렇다고 이대로 돌아가면 가
문이 두 동강 날게 눈에 훤히 보이는데 너 같으면 형이랑
대적하게 될 걸 뻔히 알면서 돌아갈 수 있겠냐?"

"동양의 현자들 중 한 사람이 이런 말을 했습니다. 주머
니 속의 송곳은 결국 그 주머니를 뚫고 나오게 되어 있다
고요."

"누가 들으면 내가 엄청 잘난 사람인줄 알겠다. 야. 캐
빈 너는 다 좋은데 나를 너무 과대평가하는 경향이 있어.

나 그렇게 대단한 사람 아니다. 그냥 평범한 사람이라고 평범! 알겠나?"

그 말을 끝으로 다시 걸음을 옮기는 마틴의 뒷모습을 바라보며 가볍게 한숨을 내쉰 캐빈이 천천히 그를 따라 나섰다.

'송곳 정도가 아니죠. 마틴 당신은 제왕이 되실 분입니다.'

그런 그의 내심을 아는지 모르는 지 앞서 걸어가던 마틴이 제법 늘씬한 여성 장교를 향해 추파를 던지고 있었다.

"……."

· ▼ ·

"어서 오게."

전장에서 잔뼈가 굵은 진정한 군인의 모습이란 이런 것이다. 라고 말해주는 것 같은 모습으로 자리에 앉아있는 사내가 안으로 들어서는 두 사람을 반갑게 맞이했다.

'이 자가 바로 로빈 윌리암스?'

그간 베일에 싸여 있던 슈퍼 솔져 프로젝트의 총책임자를 만나게 된 마틴의 눈이 순간 번뜩 였다.

그를 향해 마틴과 캐빈이 절도 있는 동작으로 군례를 올렸다.

"앉지. 차는 뭐로 하겠나? 녹차? 커피?"

"커피로 하겠습니다."

"저도 같은 걸로."

자리에 앉은 두 사람의 엉덩이가 연신 들썩였다.

왜냐하면 그 사내가 직접 일어나 손수 커피를 타고 있었기 때문이었다.

"지난번에 배치됐던 비서가 내가 마시는 위스키에 독을 탔지. 그 전에는 비녀로 위장한 작은 독침으로 뒤에서 내 숨골을 노렸었고."

아무렇지도 않다는 듯이 말을 꺼내는 그의 행동에 마틴과 캐빈의 목울대가 동시에 출렁거렸다.

"후후후, 그러다 보니 결국 비서를 받지 않는 걸로 결정이 났다네. 몸매를 훔쳐보는 재미가 제법 쏠쏠했었는데 말이지."

손수 탄 커피 두 잔을 두 사람 앞에 내려놓은 사내가 쇼파에 깊숙이 몸을 기대어 앉았다.

"먹지. 내 입맛에는 한국산 믹스 커피가 제일이더군. 그보다 더 그리운 건 한국에서 자주 마셨던 자판기 커피지만."

"동감입니다."

한국전에 직접 참전했었고 주한 미군 사령부의 고위급 장교로서 복무한 경험이 있었던 사내의 이력을 잘 알고 있는 마틴이 자신 앞에 놓여있는 커피잔을 들고 홀짝 거리며 공손하게 대답했다.

겉으로 드러난 것은 단순한 고위급 작전 장교였지만 그는 한국에서 오랜 시간에 걸쳐 비밀리에 슈퍼 솔져 프로젝트를 진두지휘했던 인물이었다.

"한국 사람들은 참 신비하단 말이지. 탁월한 능력자들의 숫자도 숫자지만 그 질도 다른 나라의 능력자들과는 비교가 되지 않을 만큼 뛰어나단 말이야. 게다가 이번에 등장한 적응자 또한 한국인이고."

그가 복무했던 오랜 기간 동안 그의 비밀 실험에 동원되어 희생된 한국인들의 숫자는 어마어마했다.

"뭐, 덕분에 슈퍼 솔져들이 안정화 되었으니 고마워해야 하려나. 후후후. 그래, 몸에 별다른 이상은 없었나?"

"네, 아직까지는 괜찮습니다."

그의 대답에 로빈 윌리암스의 얼굴에 그려져 있던 주름이 보기 좋게 일그러졌다.

"역시 마틴 가문의 사람답군. 이번에 자원했던 이들 중 반 수 이상이 부작용으로 인해 사망했다던데."

"그저 운이 좋았을 뿐입니다."

"운도 실력이라는 말 못 들어 봤는가? 허허허허, 젊은 친구가 겸손하기 까지 하군 그래."

"좋게 봐주시니 감사합니다."

"그래, 마틴군?"

"네?"

"이번에 가드 본부에서 정식으로 협조 요청이 왔다네."

캐빈을 향해 의미심장한 시선을 던진 사내가 빙긋 웃으며 말을 이었다.

"뭐, 이미 알고 있는 일이겠지만. 저 친구가 그 유명한 캐빈 가문의 장자인가?"

"캐빈 프라이먼입니다."

"허허허, 그래. 자네 같이 유능한 친구를 곁에 둘 수 있다니. 마틴 가문은 참 여러 가지로 운이 좋단 말이야. 그게 다 선조들끼리 맺었던 약속 때문이라지?"

"네, 알고 계신 그대로입니다. 제가 운이 좋긴 한가 보네요."

가볍게 너스레를 떨며 로빈의 말을 받아 넘긴 마틴이 사람 좋아 보이는 미소를 지은 채 그의 눈을 직시 했다.

마치 중요한 용건이나 빨리 말하라는 듯이 자신을 향한 흔들림 없는 푸른 눈동자를 바라보던 사내가 말했다.

"겉으로 드러난 걸로만 보면 가드 본부에서 보낸 협조 요청이지만 사실 그보다 더 중요한 사실은 가드를 이끌어 가고 있는 마스터가 직접 요청했다는 것이라네."

"마스터가요?"

그 사실까지는 몰랐던 듯 두 사람의 얼굴에 동시에 놀람의 빛이 떠올랐다.

그간 베일에 가려져 있던 가드 마스터의 정체를 밝히기

위해 각종 기관들에서는 엄청난 금액을 들여가며 애를 써 왔다. 그러나 그럼에도 불구하고 그가 금발머리를 가진 미남자라는 것 외에는 밝혀낸 것이 아무것도 없었다.

"허허허허, 이제야 놀란 표정을 짓는군 그래."

그의 말에 캐빈의 얼굴이 살짝 일그러졌다. 정보를 다루는데 있어서만큼은 세계 제일을 논한다는 가문의 일원으로서 이 사실을 미처 몰랐다는 데에 대한 자책 섞인 분노였다.

"그보다 더 중요한 것은 그가 나를 직접 지목해서 협조 요청을 했다는 사실이라네. 이제야 본 궤도에 오른 슈퍼 솔져 프로젝트에 대하여 마치 모든 것을 알고 있다는 듯이 적절한 순간에 도움을 요청한 것이지."

"어떻게 그런 일이?"

이번 프로젝트가 얼마나 철저한 보안 속에서 이루어지고 있는지를 잘 알고 있는 마틴이었기에 그의 말을 듣고서도 쉽게 믿어지지가 않았다.

오죽하면 가문의 수장인 자신의 아버지조차 이에 대해서만큼은 자신에게 물어 오는 방법을 택할 수밖에 없었다.

이는 이 프로젝트를 담당한 눈앞의 사내 로빈 윌리암스의 능력이 그만큼 탁월하다는 것을 증명하는 것이기도 했다.

하나를 보면 열을 알 수 있기에 눈앞에 앉아 있는 사내의 능력에 내심 존경하는 마음을 품고 있었던 마틴이었다.

"그의 말에 의하면 첩자는 애초에 없었으니 쓸데없는데

시간을 낭비하지 말라고 하더군."

"그, 그게 지금⋯."

"크크크 그래, 말이 안 되는 개소리지."

"⋯⋯."

"개소리라도 누가 하느냐에 따라 진실로 받아들이게 되는 경우도 있다네."

"그렇다면?"

"그래, 우리는 그의 말을 있는 그대로 받아들이기로 했네."

"물론 타당한 이유가 있었겠죠?"

"도저히 부인할 수 없는 확실한 증거들을 보내왔더군. 우리의 야망 따위는 씹다 뱉은 껌으로 취급해도 될 만큼 엄청난 것들을."

"그, 그게 대체 뭡니까?"

"직접 보겠나? 어지간한 블록버스터 영화는 상대도 안 될 만큼 짜릿한 경험이 될 걸세. 내 장담하지."

그가 자리에서 일어나 책상에 있는 장치를 조작하자 이내 거대한 스크린이 위에서 내려왔다.

"한 시간 정도 걸릴 걸세. 몇 번이고 다시 봤지만 볼 때마다 오금이 저려오더군."

최신형 프로젝터를 통해 흰색 스크린에 쏘아진 푸른 화면에 생생한 전투 장면이 투사되기 시작했다.

"헉!"

"저, 저게 대체!"

넋을 놓고 화면에 드러난 엄청난 숫자의 몬스터 군단과 그들에 맞서는 이들의 모습을 지켜보던 두 사람의 입에서 경악성이 터져 나왔다.

한 시간여가 흐른 뒤 불이 켜지자 자리에서 일어난 로빈이 위스키 한 병과 술잔을 들고 되돌아 왔다.

"좀 들지."

그가 건네는 위스키 잔을 받아 든 두 사람이 단숨에 이를 비워버렸다.

"후아~!"

목을 타 넘어가는 화끈한 느낌에 뜨거운 한숨을 토해낸 마틴이 믿을 수 없다는 눈으로 로빈을 쳐다보았다.

"저게 전부?"

"다양한 각도에서 수많은 이들이 달라붙어 조사한 결과… 사실이라는 결론이 도출되었네."

자신의 잔에 가득 담긴 위스키를 단숨에 삼킨 로빈이 씁쓸하게 웃으며 대답했다.

"도저히 믿을 수가 없군요."

허탈한 표정으로 말하는 캐빈의 말에 동감한다는 듯 마틴이 고개를 끄덕였다.

"호, 혹시 저희 가문에서도?"

"그렇지 않아도 최종 결론을 내리기 위해 모든 자료들과

324

함께 자네 가문에 재검토를 요청했었네. 결과를 보고서도 도저히 믿을 수 없다는 의견들이 팽배했었기 때문이었지. 자네 아버지께서 몇 번이고 재검토해본 결과 사실이라는 답변을 보내주었네."

"사, 사실이었군요."

적어도 그의 가문에서 사실이라는 결론을 내렸다면 그 어느 곳에 조사를 의뢰해도 결국 같은 대답을 듣게 될 터였다.

"결국 우리가 슈퍼 솔져를 통해 얻으려고 했던 모든 계획들은 어린아이 노름에 지나지 않았다는 거지. 가드 마스터가 말하고자 했던 요점은 조금 달랐지만 말이야."

"그가 요청한 것이 뭐였습니까?"

"간단해. 전 병력을 동원해 같이 싸워달라는 거지."

"응하실 생각이십니까?"

"자네 생각은 어떤가?"

되묻는 그를 향해 마틴이 말했다.

"제 의견이 중요한가요?"

"물론! 당연하지. 바로 자네가 그들을 이끌고 갈 지휘관인걸."

그의 말에 캐빈이 낮게 한숨을 내쉬며 놀란 토끼눈을 하고 있는 마틴의 옆얼굴을 쳐다보았다.

'젠장, 완벽한 체크 메이트로군.'

무너져 내리는 미궁을 빠져나온 두 사람을 반갑게(?) 맞이한 건 한 무리의 놀 떼였다.

뒤늦게 피난길에 오른 사람들을 사냥하던 녀석들은 철환의 손에 의해 장렬하게 최후를 맞이했다.

그간 쌓인 울분을 토해내기라도 하듯이 광기서린 눈으로 칼을 휘두르는 그의 모습에 성희는 도울 엄두도 내지 못한 채 멀찌감치 서서 사람들을 보호하는 일에 매진했다.

"크하하하, 이 노린내 나는 개 새끼들아! 어딜 도망가? 그 발정난 아랫도리를 통째로 잘라주마! 이리 안와? 이 새끼들아아아!"

그의 광기어린 모습에 도리어 구함을 받은 사람들이 공포에 질려 서서히 뒷걸음질 쳤다.

"에휴~"

고개를 내저으며 한숨을 푹 내쉰 성희가 사람들을 안심시키기 위해 동분서주 했다.

뒤늦게 달려온 군인들이 발 빠르게 움직이기 시작하자 어수선 하던 분위기가 차분하게 가라앉았다.

그제야 여유를 찾게 된 성희가 바닥에 아무렇게나 걸터앉자 한쪽 팔에 붉은 색 십자 마크가 새겨진 완장을 찬 군인이 조심스럽게 다가와 생수를 건넸다.

"아? 고, 고맙습니다."

"감사는 저희가 드려야죠. 가드 요원 맞으시죠?"

금발에 푸른 눈을 한 사내가 순한 눈매를 살짝 이지러트리며 웃었다.

"네, 맞아요. 용케 알아 보셨네요?"

"뭐랄까? 가드 요원 분들에게서는 일반인들에게서는 느낄 수 없는 묘한 분위기가 흐르거든요."

"아? 그런가요?"

"네, 정작 본인들은 잘 모르고 계시는 것 같지만요. 덕분에 많은 분들이 목숨을 구했습니다. 원래는 저희들이 해야 할 일인데… 감사드려요."

"저는 별로 한일이 없는 걸요."

군의관으로 보이는 사내의 정중한 감사 인사에 성희가 어쩔 줄 몰라 허둥대며 대답했다.

"가드 요원들의 그 작은 행동들 하나하나 덕분에 수많은 일반인들은 새 생명을 얻게 되는 법이죠."

"그, 그런가요?"

보일 듯 말 듯 미소 짓고 있는 사내에게서 뭐라 표현할 수 없는 진한 삶의 무게가 느껴졌다.

때마침 사람들을 가득 태운 트럭들이 떠나는 소리가 들려왔다.

"아? 가봐야 할 것 같네요. 부디 끝까지 힘내시길 기원

하겠습니다."

"아? 아, 저… 저기."

뭐라 대답할 틈도 없이 저만치 달려가는 그의 뒷모습을 멍하니 바라보던 그녀가 손에 들린 생수병의 뚜껑을 따고 천천히 들이켰다.

"하아~ 물 맛 좋네."

사람들이 떠나며 남긴 흙먼지가 바람에 날려 서서히 걷히자 푸른 하늘에 떠있는 구름들이 시야에 한가득 들어왔다.

저 멀리 달아나던 놀떼를 쫓아가 마지막 남은 녀석까지 척살하고 돌아오는 철환의 모습이 저 멀리 보이기 시작했다.

놀들의 피로 범벅이 된 채 눈을 희번덕거리며 돌아오는 그의 모습은 일반인들로 하여금 충분히 겁에 질리게 만들 만했다.

"어라? 너 뭐 마시고 있냐?"

성희가 손에 들고 있던 생수병을 본 그의 눈에 기이한 열망이 서렸다.

"조금 전에 군인들이 와서 주고 갔어요. 좀 드실래요?"

"너는 다 마신거야?"

그래도 대놓고 달라고 하지 않는 그의 모습에 피식 웃음을 터트린 성희가 생수병을 그에게 던졌다.

받자마자 숨도 안 쉬고 단숨에 마셔버린 철환이 아쉽다는 듯 입맛을 다셨다.

"쩝, 간에 기별도 안가네."

"풋, 어서 돌아가요. 다들 기다리고 있을 텐데."

"미궁 안에서의 시간의 흐름이 이곳과는 분명 다를 텐데… 정확히 얼마나 차이가 날지는 나도 잘 모르겠다."

"시간의 흐름까지 비틀 정도로 대단한 마법이었어요? 그게?"

마법에 대해 많이 아는 건 아니었지만 기초 지식을 배울 때 그게 얼마나 대단한 일인지를 침을 튀겨가며 강조하던 강사 마법사의 모습이 떠오른 성희가 놀란 눈으로 반문했다.

"일종의 아공간 마법을 응용한건데… 그렇게 많이 차이 나지는 않을 거야. 마법으로 시간의 축을 비틀었다기보다 아공간은 원래 시간의 흐름이 이쪽 세계와는 다르게 흘러가니까 차이가 나는 것뿐이지."

"아하~ 그렇군요."

그제야 이해가 된 성희가 박수를 치며 새삼스럽다는 표정으로 철환을 쳐다보았다.

"왜, 왜? 그런 눈으로 쳐다보냐? 부담스럽게?"

"그냥 왠지 모르게 대단해 보여서요. 모르는 것도 없고 어디에서든지 믿음직스럽고. 오빠 아니었으면 저 혼자 거기서 빠져나오지도 못했을 거예요 아마. 고마워요 헤헤~"

"크흠, 뭐, 뭘. 그런 걸 가지고 고맙긴."

부끄러운 듯 헛기침을 하며 앞서가는 철환의 모습에 그

를 뒤따라가던 성희가 키득대며 웃었다.

"쿠쿠쿡, 같이 가요 오라버니~!"

"어라? 야, 나 더러워! 어허? 달라붙지 말라니까?"

"뭐 어때서 그래요? 나도 더럽긴 마찬가진데. 원래 오누이들은 이렇게 다정하게 같이 걷는 거라고요."

"그, 그러냐?"

"당근이죠!"

"크흠, 그, 그럼 뭐…."

부끄러운 듯 벌게진 얼굴로 앞만 바라보며 걸어가는 철환의 옆모습에 성희가 다시 한 번 웃음을 터트렸다.

"쳇, 뭐가 그리 좋냐? 너는?"

"원래 여고생 때는 다 그런 거예요. 왜 한국 여고생들은 굴러가는 낙엽만 봐도 웃는다는 말 못 들어봤어요?"

"들어본 거 같기도 하고…."

"거봐요! 헤헤~"

듬직한 큰 오빠 같은 철환에게 깊은 정을 느낀 성희가 헤실 거리며 그의 팔에 바짝 달라붙었다.

"야야~ 좀 떨어지라니까. 말만한 녀석이."

"촌스럽게 자꾸 그럴 거예요? 나 같은 미인이 팔짱껴주면 감사합니다~ 하지는 못할망정."

"뭐가 감사해? 감사는?"

"그럼 아니에요?"

"그, 그건. 끄응~"

말문이 막힌 듯 앓는 소리를 내는 철환이 골치가 아프다는 듯 머리를 좌우로 흔들었다.

"픗."

엉망으로 무너져 내린 도시 한복판에 마치 새로운 희망을 알리기라도 하듯이 성희의 맑은 웃음소리가 울려 퍼졌다.

• ❖ •

차갑게 얼어붙은 동토.

사람의 흔적을 찾아볼 수조차 없는 버려진 땅. 잊혀진 대지.

평소보다 더 거칠게 불어 닥치는 북풍은 두툼한 털들로 온몸을 감싸고 있는 짐승들조차 바깥출입을 자제하게 만들었다.

그 가운데 사람이라고는 믿을 수 없는 능력을 발휘하며 싸우고 있는 두 존재가 있었다.

투콰콰콰쾅!

날카롭게 불어 닥치는 찬바람이 무색해질 만큼 거대한 눈보라가 내뻗은 사내의 손에서 뿜어져 나왔다.

"흥!"

거대한 바위를 연상시키는 두툼한 팔을 들어 전면을 가

린 사내가 극한의 냉기를 머금은 눈보라를 버텨냈다.

마치 그럴 줄 알았다는 듯 몸을 날린 사내가 겉면이 얼어붙어 동작이 굼떠진 거구의 사내를 향해 몸을 날렸다.

"이거나 받아라!"

그의 손에서 뿜어져 나온 냉기가 뭉치는가 싶더니 순식간에 거대한 고드름이 만들어졌다.

빙산의 일각을 보는 것 같은 착각이 들만큼 거대한 얼음덩어리가 거구의 사내를 향해 떨어져 내렸다.

쿠쿠쿠쿵!

단단하게 얼어붙은 땅에 커다란 균열이 일어났다.

어마어마한 이능을 발현하여 주변의 지형조차 변화시킨 사내의 얼굴에 서려있는 것은 짜증스러움이었다.

그의 정체는 대한민국이 자랑하는 최강의 능력자 강지환이었다.

"역시나 이런 걸로는 상처조차 입지 않는다 이건가?"

모든 물리 데미지에 대한 면역이 거대한 구덩이 한 가운데서 천천히 걸어 나오고 있는 사내가 각성한 이능이었다.

코드명 철벽의 가디언(Impregnable Guardian)

그가 각성한 말도 안 되는 사기급 이능으로 인해 유럽 전 지역을 오고가며 엄청난 활약을 선보인 그는 단숨에 유럽지부 전체를 관할하는 위치에까지 오를 수 있었다.

그런 그였기에 모두의 기대를 한 몸에 받고 있었던 그의 배신은 가드 내에 엄청난 충격을 전해주었다.

유럽 전 지역에서 활동하는 가드 요원들에 대한 신상 명세는 물론이고 그의 권한 내에서 열람가능한 모든 극비 정보들을 모조리 지닌 채 더 블랙의 진영으로 합류한 것이었다.

그가 배신한 지 한 달 만에 각종 전설로만 전해지던 고대의 비의를 터득한 이들을 중심으로 똘똘 뭉쳐 각종 중간 보스급 몬스터들을 사냥하는데 혁혁한 공헌을 하고 있던 동유럽 지부들의 요원들이 모조리 죽임을 당했다.

그 중 자신의 오랜 친우였던 이의 싸늘하게 식은 시체를 보며 복수를 다짐한지도 수년이 흘렀다.

이를 악물고 정진해 지금의 수준에 올랐건만 그렇지 않았다면 오히려 자신이 사냥 당했을지도 모른다는 생각에 등줄기를 타고 식은 땀이 흘러내렸다.

'이제 보니 물리적인 데미지만 차단하는 게 아니야, 능력을 개화(開花)한건가?'

멀쩡히 걸어 나오는 모습을 보아하니 자신의 능력에도 별다른 영향을 받지 않은 것 같았다.

"대한민국 내에서 두 번째로 각성한 더블에스(SS)급의 능력자라고 칭송이 자자하던데 소문에 비해 이거 너무 싱거운 거 아닌가?"

벗겨진 상의들 사이로 드러난 두터운 근육들이 그의 움직임을 따라 마치 살아 움직이기라도 하는 것처럼 꿈틀거렸다. 마치 고대 신화에나 나올법한 전사의 모습 같았다.

"닥쳐! 루이!"

으르렁 거리며 소리치는 강지환의 주변을 따라 대기가 급속도로 냉각되었다.

뼛속까지 얼어붙게 만들 것 같은 혹한의 대기 속에서도 아무렇지도 않다는 듯 고개를 좌우로 꺾어가며 몸을 풀던 사내 장 루이가 강지환을 향하여 한걸음 크게 내디뎠다.

"어디 한 번 닥치게 해보시지? 겁먹은 개새끼 마냥 짖어대고 있지만 말고."

"영혼까지 얼려주마!"

"얼마든지!"

강하게 땅을 구른 거구의 사내 장 루이가 전면을 향해 주먹을 뻗었다.

단순한 주먹질인 것 같아 보였지만 이를 마주한 강지환은 거대한 철벽이 다가오는 것 같은 압박감을 느껴야했다.

"쳇!"

연신 뒤로 물러서며 거대한 얼음의 장벽을 연달아 만들어낸 지환이 장벽이 차례차례 깨져나가는 소리를 들으며 다급히 외쳤다.

"절대 빙벽(Absolute Ice Wall)!"

그 즉시 푸른빛이 도는 방어막이 그의 온 몸을 감쌌다.

그리고 거의 동시에 장 루이가 내뻗은 정권이 그 보호막을 두들겼다.

투우웅!

거대한 범종을 내려친 것 같은 둔중한 울림이 터져 나왔다.

"크윽!"

절대적인 방어력을 자랑하는 보호막의 중심이 우그러드는 모습을 보며 지환이 인상을 찌푸렸다.

보호막을 유지하느라 혼신의 힘을 다해야 했기 때문이었다. 게다가 주먹질은 그 한번으로 끝나지 않았다.

"모순(矛盾)의 대결인가? 과연 누가 먼저 지칠지 한 번 해보자고."

장 루이는 지환이 다른 수를 생각할 틈조차 주지 않고 쉴 새 없이 몰아쳤다.

겉으로는 멀쩡한 것 같아 보였지만 지환의 능력으로 인해 그의 내부가 서서히 얼어붙고 있었기 때문이었다.

그런 그의 입가를 타고 흘러내리던 가는 핏줄기가 순식간에 얼어붙었다.

빙벽을 때려대는 그의 양 손에도 하얗게 서리가 내려앉기 시작했다.

이미 달리는 호랑이의 등에 올라탄 격이라 지환으로서

도 다른 뾰족한 수가 없었다.

그가 먼저 지쳐 쓰러지든지 아니면 자신이 먼저 쓰러지든지 둘 중에 한 사람은 반드시 죽을 수밖에 없는 필사의 겨루기가 시작된 것이었다.

쿠쿠쿠쿠쿵!

계속되는 충격이 점차 누적되며 지환의 몸에 뚜렷한 흔적들을 남기고 있었다.

코와 입에서 흘러내리는 핏물로 그의 앞섬은 이미 빨갛게 물들어 있었다.

비틀.

순간 정신이 아득해졌던 지환이 한쪽으로 휘청거리자 그를 보호하고 있던 보호막의 색이 잠시 옅어졌다.

"헉!"

헛바람을 집어 삼키며 가까스로 정신을 차린 지환이 다시금 보호막을 향해 이능을 집중시켰다.

콰아앙!

지금까지와 달리 배는 더 강한 충격이 보호막을 뒤흔들었다.

"쳇, 회심의 일격이 빗나갔군. 커헉!"

아쉽다는 듯 혀를 차던 사내 장 루이가 이내 뜨거운 핏물을 토해내며 무릎을 꿇었다.

그런 그의 온 몸에서 끓어 오르던 열기로 인해 기화되던

땀이 이내 서서히 얼어붙기 시작했다.

그런 그를 내려다보고 있던 지환이 속에서 치밀어 오르는 핏물을 애써 집어 삼키며 물었다.

"왜지? 왜 당신 같은 사내가 배신을 한 거지?"

"뭐? 크하하하하하, 쿨럭 쿨럭. 푸하하하."

지환의 물음에 장 루이가 피 섞인 기침을 토해내며 크게 웃었다.

"카학, 퉤!"

검붉은 색으로 얼어붙은 커다란 핏덩어리를 토해낸 그가 시원하다는 얼굴로 지환을 바라보며 말했다.

"하아~ 이제 좀 낫군 그래. 왜냐고 물었나? 후후후후. 지환 올해 나이가 몇이지?"

"내 나이가 중요한가?"

냉기가 풀풀 풍기는 지환의 말에 장 루이가 바닥에 대자로 드러누우며 말했다.

"먼저 물어본 건 네가 아니었나?"

"쳇, 올해 28살이다."

"한국 나이로? 거기는 태어나면서부터 한 살 먹고 시작한다지? 결혼은 했나?"

"아니."

"크크큭, 그래. 그래도 그 정도 나이면 불타오르는 사랑한 두 번 쯤은 해봤겠지?"

"……."

말없이 자신을 내려다보는 지환을 향해 장 루이가 쓰게
웃으며 말을 이었다.

"딸이 하나 있다."

그의 말에 차갑게 굳어있던 지환의 표정이 살짝 일그러
졌다.

"내 평생 내 아내 말고 다른 이를 그렇게 사랑하게 될 줄
은 몰랐지. 결혼은 몰라도 널 닮은 아이를 가져보는 건 적
극적으로 권하고 싶군 크크크."

"그게 무슨!"

"크크큭, 내가 목숨처럼 아끼던 그 아이가 죽을병에 걸
렸다. 그 놀라운 마학으로도 손을 쓸 수 없더군. 내가 할
수 있는 건 아무것도 없었다. 그때 그가 찾아왔었지."

"더 블랙."

지환의 말에 장 루이가 웃으며 말했다.

"그래. 그리고 말했다. 자신이 아이를 살려주면 무엇을
해주겠냐고. 그래서 말했다. 아니 그의 발치에 엎드려 애
원했다. 무엇이든 하겠다고, 필요하다면 영혼이라도 바치
겠다고 말이지."

"그래서…."

"그래, 그가 죽은 듯이 누워서 가늘게 숨을 쉬고 있던 딸
아이의 이마에 손을 올리고 눈을 감았다 뜨는 순간 나는

기적을 목도할 수 있었다."

"따, 딸이 살아 난건가?"

"그래. 믿지 못하겠다는 표정이군. 크크큭, 하긴 나도
내 두 눈을 의심했으니까. 그 순간 나는 그에게서 단순히
강하다는 것과는 다른 무언가 차원이 다른 힘을 느낄 수
있었다."

"그래서 배신을 한 거였군."

모든 사실을 알게 된 순간 급격한 허탈감이 지환의 온
몸을 휩쓸고 지나갔다.

털썩.

소리 나게 누워있는 장 루이의 곁에 주저앉은 지환이 주
변을 뒤덮고 있던 모든 이능을 거두었다.

그를 서서히 죽음으로 몰고 가던 냉기가 가시자 그 놀라
운 육체가 손상된 부분을 빠른 속도로 회복시켜 나가기 시
작했다.

"뭐하는 건가? 이야기를 듣고 나니 나에게 동정심이라
도 생긴 건가?"

"아니, 당신 때문이 아니야 장 루이. 당신이 죽게 되면
그 딸이 무척이나 슬퍼할 것 같아서 말이지."

"크크크크크… 그럴 수만 있다면 내 천 번이라도 더 죽
어줄 수 있는데 말이지."

자조 섞인 그의 웃음에서 위화감을 느낀 지환이 그에게

물었다.

"그게 무슨 말이지?"

"내 딸은 말이지. 아니지 내 딸의 탈을 뒤집어 쓴 그것은 말이지. 마치 인형과 같더군. 모든 감정을 거세당한 인형 말이야. 크크큭, 내 몇 번이고 내 손으로 직접 죽이려고 했지만 그 아름다운 푸른 눈을 마주치는 순간 도저히 손을 쓸 수가 없더군. 아주 빌어먹을 일인게지."

"되살아난 게 당신 딸이 아니란 말인가?"

"그걸 내가 어찌 알 수 있겠나? 영혼을 구별할 수 있는 눈이 있는 것도 아니니 웃지도 울지도 못하는 그 아이가 내 딸이라는 증거도, 내 딸이 아니라는 증거도 없는 것을… 크크큭 결국은 그 빌어먹을 더 블랙의 손아귀에서 놀아난 거였어."

"어떻게 그런 일이."

삼류 영화에서나 볼 수 있을 법한 일들을 실제로 겪은 한 사내가 가슴으로 울고 있었다.

결심을 굳힌 지환이 벌떡 일어서서 장 루이를 향해 손을 내밀었다.

"뭐지?"

"같이 가자. 그 빌어먹을 검둥이 녀석한테 한방 먹여줘야지."

"그게 가능할 것 같은가? 내 수백, 아니 수천 번도 넘게

놈에게 덤벼들었지만 옷자락 하나 만질 수 없었거늘."

"그걸 가능하게 해줄 이들이 있다. 같이 갈 텐가?"

지환의 말에 죽어있던 장 루이의 눈에서 작은 불꽃이 피어올랐다.

"그 말이 정말인가?"

"그래."

지환이 내민 손을 붙잡고 몸을 일으킨 거구의 사내 장 루이가 물었다.

"어디로 가면 되지?"

"당신의 고향 프랑스로."

· ❖ ·

불가리아와 그리스의 접경지대에 임시로 마련된 피난 캠프.

터키를 지나 아시아 쪽으로 빠져나가려는 난민들이 엄청나게 몰려들어 하루에도 수천 명씩 그 수가 불어나고 있었다.

터키로 향하는 주요 길목에 나타난 몬스터 군단과 대치 중인 군대와 가드에서 긴급하게 파견 나온 요원들의 소식에 귀를 기울이며 때를 기다리고 있는 그곳에서 잠잘 시간조차 제대로 가지지 못한 채 바쁘게 뛰어다니는 이들이 있었다.

"선생님! 여기 환자가 갑자기 복통을 호소하고 있어요!"

"네! 지금 지금 갑니다. 가요!"

국경없는의사회(Medecins Sans Frontieres)라는 세계 최대의 인도주의 국제의료구호조직인 NGO단체 소속 의사들이었다.

그중에서도 발군의 능력을 보여주고 있는 젊은 의사가 있었다. 그렇기에 위급한 환자들을 주로 맡게 된 그를 부르는 호출음이 여기저기서 빗발치고 있었다.

수많은 몬스터들의 위협을 뚫고 이곳까지 도착한 난민들이었기에 각종 크고 작은 상처들이 온 몸에 가득했다.

다리가 거의 절단 된 채로 고통스러워하는 환자의 상처를 보살피던 그가 다급하게 소리치는 간호사의 말에 대답하고는 급히 달려가고 있었다.

그의 가슴에 달린 이름표에는 Dr. Kang이라는 영어 이름과 강지국이라는 한글명이 차례대로 새겨져 있었다.

"끄아아아악! 아파! 아프다고오! 으아아악!"

배를 부여잡은 채 미친 듯이 팔 다리를 휘젓고 있는 건장한 흑인 남성을 간호사와 근처에 있던 자원봉사자들이 여럿 달려들어 겨우 진정시키고 있었다. 그 틈을 비집고 강지국이 도착했다.

"후아~ 환자 상태는요?"

그를 알아본 에이린이 상태를 간략하게 설명했다. 국경 없는 의사회에서도 고참급에 속하는 노련한 간호사 출신인 그녀는 이 난리통속에서도 침착함을 잃지 않았다.

"조금 전 배가 아프다고 자기 발로 걸어서 찾아왔는데 갑자기 저렇게 난동을 피우고 있네요."

"흠, 그래요? 제가 한번 살펴보죠. 잠시만 비켜주시겠어요?"

고개를 갸웃거리며 난동을 피우고 있는 사내에게 다가간 강지국이 성인 남녀 여럿이 달려들어도 제어하기가 힘들만큼 격렬하게 몸부림 치고 있는 사내를 단숨에 제압했다.

그의 손이 닿자마자 마치 전기에 감전되기라도 한 듯 그 사내의 몸이 굳어졌다.

"잠깐 살펴볼 테니까 얌전히 있으라고."

그의 말을 알아듣기라도 한 건지 눈을 데룩데룩 굴리고 있는 사내의 얼굴에 서린 것은 알 수 없는 현실에 대한 공포였다.

'응? 이건?'

그의 몸에 손을 댄 채로 이능을 발현해 몸속을 살피던 그의 눈이 부릅떠졌다.

그 즉시 몸을 일으킨 그가 조금전 상태를 알려주었던 간호사 에이린을 향해 손짓했다.

가까이 다가온 그녀를 조금 더 가까이 부른 그가 그녀의 귓가에 대고 조용히 속삭였다.

"당황하지 말고 내 말 잘 들어요. 지금부터 이 사내가 있는 이곳으로부터 모든 사람들을 대피시켜야 합니다. 갑자기 사람들을 이동시키게 되면 오히려 더 많은 사람들이 다치거나 죽을 수 있어요. 그러니 곧바로 가드 임시 본부로 달려가서 제니퍼를 찾으세요. 제가 보냈다고 그러고 코드 레드 상황이라고 말하면 알아서 해줄 거예요. 내 말 알아들었나요?"

입술을 꽉 깨문 상태로 천천히 고개를 끄덕이는 그녀의 모습에 만족스러운 웃음을 지은 그가 다시금 환자에게 돌아갔다.

'내부에 알을 깐 건가?'

다시금 그 사내의 몸을 조사한 강지국의 미간이 찌푸려졌다.

인간의 내부에 알을 까서 그 인간을 숙주로 삼아 부화하는 몬스터의 종류는 몇 개 없었다.

중요한 것은 그 보고된 몇 종류의 몬스터들 중 어느 하나도 만만하게 볼 수 없다는 것이었다.

'이미 너무 늦었어. 지금 상태에서 내가 할 수 있는 건 최대한 시간을 버는 것 뿐. 빨리 와라 제니퍼.'

〈4권에서 계속〉

344